Une sage-femme à Nashville

*

Leur famille inespérée

DEANNE ANDERS

Une sage-femme à Nashville

Traduction française de
MARIE-JOSE LAMORLETTE

BLANCHE

HARLEQUIN

Collection : Blanche

Titre original :
UNBUTTONING THE BACHELOR DOC

HARPERCOLLINS FRANCE
83-85, boulevard Vincent-Auriol, 75646 PARIS CEDEX 13
Service Clients — https://www.harlequin.fr/contenu/contactez-nous
ISBN 978-2-2805-2398-1 — ISSN 0223-5056

Édité par HarperCollins France.
Composition et mise en pages Nord Compo.
Imprimé en décembre 2025 par ScandBook UAB en Lituanie
en utilisant 100% d'électricité renouvelable.
Dépôt légal : janvier 2026.

FSC
www.fsc.org
MIXTE
Papier | Pour une gestion forestière responsable
FSC® C021394

Pour limiter l'empreinte environnementale de ses livres, HarperCollins France s'engage à n'utiliser que du papier fabriqué à partir de bois provenant de forêts gérées durablement et de manière responsable.

1

Skylar Benton s'empressa de rejoindre le dernier siège disponible autour de la grande table de conférence. C'était le premier jeudi du mois, et elle n'était pas surprise de voir la salle comble. Tous ceux qui travaillaient à la maternité générale, des assistants médicaux aux quatre médecins employés à la clinique, voulaient être présents à leur réunion mensuelle. Lori, une autre sage-femme, pensait qu'ils étaient présents du fait de leur dévouement à leur travail. Sky ne nierait pas qu'ils faisaient partie de l'un des meilleurs services d'obstétrique et de gynécologie de Nashville, mais elle était sûre que c'étaient les dizaines de délicieux beignets tout chauds que Tanya, leur directrice administrative, apportait à chaque séance qui les attiraient.

— Tu n'as pas l'air en forme. Tu n'as pas dormi, cette nuit ? lui demanda Lori, sa voisine.

— Merci beaucoup. Je ne manquerai pas de te rappeler quelle mine affreuse tu as la prochaine fois que tu seras de garde toute la nuit.

Mais cela n'arriverait pas. Son amie ne pourrait jamais être affreuse, même si elle le voulait.

— Cela fait partie de la vie glamour d'une sage-femme, dit Lori en lui donnant un coup d'épaule.

Sky ne se sentait pas très glamour, dans son uniforme froissé qu'elle portait depuis vingt-quatre heures. Faire partie d'un service florissant était super, mais ce n'était pas la même chose que pour les obstétriciens. Une sage-femme travaillait avec ses patientes pendant des heures avant la naissance, autant pour fournir des soins qu'un soutien durant le travail. C'était ainsi qu'elle avait passé la nuit dernière, avec trois de ses patientes en travail.

Et elle devait encore pratiquer un accouchement avant de pouvoir rentrer chez elle et s'effondrer. Malheureusement, c'était un premier bébé, et les choses n'allaient pas aussi vite que sa patiente et elle l'auraient souhaité.

L'odeur des beignets chauds lui vint aux narines, et elle tendit la main pour prendre une pâtisserie moelleuse avant que son cerveau puisse la morigéner de son choix. Fermant les yeux, elle se laissa aller à l'assaut du sucre tandis que le beignet fondait dans sa bouche. Elle retint un gémissement de plaisir en léchant ses lèvres collantes, puis elle ouvrit les paupières et se figea. Depuis l'autre côté de la table, un regard brun foncé croisa le sien et le soutint. Comment ne l'avait-elle pas remarqué en s'asseyant ? Refusant d'être la première à détourner les yeux, Sky prit une autre bouchée et mâcha lentement tandis qu'elle essayait de comprendre ce qui se passait. D'ordinaire, le Dr Jared Warner mettait un point d'honneur à l'éviter, tout comme elle faisait de son mieux pour attirer son attention. C'était devenu une sorte de jeu entre eux. Un jeu qu'elle s'était mise à apprécier.

Incapable de se retenir, elle se lécha de nouveau les lèvres. Les yeux de Jared s'abaissèrent sur elles tandis qu'elle prenait soin de passer sa langue tout autour de sa bouche. Son regard effleura encore le sien avant de s'écarter.

— Trouillard, dit-elle, trop doucement pour qu'il l'entende.

— Quoi ? fit Lori.

— Rien, répondit Sky en se rappelant soudain où elle était.

Elle jeta un coup d'œil dans la salle, soulagée de voir que

personne n'avait remarqué son manège pour déstabiliser son collègue impassible.

Bien sûr, normalement, elle avait plus conscience de son environnement et s'assurait de ne pas être surprise à le taquiner, et elle n'était jamais allée aussi loin dans ses provocations. Il était tellement plan-plan, ne voulant jamais sortir de ses sentiers aussi battus qu'ennuyeux. Il ne pensait qu'au travail. Il ne plaisantait pas. Il ne taquinait pas. Il n'avait jamais envie de jouer. Il ratait tout l'amusement qu'il y avait à trouver dans la vie. Pourquoi cela l'irritait-il autant, Sky n'en savait rien. Peut-être parce qu'elle voyait en lui la personne qu'elle avait été avant de venir à Nashville. Ou peut-être à cause de la première fois où elle l'avait vu sourire lors d'un accouchement.

Se le représenter avec ce grand sourire sur son visage, tandis qu'il tenait le bébé qui hurlait, lui réchauffait encore le cœur. Cela avait été si naturel. Et si inattendu de la part d'un homme qui avait toujours dissimulé ses émotions, non seulement vis-à-vis d'elle, mais vis-à-vis de tout le monde autour d'eux. Après cela, en le voyant revenir à cette mine imperturbable, tellement rasoir, elle avait décidé de se donner pour mission de le faire craquer pour voir ce qu'il y avait vraiment à l'intérieur. C'était ainsi qu'avait commencé son jeu « choquer le doc ».

Quelquefois, elle ne pouvait s'empêcher de lui ébouriffer les plumes en lui adressant des gestes silencieux sans queue ni tête. Quel mal y avait-il à cela ? Elle l'avait même surpris à sourire de rares fois, après une grimace particulièrement réussie. Tant pis si elle avait l'air ridicule. Il avait vraiment un beau sourire et il était dommage qu'il ne le laisse pas voir plus souvent. Néanmoins, il était le fils de son patron et pour rien au monde elle ne voulait décevoir le Dr Warner senior par une conduite qu'il n'approuverait pas. Alors, en général, elle ne faisait pas ce genre de chose dans une salle bondée de ses collègues.

Tandis que Sky essayait de se concentrer pour finir son beignet, en s'assurant de garder ses yeux pour elle, la porte de la salle s'ouvrit et le vieux Dr Warner entra. Avec ses cheveux argentés coiffés en arrière et ses aimables yeux bleus, il avait l'air d'un gentil grand-papa.

— Bonjour, tout le monde. J'espère que vous allez bien par ce beau matin de printemps.

Il s'assit au bout de la table, et Tanya lui tendit une tablette.

— Merci, Tanya. Je sais que chacun de vous a une journée bien occupée devant lui, alors commençons tout de suite. Tout d'abord, j'aimerais souhaiter la bienvenue à deux nouveaux collègues. J'espère que vous avez tous rencontré notre nouvelle sage-femme, Brianna Rogers. Elle est diplômée de Vanderbilt et nous a été chaudement recommandée.

Sky adressa un signe à la jeune femme qui avait rejoint la clinique quelques jours plus tôt. Elle espérait que Brianna resterait après sa période de stage. Leur patientèle augmentait, et il serait bon de compter une troisième sage-femme parmi le personnel.

— Je voudrais également que vous accueilliez le Dr Knox Collins qui va remplacer le Dr Hennison.

Tandis que Jack Warner commençait à parler du budget mensuel, Sky poussa Lori du coude et décocha un coup d'œil de côté à l'homme torride assis à la gauche de son patron. Comment était-il possible qu'elle ne l'ait pas encore vu ? On ne parlait que de lui, à la clinique, depuis qu'on avait appris que le vilain garnement de Nashville allait être leur nouveau médecin remplaçant. Ses deux parents étant des stars légendaires de la musique *country*, Sky espérait que les journalistes n'allaient pas prendre la clinique d'assaut.

— Et enfin, j'aimerais vous faire part d'une occasion spéciale qui s'est présentée à la clinique.

Le Dr Warner regarda autour de la table et s'arrêta quand ses yeux croisèrent ceux de Sky.

— Il semble qu'une de nos sages-femmes ait été chaudement recommandée à l'une des étoiles montantes de Nashville. Comme vous le savez tous, Mindy et Trey Carter, célèbres chanteurs *country*, se sont récemment installés ici et attendent leur premier enfant dans trois mois.

— Ce sont eux qui font ce *reality show*, n'est-ce pas ? demanda quelqu'un.

— J'ai vu ce *show*, intervint Tanya. C'est un couple très mignon et très talentueux.

Sky avait entendu parler d'eux, aussi. Leur premier album avait atteint des chiffres records. Et leur *reality show* commençait également à être très connu.

— Je les ai rencontrés personnellement, et ce sont des gens charmants qui sont très excités par la naissance de leur premier enfant. Mindy et son mari désirent beaucoup s'impliquer dans cette aventure. Bien sûr, comme toujours, nous devrons garder secrètes les informations les concernant. Et bonus supplémentaire, les Carter ont demandé que leur sage-femme et leur médecin apparaissent dans leur nouveau *show*.

Tout le monde autour de la table se mit à parler à la fois, certains émoustillés par cette perspective, d'autres choqués par cette requête. La clinique avait eu affaire auparavant à des patients connus, y compris de célèbres musiciens, mais ceci sortait de l'ordinaire.

— Oui, oui... je sais que c'est une demande inhabituelle, mais elle est accompagnée d'une donation très importante à notre Foyer de la Femme, reprit le Dr Warner, faisant taire les bavards.

Le Foyer de la Femme était un centre d'accueil pour des femmes enceintes dans le besoin, qu'il avait ouvert peu après la maternité générale en voyant que certaines de ses jeunes patientes n'avaient pas chez elles le soutien qu'il leur fallait durant leur grossesse et après l'accouchement. Ce foyer dépendait en majeure partie de donations, mais tous les employés de la clinique apportaient leur contribution en offrant leur temps et leurs talents. Toutefois, Sky savait que le budget était très juste certains mois. Elle avait toujours suspecté que le Dr Warner y allait de sa poche, dans ces cas-là. Elle pensait aussi que c'était l'une des raisons pour lesquelles il continuait à exercer au lieu de prendre sa retraite ou de réduire ses horaires.

— Donc, comme vous pouvez le voir, c'est une opportunité à ne pas laisser passer. Et plus que jamais, vu la notoriété de nos patients, nous serons tenus par le secret professionnel.

Jack Warner se leva, indiquant que la réunion était terminée.

— Merci à tous d'être venus aujourd'hui. Jared et Sky, pouvez-vous m'accorder quelques minutes, s'il vous plaît ?

Jared porta les yeux de son père à Sky. Il n'était pas sûr de ce que Jack préparait, mais il en avait une idée. Une très mauvaise idée qui impliquait la sage-femme assise en face de lui. Cette même sage-femme qui quelques minutes plus tôt l'avait fait se tortiller d'embarras sur son siège. Celle qui semblait adorer l'ennuyer. Celle qui se plaisait à jouer à des jeux ridicules au lieu de prendre la vie au sérieux.

— N'est-ce pas excitant ? demanda son père en s'asseyant à côté de lui, les yeux dansant d'une joie de vivre que Jared n'avait jamais comprise étant donné tout ce qu'il avait traversé, de la perte d'une enfant à celle de sa femme.

Excitant ? Cela ressemblait plutôt à un cauchemar, oui !

— Tu devrais peut-être nous dire exactement ce qu'est le plan. Je suppose que nous trois allons avoir affaire à cette nouvelle patiente VIP et à son mari ?

— Je suis si content que tu sois prêt à aider, Jared. Je savais que je pouvais compter sur toi et sur Sky, dit son père.

Avec n'importe qui d'autre, Jared aurait pris cela pour du sarcasme. Mais le Dr Jack Warner n'était jamais sarcastique. Il choisissait toujours de voir le meilleur chez les autres. Cela faisait partie de son charme et, parfois, Jared aurait souhaité être vraiment le fils de son père adoptif. Peut-être qu'alors, il aurait pu hériter de sa nature optimiste.

Mais après avoir passé deux ans de sa vie dans des foyers

d'accueil, Jared avait toujours eu les yeux ouverts sur ce qui se passait réellement dans le monde. Il n'y avait pas de lunettes roses, dans sa vie.

— Excusez-moi, docteur Warner, intervint Sky. Je suis désolée de vous interrompre, mais je dois retourner dans le service. J'ai une patiente qui en est à sa première grossesse et qui est en travail depuis plusieurs heures.

— Combien d'heures ? A-t-elle perdu les eaux ? demanda vivement Jared.

Le risque d'infection augmentait avec la rupture prolongée des membranes.

— Elle a perdu les eaux à quatre centimètres, il y a quatre heures. Elle n'a pas de fièvre et le rythme cardiaque du bébé est bon. Autre chose, docteur ?

Le feu dans les yeux de Sky prévint Jared qu'elle était sur le point d'exploser, quelque chose qu'il n'appréciait pas. Elle travaillait peut-être indépendamment de lui, mais si quelque chose n'allait pas et que sa patiente avait besoin d'une césarienne, cela deviendrait sa responsabilité. Ses questions étaient donc fondées.

— Tenez-moi au courant. Je vais commencer mes rondes dès que nous en aurons terminé ici.

— Bon, dit Jack Warner, essayant visiblement de ramener la paix. Continuons. J'ai rencontré Mindy et Trey hier, avec leur imprésario, et ce sont tous des gens charmants. Je pense que travailler avec eux sera un plaisir. Sky, il semble que vous ayez pris soin d'une musicienne de Mindy, Jenny Mack, durant sa grossesse et son accouchement il y a quelques années. Elle a chanté vos louanges à sa patronne.

— Je me souviens d'elle. Elle devait caler ses rendez-vous avec ses répétitions et ses concerts.

Jared était toujours surpris de voir comment Sky se rappelait aussi clairement ses patientes. Il essayait de se souvenir du nom des siennes, mais entre son travail d'obstétricien et les opérations gynécologiques qu'il pratiquait, cela lui semblait impossible. Il faisait de son mieux pour se bâtir une patientèle et, il l'espérait, prendre la suite de son père un jour. Pour cela, il devait voir autant de patientes que possible, ce qui limitait leurs interactions plus qu'il ne l'aurait voulu.

— Eh bien, elle aussi se souvient de vous, et Mindy est très excitée à l'idée de vous rencontrer. Elle est déterminée à accoucher avec une sage-femme. Son mari, lui, est inquiet et exige l'intervention d'un médecin. C'est là que tu interviens, Jared. Afin de donner à ce jeune couple l'accouchement qu'ils souhaitent tous les deux, je vais avoir besoin que vous collaboriez d'une façon soudée.

— Que veux-tu que je fasse exactement ? demanda Jared.

— Il faudra que vous travailliez en équipe. Ce jeune couple subit beaucoup de pression, en ce moment. Cela ne fait pas longtemps qu'ils sont superstars de la musique *country* et d'après moi le *reality show* est une cause de stress pour eux deux. Ce n'est pas bon, surtout pour Mindy et le bébé. Sa dernière grossesse s'est terminée par une fausse couche à dix-neuf semaines.

Se tournant vers son fils, Jack Warner le regarda dans les yeux.

— Je sais que je peux compter sur vous deux pour faire ce qui est le mieux pour ce couple et travailler ensemble comme les collègues professionnels que vous êtes.

Jared jeta un coup d'œil à son père, puis à Sky qui était devenue anormalement muette. Elle avait des cernes noirs sous les yeux et des mèches de cheveux blonds qui s'étaient détachées de son catogan pendaient autour de son visage. Il n'avait pas remarqué ça ce matin. Tout ce qu'il avait pu faire, cela avait été de rester à sa place alors qu'il brûlait de lécher ce sucre collant sur ses lèvres pulpeuses.

— S'attendent-ils vraiment à ce que nous participions au *reality show* ? demanda-t-elle.

Jared ne fut pas surpris de voir une lueur d'excitation s'allumer dans ses yeux las. Elle était le type de personne extravertie et voyante que l'on prenait généralement dans ce genre de spectacle. Et il n'avait aucune intention de figurer lui-même dans le *show*. Il n'avait pas d'intérêt pour ces épisodes du quotidien montés en épingle. Il avait assez connu de drames dans son enfance.

— À ce que j'ai pu comprendre, vous ne seriez là qu'en marge, en tant que soignants, répondit Jack. Et n'oubliez pas ce que cela signifiera pour le Foyer de la Femme, qui souffre de la situation économique. Certains de nos donateurs ont dû réduire leurs dons. Cette donation couvrirait le reste du budget de l'année. Et il se peut qu'ils parlent à d'autres personnes du travail de la fondation. Vous deux aurez peut-être l'occasion d'en parler aussi.

Le téléphone de Sky vibra, elle consulta le message et se leva.

— Il faut que je retourne dans le service.

Elle prit le dernier beignet qui restait sur la table et se dirigea vers la porte, puis s'arrêta et se retourna vers le père de Jared.

— C'est vraiment grave à ce point, Jack ?

Le sourire rassurant qui caractérisait le Dr Warner senior vacilla.

— Ce n'est pas seulement le manque de dons réguliers qui impacte notre budget. Beaucoup de gens bataillent, actuellement, ce qui signifie que plus de jeunes filles viennent à nous pour que nous les aidions. Nous ne sommes pas loin d'avoir à en refuser pour la première fois en vingt ans.

Les yeux de Sky se posèrent sur Jared, puis elle plissa les paupières. Elle haussa le menton, et il se sentit comme une malheureuse fourmi prise sous un microscope.

— Quoi qu'ils veuillent que nous fassions, nous sommes partants, n'est-ce pas, Jared ?

Il ouvrit la bouche pour répliquer, mais la referma. Comment pourrait-il se dérober sans avoir l'air méprisable ? Ce n'était pas qu'il ne voulait pas aider le Foyer de la Femme. Il y avait collaboré depuis son adolescence. Mais travailler avec cette sage-femme libre d'esprit qui se comportait comme si la vie était un jeu allait être un désastre. Il n'y avait qu'à voir la façon dont elle avait mal pris qu'il pose des questions de base sur sa patiente. Comment pourraient-ils coordonner leur travail avec Mindy si elle réagissait ainsi chaque fois qu'il demandait quelque chose ?

Et il y avait la façon fort peu professionnelle dont elle le taquinait. Ces grands sourires chaleureux et ces clins d'œil impertinents le perturbaient. Ne serait-ce pas encore pire s'il devait travailler de près avec elle ?

Sans attendre son accord, elle pivota et sortit, le beignet toujours à la main.

— Eh bien, je suis content que ce soit réglé, dit Jack en ôtant ses lunettes et en les posant sur la table.

— Pourquoi moi ? demanda Jared. Tu sais que je ne suis pas doué pour les relations sociales. Ne vaudrait-il pas mieux que ce soit toi qui fasses ça ? Le mari ne préférerait-il pas avoir quelqu'un de ton expérience ?

— Tu te débrouilles bien avec les gens quand tu le veux. Ce qu'il y a, c'est que tu te contiens. Tu dois te détendre davantage. Tu as trente-six ans. Il est temps que tu sortes dans le monde et fasses l'expérience de la vie au lieu de passer tout ton temps à travailler.

— Tu peux parler. Tu travailles comme un forcené depuis quarante ans, maintenant. Si quelqu'un doit ralentir, c'est toi.

— Quand j'avais ton âge, j'étais marié et je construisais un foyer pour Katie et moi. Nos années ensemble ont été les meilleures de ma vie. Et quand tu es arrivé chez nous, tu as fait de nous la famille que nous avions toujours rêvé d'être. Je veux pour toi ce que j'ai eu avec ta maman, parce que quoi que tu en penses maintenant, viendra un temps où tu auras besoin de quelqu'un. Quelqu'un qui te comprenne et soit avec toi quoi qu'il advienne.

Son père semblait soudain avoir dix ans de plus. Était-ce le souvenir qu'il avait eu autrefois une famille qui n'incluait pas Jared ? Était-ce le souvenir de la petite fille qu'il avait perdue ? Jared savait qu'il n'avait jamais pris la place de cette dernière dans le cœur de ses parents. Non pas qu'il l'ait souhaité. Les

Warner avaient été bons avec lui et l'avaient traité comme leur propre enfant. Il n'avait aucune rancœur envers leur fille, même s'il savait qu'il les avait parfois déçus en ne pouvant pas être l'enfant extraverti et heureux qu'ils méritaient. Peut-être que si, dans ses jeunes années, il avait été entouré de l'amour solide qu'ils lui avaient toujours donné, les choses auraient été différentes. Peut-être qu'il aurait été différent. Mais ce n'était pas sa réalité. La vie qu'il avait menée en étant élevé par une grand-mère malade, puis dans des foyers d'accueil, avait fait de lui qui il était. Il ne pouvait pas changer son passé.

Toutefois, ce n'était pas le moment pour eux de se plonger dans une vieille discussion qu'il ne gagnerait pas, il le savait. Il menait sa vie comme cela lui plaisait : sans drames ni remous. Il travaillait dur, et durant son temps de repos il profitait de la paix et de la tranquillité du foyer qu'il s'était bâti. Il n'avait pas besoin de quelqu'un dans son existence. Et il ne voulait certainement pas dépendre d'une autre personne pour son bonheur. Tous les gens sur qui il avait compté enfant l'avaient abandonné ou chassé. Le temps qu'il soit adopté par Jack et Katie, il en avait tiré sa leçon. Non pas qu'il n'ait pas tenu à eux. Ils étaient la meilleure chose qui lui était jamais arrivée.

— Mais revenons aux Carter, dit son père. Tu te fais des idées, Jared. J'ai toute confiance en ton professionnalisme et en celui de Sky. Je sais que vous formerez tous les deux une équipe formidable.

Jared pouvait voir qu'il n'allait pas s'en sortir. Son père avait pris sa décision. Comme sa grand-mère Marie avait l'habitude de lui dire quand il ne voulait pas faire quelque chose : « Mon garçon, enfile ton pantalon de grand et fais-le. »

Donc il était temps pour lui d'accepter l'inévitable et de tirer le meilleur parti possible de la situation. Son seul espoir d'y échapper serait que Sky refuse de travailler avec lui, et il ne pouvait pas compter là-dessus. Néanmoins, cela ne ferait pas de mal d'essayer de lui parler. Contrairement à son père, elle verrait sûrement que leur collaboration ne pourrait être que calamiteuse. Il devait juste trouver un moyen de l'amener à agir en conséquence.

2

— Vous vous en sortez très bien, dit Sky en essuyant le front de Liza avec un linge frais.

— Non. Je suis si fatiguée. Et j'ai cédé pour une péridurale après avoir juré que je n'en aurais pas besoin.

— Le plus important est que vous soyez complètement dilatée, à présent. Nous pourrions commencer à pousser, ou vous faire mettre sur le côté et vous laisser vous reposer pendant une demi-heure.

Sky espérait que Liza choisirait le repos. Le bébé n'était pas descendu autant qu'elle l'aurait aimé. Elles étaient épuisées toutes les deux et avaient besoin d'un répit pendant que les contractions opéreraient leur magie.

— C'est à faire, ça ? demanda Eric, le mari de Liza. La tête du bébé ne va pas prendre une drôle de forme ?

— Pas du tout, répondit Sky, amusée. Et le rythme cardiaque de la petite Stella est parfait. Cela lui donnera le temps de descendre pendant que Liza se détendra.

— J'aimerais me reposer un peu, confirma la future mère.

Tammy, l'infirmière préposée au travail et à l'accouchement, entra dans la pièce. Après avoir installé Liza sur son flanc gauche, Sky baissa les lumières et sortit.

— Le Dr Warner vous cherchait, dit Tammy. Le jeune.

Adieu, le moment de répit. Sky essaya de trouver en elle la patience qu'il lui faudrait pour traiter avec Jared dans l'état d'esprit où ils étaient tous les deux. Elle était fatiguée, et il était contrarié d'être forcé à travailler avec elle. Si elle n'avait pas été si lasse, elle se serait réjouie de leur future interaction. Le voir placé dans une situation où il ne pouvait pas refuser l'occasion que son père leur offrait l'amusait. Quand il était mal à l'aise, ce médecin « coincé » était toujours distrayant. Il était si mignon quand il était perturbé. Et les rares fois où elle le faisait sourire étaient précieuses pour elle.

Mais cela ne devait pas être la raison pour laquelle Jared l'avait suivie dans le service. Il avait dit qu'il était de garde et, lors de ses rondes, il voyait toujours toutes les patientes, qu'elles soient les siennes ou celles des sages-femmes. Mais alors que le Dr Hennison ou son père se contentaient de consulter Sky ou Lori, se fiant à elles pour signaler des complications éventuelles, Jared allait plus loin. Il avait l'habitude de vérifier scrupuleusement les dossiers médicaux des patientes et d'interroger les infirmières qui s'en occupaient, comme si les sages-femmes retenaient des informations.

La relation entre les médecins et les sages-femmes, dans leur travail, devait être une étroite collaboration, et Sky estimait parfois que Jared était près de franchir la ligne. Toutes ses questions lui donnaient l'impression qu'il ne considérait pas les sages-femmes comme des partenaires égales. Il y avait même une rumeur selon laquelle il avait essayé de convaincre son père de ne plus en engager, et Sky se sentait plus que sur la défensive lorsqu'elle devait traiter avec lui.

— Tammy m'a dit que votre patiente est complètement dilatée. Pourquoi ne pousse-t-elle pas ? demanda Jared dès l'instant où elle s'assit dans le bureau des infirmières.

Sky regarda sa collègue qui lui adressa un sourire d'excuse. Il y avait quelque chose chez Jared, même s'il pouvait être aussi susceptible qu'un porc-épic, qui faisait que les membres du personnel se fiaient à lui. Peut-être était-ce parce qu'il les soutenait toujours quand ils négociaient avec l'administration de la clinique. Ou peut-être était-ce le fait qu'il ne les laissait jamais s'occuper seuls d'une patiente difficile. En tout cas, il ne les prenait pas de haut et les respectait pour le travail qu'ils faisaient.

Si seulement Sky pouvait obtenir qu'il respecte les sages-femmes de la même façon ! Si seulement il pouvait voir qu'elles avaient autant que lui leur place dans la salle d'accouchement. Ses réticences cachaient quelque chose, elle en était certaine, et elle trouverait un jour ce que c'était.

— Liza vient d'avoir une péridurale et a choisi de se reposer quelques minutes avant de commencer à pousser, expliqua-t-elle.

Elle ne le laisserait pas la faire douter d'elle-même. Elle connaissait son métier et avait fait ceci des centaines de fois.

— Comme vous pouvez le constater sur le moniteur, le rythme cardiaque du bébé est bon.

— Vous voyez, c'est pour cela que nous ne pouvons pas travailler ensemble. Vous prenez mal toutes les questions que je pose, dit Jared en se tournant vers elle, sa voix trop forte heurtant Sky qui manquait de sommeil.

Elle le regarda et battit des cils. Parlait-il de sa patiente, ou de l'équipe qu'ils devaient former pour s'occuper de Mindy Carter ?

— Je suppose que vous n'avez pas pu convaincre votre père de prendre le relais avec les Carter ?

Ses yeux bruns refusèrent d'admettre qu'elle avait vu clair en lui. Il pinça les lèvres, et elle le vit grimacer. Elle l'avait vu souvent faire ça lorsqu'elle essayait de le faire réagir. C'était comme si cet homme essayait de la convaincre qu'il était au-dessus des émotions humaines. Mais elle était mieux fixée. Elle avait vu la façon dont il avait observé ses lèvres lors de la réunion. Se pouvait-il qu'il soit aussi curieux à son sujet qu'elle l'était de lui ? Se pouvait-il même qu'il soit plus que curieux ? Le fait qu'il l'ait dévisagée ainsi était-il un signe qu'il pourrait être intéressé par elle d'une autre manière ?

Peut-être que non. Peut-être était-ce seulement elle qui sentait bourdonner cette électricité entre eux. Ce matin-là, sa réaction avait peut-être seulement indiqué qu'il avait faim.

— J'ai simplement exprimé mon opinion, à savoir qu'il vaudrait mieux que ce soit mon père qui représente la clinique avec des patients aussi en vue. N'êtes-vous pas d'accord ?

La vérité était qu'elle partageait son avis. Même si elle prenait plaisir à l'irriter, par jeu, ils n'avaient jamais bien travaillé ensemble. Elle lui en voulait de son besoin irrépressible de se mêler de tout, et il ne lui faisait pas confiance. Ce serait probablement un cauchemar, néanmoins elle comprenait pourquoi Jack Warner voulait que son fils prenne la tête de cette collaboration. Il était connu que Jared était formaté par son père pour reprendre la clinique, un jour. Mieux valait découvrir maintenant s'il pouvait supporter la pression inhérente à cette position.

— Je respecte assez votre père pour croire qu'il sait ce qu'il fait, répondit Sky, même si elle se demandait si elle était elle-même la mieux placée pour cette tâche, bien qu'elle ait été chaudement recommandée.

Les Carter étaient devenus incroyablement célèbres et certainement « très à l'aise », comme aurait dit sa grand-mère. Sky avait été élevée par celle-ci dans un simple deux-pièces avec ses six frères et sœurs, dans les montagnes du Tennessee. Elle n'était pas entraînée à fréquenter des gens de leur milieu.

— Écoutez, Jared, renchérit-elle, votre père a pris sa décision, et dans l'intérêt de la clinique et du Foyer de la Femme, nous devons assumer ceci même si vous ne m'aimez pas.

Voilà. Maintenant, le vrai problème était sur la table pour qu'ils le règlent. Il fallait y aller de front. S'ils ne pouvaient pas être amis, le moins qu'ils puissent faire était d'apprendre à travailler ensemble. Sinon, ce seraient trois mois catastrophiques.

Jared fronça les sourcils.

— Je n'ai pas dit que je ne vous aimais pas. Ceci n'a rien à voir avec ce que je ressens pour vous. Je ne vous connais même pas bien.

— Et nous avons travaillé ensemble pendant plus de trois ans. Cela ne vous semble-t-il pas un peu étrange ?

Les rides du front de Jared s'accentuèrent tandis qu'il la dévisageait. Était-il déconnecté à ce point du personnel ? Ou s'agissait-il juste d'elle ?

— Je sais que vous êtes une bonne sage-femme, dit-il, ce qui, venant de lui, était un énorme compliment.

Peut-être y avait-il de l'espoir pour eux, après tout.

— Et je sais que vous êtes un médecin très consciencieux.

Il avait passé tant de fois les dossiers de ses patientes au peigne fin qu'il n'y avait aucun doute là-dessus.

— Alors partons de là, et peut-être qu'une fois cette histoire terminée nous en aurons appris davantage l'un sur l'autre.

Son front se détendit, mais il plissa les paupières comme s'il suspectait encore qu'on voulait l'avoir. Peut-être que le taquiner à ce point dans la salle de conférences, ce matin, n'avait pas été une si bonne idée. Mais cela avait été amusant, et Sky se disait que Jared pourrait s'accommoder de davantage d'amusement dans sa vie. Or qu'est-ce qui pouvait être plus drôle que d'être ensemble dans un *reality show* avec un couple de vedettes de la musique *country* ? Plus drôle... ou plus désastreux !

— Si nous allions à la première réunion avec Mindy, Trey et leur imprésario pour voir ce qui en sort ? suggéra-t-elle. Il se pourrait qu'ils ne nous trouvent pas à leur goût. Voulez-vous au moins accepter cette démarche ?

Sky regarda le moniteur montrant le rythme cardiaque fœtal de la patiente en travail. On commençait à voir des signes de compression de la tête, ce qui indiquait que le bébé descendait dans le canal génital.

— Je dois retourner à ma patiente, dit-elle en se levant pour partir. Faites-moi savoir ce que vous déciderez. Au lieu de voir ceci comme une forme de punition, nous devrions peut-être le considérer comme une façon formidable de faire quelque chose de différent et d'unique. Qui sait, vous pourriez même découvrir que vous aimez être sous les projecteurs. Et ça pourrait être amusant.

Sans attendre qu'il lui donne une réponse, Sky sortit pour rejoindre la chambre de sa patiente. À un moment donné de son discours, elle s'était aperçue qu'elle était excitée de travailler avec des stars de la musique, même si elle devait collaborer avec Jared. Elle se dit que c'était la fréquentation de gens riches et célèbres qui la transportait – et la terrifiait. Elle ne voulait pas admettre qu'elle espérait pouvoir enfin ouvrir ce vrai casier à glaçons dans lequel le Dr Jared Warner s'enfermait.

Et qui savait ce qui pourrait se passer ? Elle découvrirait peut-être qu'il n'était pas fait de glace, justement. Et qu'il attendait seulement l'occasion de sortir et de s'amuser.

3

Jared avait su que c'était une erreur dès l'instant où Sky était montée dans son pick-up. Ils se rendaient tous les deux au même endroit, alors il avait paru normal qu'ils fassent le trajet ensemble. Mais une fois que la portière s'était refermée il avait été à court d'idées. Que dire à la personne qu'il avait cherché à esquiver de son mieux depuis qu'elle était venue travailler à la clinique ?

Il y avait toujours eu une gêne entre eux. C'était quelque chose qu'il n'avait pas envie d'examiner, parce que cela pourrait conduire à un problème encore plus embarrassant. La gêne, il pouvait la gérer, mais quelquefois cela semblait plus… personnel. Comme s'il y avait quelque chose de non dit entre eux, ce qui rendait très important qu'il l'évite le plus possible.

Bien sûr, ce n'était pas du tout la façon dont Sky l'approchait. Elle était toujours en train de lui faire l'une de ses farces silencieuses, flirtant avec lui comme lors de la dernière réunion ou lui lançant un clin d'œil de loin quand personne ne regardait. Il savait qu'elle le faisait pour le mettre mal à l'aise. Ces fois-là, il se demandait ce qu'était exactement son intention. C'était comme si elle ne faisait que s'amuser avec lui, tandis qu'il ne savait plus où se mettre. Mais elle n'agissait pas comme ça ce matin-là. Il n'y avait pas trace de son espièglerie habituelle. Elle ne le taquinait pas et ne riait pas. Elle était si silencieuse qu'il se demanda si elle n'était pas malade.

Non pas qu'il s'en plaigne. La dernière chose dont il avait besoin était d'entrer dans une pièce avec leur nouvelle patiente et de voir Sky faire une de ses pitreries le déstabilisant.

La circulation était dense, avec les habitants de Nashville qui se rendaient au travail. Ils étaient sur la route depuis près d'une demi-heure quand ils quittèrent la ville pour prendre la direction de Clarksville et du ranch où les Carter venaient de s'installer. Jusque-là, Jared s'était concentré sur le trafic, mais maintenant le silence qui les entourait était assourdissant. Il devait dire quelque chose, seulement il ne savait pas quoi. Il n'était pas doué pour la conversation. Il parlait quand il le fallait. Mais se retrouver en tête à tête avec quelqu'un ? Ce n'était pas sa tasse de thé. Et comme beaucoup d'autres choses dans sa vie, il avait appris à éviter ce genre de situation.

— Avez-vous déjà rencontré quelqu'un de célèbre ? demanda Sky.

Il fut content que l'un d'eux ait enfin brisé le silence.

— J'ai opéré l'épouse du maire il y a quelques années.

— Mmm.

Il lui jeta un coup d'œil et vit qu'elle regardait ses mains, tout en mâchouillant sa lèvre inférieure. Voir ce côté vulnérable de Sky le perturba. Lui avait l'habitude, depuis son enfance, de ne pas se sentir à sa place. Même maintenant, après avoir été adopté par le couple le plus aimable du Tennessee, il ne savait pas dire où il était bien.

— Nerveuse à l'idée de rencontrer les Carter ? demanda-t-il, même si sa question lui paraissait absurde.

Elle avait toujours tellement confiance en elle. Et pourquoi, soudain, s'inquiétait-il de Sky et de ses sentiments ? Les sentiments, ce n'était pas pour lui. Ils ne faisaient que compliquer les choses. La gêne qu'elle montrait était un autre signe que ce plan de son père de les faire travailler ensemble était condamné d'avance.

— Je ne veux pas donner une mauvaise impression de la clinique, dit-elle en se tournant vers la fenêtre.

— Je suis sûr qu'ils enfilent leurs bottes de cow-boy comme n'importe qui d'autre, observa Jared en suivant son GPS et en prenant la sortie suivante.

— Peut-être, marmonna-t-elle, n'ayant toujours rien de commun avec la sage-femme dont il avait l'habitude.

— Qu'est-ce qui ne va pas ? Je croyais que vous étiez excitée par cette aventure, reprit Jared, tout en se disant qu'il posait trop de questions.

Il avait déjà dépassé le stade d'une conversation banale.

— Oui, je le suis, répondit-elle. Simplement, je ne sais pas à quoi m'attendre. S'ils ne sont pas le gentil couple dont tout le monde parle ? S'ils sont vraiment snobs ? Si je ne leur plais pas ?

— Pourquoi penser ça ?

Se pouvait-il que la pétulante Sky manque soudain d'assurance ?

— Vos patientes vous adorent, toujours. C'est pour cela que nous sommes ici aujourd'hui.

— Je suis idiote. Bien sûr, que je leur plairai, dit-elle avant de pousser un soupir exagéré.

Jared n'aurait pas su dire si elle essayait de le convaincre lui ou de se convaincre elle-même.

Puis elle se redressa et sembla se détendre en regardant les champs qui avaient remplacé la ville.

— Oh ! n'est-ce pas joli ? Il est dur de croire que nous ne sommes qu'à quelques *miles* de Nashville.

Jared prit une grande inspiration, soulagé qu'elle ait laissé ses doutes de côté. Il avait assez des siens.

— On doit y être, dit-elle en se tordant le cou pour voir le panneau annonçant le ranch de Minuit.

Une route de terre courait entre des champs clôturés, puis disparaissait derrière des arbres.

— Regardez, ils ont des chevaux !

Trois chevaux, un noir et deux bais, levèrent la tête pour les regarder passer. Sky se tourna pour les admirer, le corps vibrant presque d'excitation. C'était là la Sky dont il avait l'habitude.

— J'ai toujours pensé que les chevaux avaient une vie formidable. Regardez ces trois-là. Ne serait-il pas fantastique d'avoir leur liberté ?

— Oui, je suppose qu'ils ont une bonne vie. Ils sont nourris et soignés. Mais ils ne peuvent pas aller où ils veulent. Ils doivent rester derrière une barrière.

— C'est vrai, reconnut Sky. Je me demande s'ils sont frustrés de ne pas pouvoir aller dans le pré voisin.

— Nous devons tous vivre avec des limites.

— Mais la plupart du temps, du moins quand nous sommes adultes, nous fixons nos propres limites, dit-elle en baissant la voix. Je pense que c'est pire que lorsque d'autres le font pour nous.

La douleur qui perçait dans son intonation le surprit. Si quelqu'un menait sa vie sans limites, c'était elle.

Quelques mètres plus loin dans l'allée qui tournait, ils arrivèrent à un portail en fer forgé.

— Souriez à la caméra, dit Jared en baissant sa vitre pour taper le code que l'imprésario des Carter lui avait envoyé par mail.

Avant qu'il puisse l'arrêter, Sky défit sa ceinture et rampa sur la boîte de vitesses, son corps se frottant au sien tandis qu'elle se penchait par sa fenêtre. Elle était presque assise sur ses genoux et le corps de Jared réagit aussitôt, ses bras lui enlaçant la taille pour l'empêcher de tomber sur la route.

Le sourire qu'elle décocha à la caméra fut l'un de ses sourires à mille watts. C'était le même sourire que celui qu'elle lui envoyait depuis le bureau des infirmières pour le mettre mal à l'aise. Un sourire tellement magnifique qu'il lui coupa le souffle. Son corps se durcit sous elle, et il resserra instinctivement ses bras autour d'elle.

— Vous ne pensez pas que vous devriez au moins attendre le *reality show* avant de commencer à jouer la comédie ? demanda-t-il.

— Je m'amusais un peu. Vous devriez peut-être essayer avant de me critiquer. Vous pourriez découvrir que ça vous plaît, dit-elle en reprenant place sur son siège.

Les bras de Jared la lâchèrent, et son corps lui parut soudain froid sans sa chaleur.

Il avait regretté ses mots à l'instant où il les avait prononcés. Elle avait raison. Elle était simplement elle-même. Ce n'était pas sa faute s'il avait réagi à elle de cette façon. Il se redressa dans son siège, refusant de s'appesantir sur ce besoin involontaire qu'il avait ressenti de l'entourer de ses bras. C'était absurde et presque risible.

Et Sky rirait si elle savait ce que le simple geste de poser les mains sur elle lui avait fait. Au milieu du prochain tournant, il fut content de voir apparaître la maison. Il avait hâte de sortir du pick-up et de mettre de la distance entre eux.

Le ranch comportait deux niveaux avec un balcon qui courait le long de l'étage supérieur. Vu les piliers de cèdre et la galerie qui occupait toute la largeur de la maison, Jared pouvait dire que l'architecte avait essayé de donner l'allure d'une simple maison de campagne au bâtiment, mais sa taille rendait cela impossible. Rien que les imposantes portes vitrées parlaient d'un luxe qui était hors d'atteinte pour lui.

— Waouh, fit doucement Sky, comme si quelqu'un pouvait les entendre. Si ma grand-mère pouvait voir ça...

Jared ne savait rien de la grand-mère de sa collègue, mais il savait que la sienne n'aurait jamais imaginé qu'il serait invité un jour dans une demeure aussi grandiose. Et il aurait tout donné pour l'amener là et lui montrer qu'il avait réussi : il avait fait quelque chose de sa vie. Non pas que ce ranch ait quelque chose à voir avec son existence qui était simple, tranquille et sûre. Et surtout, qui était la sienne. Il n'aurait jamais à s'inquiéter que quelqu'un lui prenne sa maison. Et c'était la chose la plus importante pour lui.

Néanmoins, sa grand-mère aurait apprécié ceci. Tout ceci. De son vivant, elle avait suivi à la radio toutes les stars de la musique *country* mais n'en avait jamais rencontré une, même si beaucoup vivaient à quelques minutes de chez elle. Elle était trop occupée à travailler et à l'élever. Une fois, il lui avait dit que lorsqu'il serait grand et riche, il lui achèterait la plus belle maison de Nashville. Mais à cinq ans il ne savait pas qu'un endroit pareil existait.

Il s'arrêta derrière un SUV noir parqué dans l'allée circulaire et aussitôt une femme aux cheveux gris descendit en trombe les marches du perron pour venir vers eux. Avec un rouge à lèvres rouge vif assorti à son tailleur et un chignon aussi haut que ses talons, elle s'approcha avec une détermination qui donna envie à Jared d'enclencher la marche arrière et de reprendre à toute allure la route de la ville.

— Qui c'est, à votre avis ? demanda Sky sans paraître intimidée par l'arrivante.

— Un dragon qui crache du feu ? suggéra Jared en défaisant sa ceinture et en ouvrant sa portière.

Sky le regarda et se mit à rire. Dans ses yeux dansait l'humour pour lequel elle était connue.

— Ne vous en faites pas. Si elle crache des flammes, je vous protégerai.

Il fut heureux de voir qu'elle retrouvait sa gaieté habituelle après cette perte momentanée de confiance en elle – ce qui était absurde, puisqu'il avait toujours trouvé irritant son côté frivole et désinvolte.

Avant qu'ils aient pu contourner le pick-up, la femme en rouge leur fonça dessus, agitant une liasse de papiers devant leur visage.

— Il me faut vos signatures sur ces formulaires de confidentialité avant que je puisse vous admettre à l'intérieur.

— Marjorie, pouvez-vous au moins les laisser entrer avant de les harceler avec ces bêtises ?

Jared regarda vers la porte d'entrée où une jeune femme de vingt-cinq ans environ se tenait debout, les bras posés sur son ventre arrondi. Vêtue comme elle l'était d'un jean et d'un T-shirt, ses longs cheveux blonds flottant sur ses épaules, il aurait pu la croiser dans la rue sans savoir qu'elle était l'une des étoiles montantes de la musique *country*.

— Ce ne sont pas des bêtises, Mindy. Vous devez cesser de penser comme une chanteuse amatrice. Les informations dont ces deux-là vont disposer pourraient valoir de l'or. Nous ne pouvons pas les laisser répandre dans le public des faits vous concernant vous et Trey.

— Je pense que la relation confidentielle médecin-patient couvre cela, dit Jared en gravissant les marches pour rejoindre Mindy et en ignorant la femme et ses papiers.

Sky le suivit.

— Je suis désolée, dit Mindy Carter en leur tendant une main menue. Marjorie veut bien faire. C'est juste que tout ceci - elle ouvrit les bras - nous est arrivé très vite et que nous n'avons pas pu reprendre notre souffle ces derniers mois. Elle prend ses responsabilités d'imprésario très à cœur.

— Ce sont des affaires très sérieuses, déclara la femme en les rejoignant, essoufflée. Vous ne pouvez pas faire confiance à tout le monde comme vous le faisiez chez vous. Et le *reality show* rend les médias encore plus avides de ragots.

— Tante Marj, c'est bon. La maternité générale a une excellente réputation, dit en s'approchant un homme en qui Jared reconnut Trey Carter.

— C'est exact, madame, et nous sommes tous les deux enchantés d'avoir cette occasion de prendre soin de votre famille, appuya Sky.

Elle s'avança vers la femme et lui tendit la main, son sourire ne montrant rien de l'appréhension que Jared éprouvait.

— Nous n'allons pas vous laisser debout dehors, dit Mindy. Je vous en prie, entrez, et je vais vous apporter quelque chose à boire. Nous apprécions que vous soyez venus nous parler. Je sais que beaucoup de médecins ne font plus de visites à domicile.

— Si j'allais nous chercher du thé glacé, pendant que vous

vous asseyez et vous reposez ? suggéra Trey en tenant la porte ouverte pour les laisser entrer.

Jared pénétra dans le vestibule, suivant Sky, et fut surpris de voir qu'il ouvrait directement sur un salon entourant une cheminée massive en pierre. À l'autre bout de la pièce, il y avait une table qui pouvait facilement accueillir vingt personnes, mais l'ensemble était confortable sans le clinquant et les paillettes auxquels il s'était attendu.

— Vous n'êtes pas autorisés à divulguer quoi que ce soit sur l'habitation de Mindy et Trey jusqu'à ce que le prochain *reality show* soit diffusé demain soir, dit Marjorie en les suivant au salon et en s'asseyant la première, brandissant toujours ces satanés formulaires. Ceci ne vise pas seulement à couvrir Mindy et Trey. Le producteur de *Vivre avec les Carter* y tient aussi.

— Oh ! nous comprenons parfaitement vos soucis, dit Sky avec une onctuosité que Jared ne lui connaissait pas. Nous serons heureux de prendre ces papiers et de les soumettre à l'équipe juridique de la clinique. Mais je pense que nous sommes tous d'accord, et que le principal aujourd'hui est de discuter de Mindy et de son bébé. Vous ne croyez pas ?

Et comme si elle avait accompli un miracle, ou un exorcisme, les yeux de Marjorie s'adoucirent, et elle sourit pour la première fois.

— Bien sûr, rien n'est aussi important que Mindy et le bébé.

On sonna à la porte, et elle bondit aussitôt pour aller ouvrir.

— Ce doit être l'organisateur de la soirée.

— Je sais qu'elle pousse un peu, dit Trey en posant un plateau sur la table basse, mais elle veut seulement nous protéger. Quand elle vous connaîtra, elle se calmera. Et si vous lui plaisez, elle se montrera tout aussi protectrice avec vous. En réalité, elle est une super ourse en peluche. Elle ne mord pas souvent et son affection est sincère.

— Je comprends, dit Jared. Vous avez de la chance de l'avoir.

Il changea de sujet quand Sky se tourna vers lui, le mettant mal à l'aise par sa façon de l'étudier.

— Alors, Mindy, comment vous sentez-vous ? demanda-t-il.

— Je vais bien, répondit-elle en passant les mains sur son ventre.

— Nous avons reçu votre dossier de votre médecin ; d'après lui, votre date d'accouchement est le 1er août, ce qui fait que vous en êtes à près de vingt-huit semaines. Est-ce exact ? demanda Sky.

— Je serai à vingt-huit semaines ce jeudi, répondit Mindy en se rapprochant de Trey qui s'assit à côté d'elle.

Pendant la demi-heure suivante, ils discutèrent de l'histoire médicale de Mindy et de ses plans pour la naissance. Lorsqu'ils abordèrent sa fausse couche de l'année précédente, Jared vit Trey passer un bras autour de sa femme. Il était évident que leur relation de couple était authentique, et pas seulement pour les caméras. Ils semblaient partager le genre de lien que Jared n'avait jamais compris. Certes, il savait que l'être humain ait besoin de compagnie. Mais se fier à quelqu'un en y mettant autant de vous-même ? Risquer de perdre de nouveau un être cher ? Non, il n'en était définitivement pas capable.

Alors pourquoi les regarder, tous les deux, le faisait-il se sentir vide d'une façon qu'il n'avait jamais éprouvée auparavant ?

— C'est un joli couple, dit Sky comme Jared démarrait le pick-up pour rentrer en ville. Je ne pense pas que nous aurons des difficultés à travailler avec eux.

— Je suppose, dit-il.

— Ils ne vous ont pas plu ? demanda-t-elle.

Elle s'était tournée vers lui. Être le centre de toute son attention le faisait toujours se sentir mal à l'aise.

Il l'avait observée avec Mindy pendant qu'elle l'interrogeait sur sa santé. Elle était naturellement douée avec les gens. Il ignorait si elle se comportait avec les autres personnes comme avec lui, mais il en doutait. Lorsqu'ils étaient dans une pièce ensemble, elle ne pouvait s'empêcher d'essayer de le faire réagir, comme si une partie perverse d'elle-même aimait à le mettre dans l'embarras – et il ne comprenait pas pourquoi.

Mais elle n'avait pas été ainsi ce jour-là. Elle s'était montrée professionnelle, ce qu'il appréciait beaucoup.

— Qu'ils nous plaisent n'est pas important, répondit-il. Ce qui compte, c'est que nous donnions les meilleurs soins à Mindy et au bébé, chose que nous ferons, j'en suis sûr.

— Merci, dit Sky avec l'un de ses grands sourires qui provoquaient toujours en lui une étincelle de plaisir non souhaitée.

— De quoi me remerciez-vous ?

Il se força à ramener son regard sur la route, mais il eut le temps de voir la façon adorable dont ses yeux reflétaient son sourire.

— De me faire confiance. D'avoir foi en moi. En nous. Je sais que travailler avec des sages-femmes vous pose un problème.

Les mains de Jared se crispèrent sur le volant. Il ne voulait pas vivre la raison pour laquelle il ne se fiait pas aux sages-femmes. Sky ne pouvait pas savoir que c'était une sage-femme qui l'avait mis au monde. Et que, pendant qu'il prenait sa première respiration, sa mère saignait à mort. Il ne voulait pas révéler cette partie secrète de sa vie. C'était une souffrance qu'il devait endurer en privé.

— Je n'ai pas de problème à travailler avec des sages-femmes. Je veux juste être disponible et préparé si l'on a besoin de moi.

— Si vous le dites, dit Sky en haussant les épaules. Qu'avez-vous pensé de cette demande de nous interviewer durant le *reality show* ? D'après moi, ce serait une chance formidable de faire de la pub pour le Foyer de la Femme, si nous pouvons le glisser dans la conversation. Cela pourrait rapporter des donations en provenance de tout le pays.

Jared était content qu'elle ait changé de sujet, même s'il n'avait pas envie de penser à celui-ci non plus. Certes, il serait bon d'avoir plus de revenus pour le foyer, ce qui soulagerait un peu son père. Et avec tout ce que ce dernier avait fait pour lui, c'était peu de chose de devoir répondre à quelques questions.

— Je ne comprends pas pourquoi ils appellent ça un *reality show*, remarqua-t-il. Dans quel monde la vie des Carter est-elle une réalité ? Si les gens veulent quelque chose de réel, il faudrait qu'ils filment des parents épuisés qui vont travailler chaque jour pour un salaire minime et s'inquiètent de savoir comment ils vont payer leurs factures quand ils retrouvent leurs enfants, le soir.

Du moins, c'était la réalité qu'il avait connue quand il était en foyer d'accueil. il ne rêvait pas, alors, d'une grande maison avec d'immenses cheminées et des chevaux qui couraient dans les prés. Il voulait seulement savoir que quelqu'un s'assurerait de lui procurer son repas suivant.

— Je suppose que le public ne trouverait pas cela assez distrayant. Bien que, s'il y avait eu une caméra cachée chez ma grand-mère quand j'y étais avec mes frères et sœurs, nous ayons pu amuser tout le pays avec nos singeries à la table du dîner, dit Sky, un rire dans la voix.

— Et vos parents ? demanda Jared. Ils n'auraient pas voulu être dans votre *reality show* ?

Le rire de Sky s'éteignit, et il sut qu'il avait posé la mauvaise question. Puis elle s'esclaffa de nouveau.

— Mes parents n'ont pas pu encaisser la réalité d'avoir à élever sept enfants. Sans la mère de ma mère, nous n'aurions pas eu de foyer.

Il se redressa sur son siège. Se pouvait-il que Sky et lui soient issus de situations aussi similaires ? Mais elle riait de son enfance, alors que ses souvenirs à lui, avant que les Warner ne l'adoptent, n'avaient rien de drôle.

— Comment faites-vous ça ? demanda-t-il avant de pouvoir se retenir.

— Quoi ?

— Rire de ce qui vous est arrivé. Comment pouvez-vous le faire ?

La question était peut-être un peu personnelle, mais il n'avait pu s'empêcher de la poser. Il n'avait jamais compris la façon insouciante dont Sky vivait. Mais maintenant qu'il en savait plus sur elle, il était soudain très important qu'il la comprenne.

Elle ne répondit pas pendant un long moment et il ne fut pas sûr qu'elle allait le faire. La regardant, il vit qu'elle mordillait sa lèvre inférieure, pensive. Puis elle prit une grande inspiration et commença :

— Je ne peux pas nier qu'à un moment donné mon enfance m'ait rendue amère. J'ai eu une réaction d'adolescente, je pense, mais avec le recul je me dis que j'étais surtout en colère. Vivre dans une petite ville où tout le monde savait que nous avions été abandonnés par nos parents n'était pas facile pour nous. Et les choses n'avaient pas été faciles non plus avant que nos parents nous quittent. Personne ne veut sentir qu'il n'a pas été désiré. Mais à partir du moment où nous sommes allés vivre chez ma grand-mère, elle s'est comportée comme si nous avoir était la meilleure chose qui lui soit arrivée dans la vie.

— Alors vous avez repris le dessus ?

— J'ai surtout décidé que je n'allais pas laisser les actions des autres déterminer comment je passerais le reste de mon existnce. Non pas que ça se soit fait du jour au lendemain. La vie n'est pas aussi simple. Juste quand vous avez l'impression que tout roule, il y a toujours quelque chose ou quelqu'un qui décide que vous ne méritez pas d'être heureux.

Jared vit qu'elle regardait par la fenêtre.

— Pourquoi me semble-t-il que vous ne dites pas tout ?

Elle se tourna et lui décocha un sourire terriblement triste, qu'il n'aima pas voir sur son visage.

— Je suis désolé. Je ne voulais pas vous mettre mal à l'aise.

Ses paroles lui parurent ridicules. Toutes ses questions avaient été gênantes. Il lui demandait de partager avec lui des choses qu'il n'était pas en droit de savoir. À quoi avait-il pensé ? Tenait-il tellement à la comprendre qu'il n'avait pas pris en compte ses sentiments ? En tout cas, il n'avait pas voulu lui révéler sa propre histoire douloureuse.

— Ce n'est pas grave. Et ce n'est pas quelque chose que j'ai passé sous silence. C'est quelqu'un.

Elle se redressa sur son siège. Il vit qu'elle haussait le menton et regardait droit devant elle. On aurait dit qu'elle se préparait à livrer bataille.

— J'étais fiancée, ou presque, à mon petit ami du lycée. Après le bac, il a voulu aller à l'université, mais je ne pouvais me permettre qu'un IUT. Toutefois, je pensais que tout allait bien. Il commençait sa médecine, et j'étais rentrée à l'école d'infirmières locale. Nous avions fait des plans pour l'avenir. Et puis, tout à coup, il a changé. Ses messages et ses appels ont cessé. La première fois qu'il est revenu chez nous, il a amené une fille avec lui.

Jared lui jeta un coup d'œil. Son regard blessé s'était durci, et ses lèvres étaient pincées comme si elle ne devait plus jamais sourire.

— Quand je l'ai coincé pour lui demander ce qui se passait, il a paru choqué que je me sois attendue à ce qu'il respecte les promesses que nous nous étions faites. Apparemment, je n'étais pas assez bien pour sa nouvelle vie. Il n'avait pas besoin d'une femme qui venait d'un trou paumé. Il lui fallait quelqu'un dont il pouvait être fier.

Les mains de Jared se crispèrent de nouveau sur le volant. Il avait été en butte à assez de remarques humiliantes, enfant, pour reconnaître la douleur qu'elle ressentait. Et il savait que cette douleur ne s'en allait pas. Vous portiez ces cicatrices avec vous pour le reste de votre vie – même si, à voir Sky, vous n'auriez jamais cru qu'elle avait été blessée de la sorte.

— Vous savez qu'il a eu tort, n'est-ce pas ? N'importe quel homme serait fier de vous.

— Peut-être. Mais maintenant je sais que peu importe ce qu'un homme pense de moi. Ce qui compte, c'est que je sois fière de moi-même.

Les mains de Jared se détendirent. Cette remarque lui plaisait.

— Alors oui, c'est ma triste histoire. J'ai reçu des coups dans la vie, mais qui n'en a pas eu ? J'ai simplement choisi de ne pas les laisser me mettre à terre. La vie est courte. Je veux en profiter autant que possible et je pense que la clé, pour ça, est d'avoir une attitude positive. Et si certains jours je n'ai pas envie de sourire, je souris quand même. En outre, même si pour la plupart des gens ma vie a été dure, je n'étais pas seule. On n'est jamais seul quand on a autant de frères et sœurs que j'en ai.

Il passa le reste du trajet à écouter Sky raconter des histoires de leurs escapades dans les montagnes du Tennessee. Elle s'était montrée plus ouverte et honnête avec lui qu'il ne l'avait jamais été avec personne. Il n'avait même pas parlé de sa vie avant l'adoption à sa propre mère, la femme la plus affectueuse qu'il avait jamais rencontrée. Comment se faisait-il que Sky puisse révéler si facilement des choses aussi douloureuses de son passé ?

Une fois qu'ils furent revenus à la clinique, Jared fut content de se mettre au travail. Leur visite à des célébrités de la musique avait empli la salle d'attente de patientes.

Ce fut seulement plus tard ce soir-là, lorsqu'il eut terminé ses rondes et fut rentré chez lui, qu'il se laissa aller à penser à ce que Sky lui avait dit de sa famille. Pour une raison quelconque, il avait toujours supposé qu'avec sa nature boute-en-train, elle venait d'un monde parfait. D'une certaine manière, découvrir qu'elle avait survécu à ce qu'elle lui avait décrit, tout en en riant, l'emplissait d'un nouveau respect pour elle. Même s'il n'était pas sûr qu'elle disait vrai en affirmant qu'à force de « faire semblant », on arrivait à tout. Cela ne lui semblait pas sain. Pendant combien de temps deviez-vous faire semblant ? Ne valait-il pas mieux affronter ses propres sentiments ?

Non pas qu'il ait affronté les siens d'une manière très saine. Il n'avait pas besoin d'un psychologue pour lui dire qu'il laissait son passé le retenir – son père le lui disait depuis des années. Mais maintenant, après avoir entendu l'histoire de Sky, il découvrait qu'il avait envie de dépasser ces barrières derrière lesquelles il s'était réfugié.

Mais qu'en serait-il, alors ? Que se passerait-il s'il relâchait toute la souffrance et le sentiment de perte qu'il avait connus enfant ? À quoi pourrait ressembler sa vie s'il choisissait de vivre comme Sky ? Il avait été confronté à beaucoup de choses dans son existence, mais il savait que la possibilité de lâcher son passé et d'aller de l'avant était le plus terrifiant de ce qu'il avait jamais envisagé de faire.

4

Sky fixait avec plus d'intérêt qu'il ne convenait les jambes revêtues d'un jean qui descendaient l'échelle du grenier du Foyer de la Femme. Elle n'eut pas besoin de voir la tête brune qui suivit un corps musclé pour savoir qu'il s'agissait de Jared. Elle avait vu son pick-up dehors, quand elle était arrivée. Elle savait qu'il était là. Mais le savoir et être confrontée à cette version de lui n'était pas la même chose. Là, il ne ressemblait pas du tout à ce qu'elle connaissait de lui dans sa blouse blanche toujours impeccablement repassée et boutonnée avec raideur jusqu'au cou. Ce Jared-ci était beaucoup plus intéressant.

Alors qu'il essuyait ses mains couvertes de poussière sur son jean, elle éprouva l'envie outrageuse de tendre la main et de l'épousseter elle-même. Lorsqu'il se tourna vers elle, elle noua ses mains dans son dos pour le cas où elles décideraient de se rebiffer et de la mettre dans les ennuis.

— Bonjour, Jared, dit-elle en s'assurant que sa voix soit emplie le plus possible de son entrain matinal habituel, même si le rythme de son cœur grimpait jusqu'à une zone dangereuse.

Elle plongea les yeux dans son profond regard brun toujours si sérieux et ne put s'empêcher de se demander si elle connaîtrait un jour le vrai Jared. Même ce jour-là, ses habits couverts de poussière, il affichait une tension évidente tandis qu'il l'étudiait.

Après tout ce qu'elle lui avait confié plus tôt dans la semaine, elle aurait pensé qu'il se montrerait plus détendu avec elle.

— Que faites-vous là ? demanda-t-il.

— J'ai apporté des vêtements de maternité donnés par une de mes patientes. Et vous ? Vous cherchez des fantômes dans le grenier ?

Il haussa un sourcil. Oui, c'était une question idiote. Jared ne semblait pas être quelqu'un qui passerait son temps à chasser des fantômes. C'était plutôt quelque chose qu'elle ferait, elle. Ou en tout cas, elle aimerait fouiller dans les vieilles malles qui devaient être entreposées là-haut.

— Il y a un problème électrique dans la salle de séjour. Apparemment, un écureuil ou un rat s'est introduit dans les combles et a rongé des fils. Je vais faire venir un électricien pour régler ça.

Une jeune fille portant une panière de linge arriva dans le vestibule, et Sky s'écarta pour la laisser passer.

— Bonjour, Jasmine. Comment allez-vous ? demanda Jared, les sourcils froncés.

Sky regarda avec plus d'attention l'arrivante, qui ne devait pas avoir plus de dix-huit ans. Il y avait des cernes sombres sous ses yeux bruns, et son visage avait cet air bouffi qu'aucune sage-femme n'aimait voir. Son ventre était arrondi. Elle devait en être au troisième trimestre.

Elle lança à Sky un regard méfiant.

— Je suis Sky. Une sage-femme qui travaille avec le Dr Warner.

— Je vais bien, répondit Jasmine, la voix plate.

Vu son expérience avec de jeunes patientes, Sky savait que cette réponse visait à donner le moins possible d'informations. Mais il y avait quelque chose qui n'allait pas chez Jasmine. Ses yeux n'étaient pas seulement fatigués, ils étaient vides.

— Prenez-vous le médicament pour la tension que je vous ai prescrit ? demanda Jared.

— Oui, Mme Mason me le donne chaque matin et vérifie ma

tension deux fois par jour, comme vous l'avez demandé. Mais ça me fatigue, dit Jasmine en perchant la panière sur sa hanche.

Maggie Mason était la directrice du foyer.

— Je vais parler à Maggie et voir si elle peut vous donner un rendez-vous avec moi demain. Il faut peut-être que j'ajuste votre traitement. Et nous ferons une autre échographie du bébé.

Les lèvres de Jasmine se relevèrent en un demi-sourire à la mention du bébé, puis elle passa devant eux. Arrivée au bout du hall, elle se retourna.

— Merci, docteur Warner.

Sky attendit qu'elle ait disparu pour demander :

— Que se passe-t-il avec elle ?

Jared replia l'échelle et la rangea dans la trappe du grenier.

— Physiquement, sa tension a augmenté au cours du mois dernier. Mentalement, je ne suis pas sûr. Je ne parviens pas à la faire parler. Je lui ai demandé si elle voulait voir un psychologue ou changer de médecin, mais elle dit que non. C'est une des raisons pour lesquelles je suis passé aujourd'hui. Je veux vérifier si Maggie a une idée de ce qu'elle a.

Jared referma la trappe avec plus de force que nécessaire. C'était la première fois que Sky le voyait en colère. Il était vraiment inquiet pour la jeune fille.

— Et si je lui parlais, moi ? suggéra-t-elle.

Jared la regarda, son corps près du sien dans le petit vestibule. Un instant, Sky oublia de quoi ils parlaient. Ses fripouilles de mains avaient envie de se tendre vers lui et de se promener sur les muscles durs soulignés par sa chemise. C'était une réaction normale chez une femme attirée par un homme. Avec un autre homme, elle aurait peut-être exprimé son intérêt. *Mais c'était Jared.* Les seuls jeux auxquels elle avait le droit de jouer avec lui devaient être silencieux et platoniques, puisqu'ils étaient au travail. Et la plupart du temps, il ne semblait pas les apprécier.

Alors pourquoi était-elle plantée là à le reluquer ? Ce devait être cette nouvelle relation en dehors de la clinique qui la rendait aussi confuse. Et elle pouvait admettre, au moins pour elle-même, qu'il l'attirait bel et bien.

Même si elle s'était toujours dit qu'elle aimait juste le taquiner, il y avait une part d'elle qui souhaitait qu'il la remarque. Qu'il la regarde elle, la femme, et non la sage-femme. Elle avait pensé à lui depuis qu'ils étaient allés chez les Carter. Elle lui avait raconté presque toute son histoire, quelque chose qui l'avait sans doute surprise, elle, plus que lui. Elle ne partageait pas son passé avec beaucoup de gens. On l'avait jugée pour avoir été abandonnée et être issue de nulle part la majeure partie de sa vie, alors maintenant elle refusait qu'on la regarde avec de la pitié ou d'un œil critique.

Mais Jared n'avait fait ni l'un, ni l'autre. Il avait même pris parti pour elle, lui disant que son ex, Daniel, avait eu tort et qu'elle pouvait être fière de ce qu'elle était.

Elle prit conscience qu'elle l'avait fixé trop longtemps quand il inclina la tête sur le côté, l'étudiant avec attention.

— Je veux dire… j'aimerais l'aider, et elle pourrait peut-être me parler, comme je ne la soigne pas. Quel âge a-t-elle ? Elle paraît si jeune. Enfin, à part ses yeux, tristes et vides.

— Elle a dix-sept ans. Vous voyez aussi qu'elle souffre ? demanda Jared, l'air étonné.

— Oui. Quelque chose la travaille. Elle doit accoucher dans combien de temps, trois mois ?

— Elle est presque à trente-deux semaines.

— Je vais aider Maggie, aujourd'hui, pour le grand ménage. J'essaierai de parler à Jasmine. Je suppose qu'elle ne reçoit pas beaucoup de soutien de ses parents, si elle vit ici.

— Sa mère est venue aux premiers rendez-vous avec elle. Elles paraissaient proches. Mais alors Jasmine m'a demandé à venir s'installer au foyer. Elle ne m'a jamais dit ce qui s'est passé. Et je n'ai pas demandé à Maggie si elle le savait. Je ne voulais pas que Jasmine pense qu'elle ne pouvait pas lui faire confiance.

Sky fut surprise par l'intuition dont Jared faisait preuve. Il paraissait toujours si déconnecté de tout. Ce n'était pas qu'il ne se souciait pas des autres – elle l'avait vu s'inquiéter pour ses patientes – c'était juste qu'il ne laissait pas entrer beaucoup de gens dans sa vie. Du moins, c'était ce qu'il lui semblait. Peut-être laissait-il derrière lui une légion de petites amies, chaque matin, pour venir travailler.

D'accord, cette pointe de jalousie était ridicule. Et qu'il ait ou non des femmes dans sa vie n'était pas le problème. Le problème, c'était qu'il semblait garder des distances avec les gens qu'il voyait tous les jours. Comme elle.

Peut-être ne trouvait-il pas les gens ordinaires intéressants. C'était sans doute pour cela qu'il restait sur son quant-à-soi.

Elle secoua la tête et essaya de se concentrer sur les problèmes que Jasmine pouvait avoir.

— Je vais voir ce que je peux découvrir. Et si je peux l'aider d'une manière ou d'une autre, je le ferai. Elle a sûrement simplement besoin d'être rassurée, de savoir que le foyer sera toujours là pour elle. Si c'est un problème avec ses parents... À défaut d'autre chose, je pourrais être une amie pour elle. Quelqu'un qu'elle peut appeler en cas de besoin.

— Pour l'instant, le plus important est de garder sa tension sous contrôle. Si le traitement ne suffit pas, je la ferai s'aliter.

Ils se dirigèrent vers la cuisine, où Sky savait qu'elle trouverait Maggie et d'autres membres du personnel en train de préparer le déjeuner. Ils avaient eu de la chance de trouver quelqu'un comme Maggie pour diriger la maison quand la directrice d'origine avait pris sa retraite. Maggie avait passé la majeure partie de sa carrière d'infirmière à travailler à la clinique avec le Dr Warner senior. Le fait qu'elle soit la mère de Lori, en plus, ne gâtait rien.

Le téléphone de Sky annonça un message, et elle le tira de sa poche. Elle lut deux fois la notification pour s'assurer qu'elle comprenait bien ce que Mindy demandait, puis elle poussa un cri de joie.

— Vous n'allez pas le croire ! dit-elle à Jared en posant une main sur son bras pour l'arrêter. Mindy et Trey veulent qu'on vienne à la soirée qu'ils donnent demain soir. Une soirée où toutes les stars de la musique *country* seront présentes, d'après Mindy.

Elle le regarda et ne vit sur son visage aucune trace de l'excitation qu'elle éprouvait.

— Vous devez venir. L'invitation est pour nous deux. Ensemble.

Il resta simplement piqué là, à la regarder.

— S'il vous plaît ? insista-t-elle.

Les épaules de Jared s'affaissèrent, et elle sut qu'elle avait gagné. Elle poussa un nouveau cri de joie et jeta ses bras autour de son cou. Son corps se raidit sous le sien, mais elle n'y fit pas attention.

Elle, Sky Benton, qui venait du fin fond des montagnes du Tennessee, allait assister à une soirée huppée avec toutes les stars de Nashville. Et elle ne laisserait pas Jared Warner la lui gâcher.

5

Sky était à court de mots. Après avoir parlé sans arrêt dans la voiture, la première fois où ils s'étaient rendus chez Mindy et Trey, à présent elle ne savait plus que dire. Son mutisme l'étonnait elle-même. Elle savait toujours quoi dire – ou faire semblant. Mais ceci ? C'était trop stupéfiant. C'était un rêve devenu réalité pour une petite fille dont la grand-mère écoutait le *Grand Ole Opry* à la radio le samedi soir.

L'immense pièce dans laquelle elle avait été assise quelques jours plus tôt était emplie de monde. Elle avait vu certaines personnes dans d'innombrables émissions de musique, et elle en reconnaissait d'autres d'après le Carter's reality show. Quelques hommes étaient vêtus de costumes habillés tandis que d'autres portaient des jeans et des chapeaux de cow-boy. Les femmes étaient soit très élégantes, soit habillées de façon décontractée.

Et tandis que Jared portait un costume noir très convenable, Sky avait décidé de frapper un grand coup. Avec l'aide de Lori, elle avait trouvé la robe parfaite dans une boutique du centre-ville. Bleu marine, avec un bustier ajusté et une courte jupe ballon, elle comportait assez de paillettes pour la faire se sentir glamour et prête à faire la fête. C'était une robe d'exception qui, avait-elle pensé, lui donnerait l'assurance dont elle avait besoin ce soir-là.

Sauf que maintenant qu'elle était là, à voir tous ces gens magnifiques et talentueux, son assurance avait disparu, et ses souvenirs du passé ne cessaient de lui rappeler qu'elle n'était pas à sa place. Elle fit de son mieux pour les chasser.

— Alors, par où commençons-nous ? demanda-t-elle à Jared, contente de l'avoir avec elle.

Quand elle était arrivée à Nashville après avoir quitté son petit hôpital local, elle avait été seule. Elle n'avait jamais habité dans une ville aussi grande. Mais elle n'était pas retournée chez elle en courant et elle n'allait pas le faire maintenant. Elle avait décidé que la vie était faite pour être vécue, sans rester dans son coin en pensant que vous ne la méritiez pas. Ceci était pour elle une opportunité unique. Elle ne voulait pas avoir des regrets plus tard.

Avant que Jared puisse répondre, elle vit Mindy qui venait vers eux.

— Je suis si contente que vous ayez pu venir, dit leur hôtesse.

Vêtue d'une ample robe argentée qui accentuait son ventre rebondi, elle était la plus belle femme de la salle.

— Nous sommes heureux d'être ici, répondit Sky en prenant le bras de Jared, tandis que son sentiment de ne pas être à sa place revenait.

— Entrez, dit Trey en passant un bras autour de la taille de sa femme. Notre producteur m'interrogeait justement à votre sujet. Je lui ai promis de vous présenter à lui.

— Tu commences à te conduire comme Marjorie, intervint Mindy. Ils viennent d'arriver. Ne peuvent-ils souffler quelques minutes avant que Joe et toi vous mettiez à parler affaires ?

— C'est bon, dit Jared. J'ai quelques questions à vous poser à propos du *show* et de l'interview qu'ils veulent faire.

Mindy poussa un gros soupir et passa son bras sous celui de Sky.

— Laissez-moi vous servir à boire et vous faire faire un tour. J'adore Joe, mais vous le rencontrerez plus tard. Il y a ici un tas de gens plus intéressants dont vous devez faire la connaissance.

Sky lâcha le bras de Jared et laissa Mindy l'entraîner vers le milieu de la salle. Elle se retourna et vit que son collègue était déjà en grande conversation avec Trey. Elle avait pensé que ce serait lui qui ne se sentirait pas à sa place, et pas elle, mais elle s'était trompée. Certes, Jared avait été élevé à Nashville. C'était peut-être pour cela qu'il ne se montrait pas aussi impressionné qu'elle par toutes ces célébrités.

Juste comme elle croyait avoir pris le contrôle de sa nervosité, elle se retrouva englobée dans une foule de personnalités connues – le gratin de Nashville. Il y avait des chanteurs et des membres de groupes célèbres, et même un sénateur du Tennessee. Partout où elle portait les yeux, elle voyait quelqu'un qu'elle reconnaissait pour l'avoir vu dans un clip ou entendu chanter à la radio. Le temps que Mindy la conduise dans la cuisine, elle était submergée par toutes ces rencontres.

— Voulez-vous boire quelque chose ? lui demanda la jeune femme. Le bar est ouvert dans la salle de séjour, mais j'ai de l'eau et des sodas, ici.

— De l'eau sera très bien, dit Sky en prenant place sur un tabouret, soulagée d'échapper au bruit pour un moment. Je suis désolée de vous éloigner de vos invités.

— J'ai besoin de faire une pause, dit Mindy en s'asseyant à côté d'elle. C'est la première soirée que nous donnons à Nashville, et j'adore, mais je pense que je n'y étais pas vraiment préparée.

— J'ai du mal à imaginer ce que l'an dernier a dû être pour vous. La sortie de votre album et son succès. Votre installation dans une nouvelle ville. Et puis toutes les tournées alors que vous êtes enceinte. Comment y arrivez-vous ?

— Cela a été fou, mais c'est le genre de folie que nous adorons tous les deux. Et Trey a fait tout ce qu'il a pu pour me faciliter les choses. En particulier depuis la grossesse. Après ma fausse couche il m'a beaucoup soutenue, insistant pour que nous allégions les tournées pendant deux ou trois mois. Mais après tout a décollé d'un coup.

Sky ne pouvait s'empêcher d'être un peu envieuse de la relation que partageaient Mindy et Trey. Qu'est-ce que ce serait d'avoir quelqu'un veillant au grain pour vous ? Quelqu'un qui serait là quand vous rentrez à la maison ? Quelqu'un sur qui vous pourriez compter ? Quelqu'un avec qui vous pourriez partager un rêve ? Mais surtout, quelqu'un à qui vous pourriez vous fier pour ne pas vous briser le cœur ? Elle avait donné son cœur, une fois, et elle n'était pas sûre d'avoir le courage de recommencer.

Non pas qu'elle ait le droit de se plaindre. Elle sortait assez souvent avec des hommes. Elle s'assurait juste que l'autre personne sache toujours qu'elle ne cherchait qu'à s'amuser.

— Nous avions prévu d'attendre un peu après la fausse couche pour une nouvelle grossesse, dit Mindy en frottant son ventre. Mais ce petit était destiné à être. C'est notre bébé spécial, notre bébé arc-en-ciel. La meilleure surprise que nous aurions pu espérer. C'est pour cela que nous ne voulons pas connaître son sexe. Ce sera une surprise jusqu'au bout.

Sky pensait que tous les bébés étaient spéciaux, mais il y avait quelque chose de tellement doux-amer lorsqu'un bébé suivait la perte d'un autre enfant.

— J'adore cette décision. Et vous pouvez être sûrs que ni Jared ni moi ne divulguerons l'information.

— Je sais. Jenny m'a dit quelle expérience formidable elle avait vécue avec vous comme sage-femme, mais j'étais quand même nerveuse à l'idée de vous rencontrer.

— Pourquoi ? demanda Sky.

Il avait été naturel qu'elle soit nerveuse à l'idée de rencontrer Mindy et Trey. Ils étaient des stars. Mais elle ? Elle était une simple sage-femme sortie de nulle part.

Mindy soupira et s'adossa à sa chaise.

— Je savais que les choses allaient changer si nous arrivions en tête du *hit-parade*. Et puis il y avait le *reality show*. Nous commencions à avoir du succès quand nous avons donné notre accord. Nous étions préparés à perdre un peu de notre intimité, mais je ne m'attendais pas à voir les gens changer ainsi autour de nous.

Sky se rappela comment ses amis et même certains membres

de sa famille avaient réagi lorsqu'elle avait décidé de quitter sa ville natale pour la grande ville. Ils lui avaient fait sentir qu'elle les laissait tomber, même s'ils savaient combien il était dur pour elle de voir son ex se promener avec la femme qu'il avait choisie à sa place.

— Quand une amie à moi a laissé filtrer que j'étais enceinte, reprit Mindy, les médias sont devenus fous. Nous étions très heureux de cette grossesse, mais nous ne voulions pas encore en partager la nouvelle. Nous nous étions juste remis de la publicité qui avait entouré ma fausse couche. Nous savions que cela se saurait avec le *reality show* et tout le reste, mais nous voulions attendre. Après ça, je suppose que je ne me sentais plus capable de me fier à quelqu'un. Mais quand je vous ai rencontrés, vous et Jared, je me suis sentie mieux. Vous vous intéressiez à moi, Mindy, et pas à Mindy Carter des Carter. Est-ce que je me fais comprendre ?

— Parfaitement, et je suis désolée que quelqu'un à qui vous pensiez pouvoir faire confiance vous ait trahie de cette façon-là. J'espère que vous savez maintenant que vous pouvez vous fier à moi. Mon but est de faire passer la mère et le bébé toujours en premier lieu. Votre santé et celle de votre enfant seront prioritaires pour Jared et moi.

Sky s'arrêta pour boire une gorgée d'eau.

— À propos de Jared, dit Mindy, j'espère que cela ne vous ennuie pas que nous ayons demandé que vous travailliez tous les deux ensemble. Moi, je veux qu'une sage-femme s'occupe de moi, mais Trey tenait à avoir un médecin.

— Cela ne m'ennuie pas. Jared et moi sommes heureux tous les deux de travailler avec vous, répondit Sky.

Jack Warner les avait avertis le jour où il leur avait parlé pour la première fois de Mindy et Trey. Et si elle savait que certaines sages-femmes se seraient senties insultées par cette requête, ce n'était pas son cas. Elle savait qu'elle pouvait prodiguer à Mindy et à son bébé les soins dont ils auraient besoin. Au vu du dossier de Mindy, il n'y avait pas de facteurs de risque qui l'empêcherait d'accoucher avec une sage-femme. Mais si Trey avait besoin d'être rassuré en faisant intervenir Jared, c'était bien aussi.

— Pour ce qui est de Jared et de vous, reprit Mindy avec un éclat malicieux dans les yeux, y a-t-il quelque chose entre vous en plus du travail, ou je me l'imagine ?

Pour la deuxième fois de la soirée, Sky se trouva à court de mots. Elle but une grande gorgée d'eau en prenant garde de ne pas s'étrangler, puis elle reposa la bouteille. Elle aimait bien Mindy, mais elle ne la connaissait pas assez pour lui confier son attirance secrète pour Jared. Elle n'en parlait même pas à Lori.

— Nous sommes collègues, c'est tout.

C'était la vérité, et cependant elle se sentait un peu coupable de ne pas admettre son intérêt pour Jared. Mindy s'était ouverte à elle d'une façon très personnelle.

Il y avait quelque chose en Mindy qui mettait Sky à l'aise. Après tout, il n'y avait pas si longtemps, la jeune femme était une personne normale qui travaillait à réaliser son rêve, comme Sky l'avait été en travaillant pour devenir sage-femme. Combien de gens présents ici, et auréolés maintenant de gloire et de fortune, avaient commencé comme elles deux ? Ces gens enfilaient leurs santiags de la même façon qu'elle, ainsi que le disait Jared.

— Merci de m'avoir aidée à vaincre ma nervosité, ce soir.

Sky se tourna vers Mindy.

— Je ne suis pas comme ça, d'ordinaire. C'est juste... Mon monde est si différent de celui-ci. Tout ceci est tellement...

— Extrême ? suggéra Mindy en se levant et en lui reprenant le bras.

— Oui ! s'exclama Sky tandis qu'elles allaient rejoindre la foule et qu'elle se sentait plus assurée, cette fois. Alors allons faire les folles, aussi.

Jared parcourait la foule des yeux, essayant de trouver Sky. Il avait eu une bonne conversation avec le producteur du Carter's reality show. Alors que Sky ne semblait pas avoir de problème pour apparaître dans le spectacle, lui n'aimait pas l'idée d'ouvrir sa vie personnelle au public. Il savait que ce n'était pas comme si Sky ou lui allaient avoir un premier rôle – ils ne seraient filmés que pour leur activité de soignants de Mindy. Toutefois, il avait fait promettre au producteur qu'aucune information superflue ne serait donnée à leur sujet. Ils accorderaient une interview ou deux et le tour serait joué. Maintenant, il fallait qu'il trouve Sky pour qu'ils puissent s'en aller.

Depuis qu'il avait quitté la soirée pour suivre Joe et Trey dans le bureau de ce dernier, un orchestre s'était installé. La musique était bonne, bien sûr – il n'aurait pas pu s'attendre à moins étant donné le calibre des musiciens présents dans la salle. Quand un chanteur qu'il reconnut s'y joignit avec sa propre guitare, Jared s'arrêta pour écouter un moment. Ses propres mains le démangeaient de sentir les cordes sous ses doigts. Il brûlait de sentir la vibration de la musique le parcourir, avec les émotions qu'elle lui procurait.

Lorsque la chanson se termina et que les applaudissements crépitèrent, il retourna à l'autre bout de la salle, où une piste de danse avait été installée. Le groupe reprit avec une danse en ligne populaire dans les années 1990, et il ne lui fallut qu'une minute pour repérer Sky parmi les danseurs. Puis il reconnut l'homme qui se trouvait à côté d'elle et à qui elle souriait. Nick Thomas était un garçon de Nashville qui avait formé un des meilleurs groupes de la ville. Il n'avait pas encore gagné la célébrité de la majeure partie des gens qui étaient là, mais d'après les médias locaux cela ne saurait tarder.

Toutefois, ce n'était pas Nick qui retenait l'attention de Jared. C'était Sky. Et ce n'était pas la façon dont sa jupe courte virevoltait autour de ses jolies jambes, ni celle dont ses boucles blondes tressautaient avec ses mouvements. C'était son sourire.

Ce large sourire heureux qui lui donnait envie de la rejoindre dans la danse. De l'attirer à lui et de la faire tournoyer encore et encore au rythme de la musique, jusqu'à ce qu'ils soient tous les deux à bout de souffle.

Le morceau s'acheva, et elle dit quelque chose à Nick, puis se tourna vers lui, Jared. Il distingua l'instant où elle le vit, où leurs regards se joignirent et où son sourire changea – pour devenir le sourire malicieux avec lequel elle adorait le tenter. Son corps se tendit d'une nervosité qu'il n'avait encore jamais éprouvée tandis qu'elle venait lentement vers lui. La foule s'estompa lorsqu'elle lui prit la main et commença à l'attirer vers la piste de danse. L'orchestre se mit à jouer une chanson lente et triste rehaussée par les accords suaves d'un violon.

— Dansez avec moi, dit-elle, ses yeux bleus pétillant d'une excitation fiévreuse qui le contamina.

Il savait qu'il ne devrait pas. Ceci n'était pas un rendez-vous galant. Ils n'étaient là que comme collègues. Rien d'autre.

Mais quand les bras de Sky s'enroulèrent autour de son cou, ses propres bras enlacèrent sa taille et l'attirèrent plus près. Et lorsqu'elle posa sa tête contre lui, il se laissa se détendre à son contact. Quel mal y avait-il à partager une danse ?

Il ne fallut qu'une minute pour que son corps réponde à cette question. C'était comme si un feu avait été allumé en lui, tandis qu'il réagissait à la sensation de Sky lovée contre lui. Ses muscles se crispèrent, et il devint dur comme de la pierre. Il tenta de garder son souffle aussi régulier que possible tandis qu'ils se balançaient sur la musique, le corps de Sky se frottant contre le sien à chaque mouvement. Il baissa les yeux et leurs regards se joignirent. Comme elle prenait une inspiration aussi hachée que la sienne, il regarda ses lèvres – ces mêmes lèvres qui l'avaient taquiné pendant des mois. Un instant, il envisagea de les goûter. Seraient-elles douces et souples, ou fermes et avides ? Il commençait à se pencher quand le couple voisin lui rentra dedans, rompant le sortilège quelconque qui l'avait envoûté.

Quel mal pouvait faire une danse ? se répéta-t-il. Elle pouvait détruire sa réputation s'il se laissait aller à perdre son contrôle sur la piste.

Avec une volonté qu'il ignorait posséder, il s'éloigna du bord – renonçant à faire quelque chose qui scandaliserait la salle tout entière. Mais quand le morceau prit fin et que Sky s'écarta de lui, ses bras lui parurent vides. Cela n'avait été qu'une danse. Le fait que le corps de Sky se soit moulé si parfaitement au sien ne voulait rien dire. Pourtant, il avait dansé avec de nombreuses femmes avant elle et il n'avait jamais rien éprouvé de pareil.

— Nous devrions y aller, dit-il, même si ses pieds, traîtres, refusaient de bouger.

— Pourquoi ? Avons-nous des plans ? demanda-t-elle, la voix douce et altérée.

Le corps de Jared réagit comme elle se rapprochait de nouveau de lui.

Il avait envie de la reprendre dans ses bras, d'embrasser cette bouche qui l'avait taquiné durant les six derniers mois. Seulement il ne pouvait pas plus l'embrasser maintenant qu'il n'aurait pu le faire toutes ces autres fois. Il devait se retenir comme il l'avait fait encore et encore lorsqu'elle l'avait tenté. Il fallait qu'il remette les choses en place, comme elles l'avaient été avant cette danse. Avant qu'il n'ait senti combien le corps de Sky paraissait à sa juste place contre le sien.

Cela aurait dû être simple. Un pas. Faire un pas et s'éloigner. Mais c'était Sky, et avec elle rien n'était simple. Ils se heurtaient constamment au travail. Elle l'avait torturé pendant des mois avec ses sourires sexy et ses clins d'œil insolents. À ce moment-là, quelqu'un lui tapa sur l'épaule et rompit le sortilège qui l'avait retenu captif. En se tournant, il vit que c'était Nick qui se tenait derrière lui.

— Si vous ne dansez pas avec la dame, je le ferai volontiers, dit le chanteur, son sourire si parfait faisant grincer les dents de Jared.

— Non, nous allions partir, parvint-il à dire avant de prendre la main de Sky et de la tirer derrière lui.

Ce fut seulement lorsqu'ils furent à la porte qu'il se rappela où ils étaient et pourquoi ils étaient venus. Rien de tout ceci n'était censé les concerner, Sky et lui. Et l'attitude possessive qu'il venait d'avoir n'était pas professionnelle.

Savoir combien il avait été près de faire une scène en disant à Nick où il pouvait se mettre son invitation le dégrisa. Ils étaient là pour représenter la clinique et pour obtenir d'autres donations pour le Foyer de la Femme. Il se rappela combien son père avait paru abattu en révélant que le foyer avait des problèmes financiers. Et lui, il avait presque tout fait rater et manqué humilier Jack Warner devant les gens dont l'aide leur était nécessaire. Ce dernier méritait un meilleur fils que ça.

Il lâcha la main de Sky et s'éloigna physiquement d'un pas tandis que son cerveau s'écartait mentalement de la ligne que son corps avait failli franchir.

— Je suis désolé, dit-il. Je n'aurais pas dû parler pour vous. Si vous souhaitez retourner auprès de Nick, je le comprendrai.

Les émotions se bousculaient en Sky comme si elle était un flipper. Le choc, mêlé à un certain plaisir, devant la façon dont Jared avait réagi à l'intérêt de Nick pour elle. La colère qu'il ait parlé à sa place sans lui laisser l'occasion de dire au chanteur qu'elle n'était pas intéressée. Et pour finir, le pire, la vexation qu'il soit prêt à la laisser retourner à Nick après la danse intime qu'ils venaient de partager.

Elle regarda à l'autre bout de la salle et vit que Mindy conversait avec l'un des gagnants des Trophées de la Musique de l'année précédente. Partir sans la remercier de son invitation paraissait grossier.

Puis elle porta les yeux sur la statue pleine de raideur que Jared était devenu, et sa colère chassa toutes les autres émotions.

Frappant le sol de ses talons hauts, elle se faufila dans la foule en le laissant derrière elle. Elle se moquait qu'il la suive ou pas.

Elle était sortie de la maison et avait parcouru la moitié de l'allée lorsqu'il la rattrapa. Quand il contourna le pick-up pour venir lui ouvrir sa portière, elle était déjà en train de l'ouvrir. Changeant d'avis, elle la claqua et lui fit face.

— Je ne vous comprends pas, dit-elle, la vérité de cette déclaration la heurtant durement.

Elle ne le comprenait pas parce qu'il ne l'avait jamais laissée s'approcher d'assez près. Elle le taquinait depuis six mois, à présent, essayant d'en tirer une réaction. Oui, elle voulait le faire sourire, mais maintenant elle se demandait si cela n'avait pas été plus que ça. Plus ils passaient de temps ensemble, plus elle se posait la question : avait-elle secrètement souhaité qu'il lui fasse des avances ? Qu'il lui retourne son intérêt ?

Et pendant quelques instants, ce soir-là, elle avait cru qu'il était intéressé. Puis l'ancien Jared qu'elle avait vu se détourner d'elle tant de fois avait retrouvé ce contrôle pour lequel il était bien connu, la laissant frustrée et en pleine confusion. Pourquoi ne pouvait-il pas simplement se détendre et profiter du moment présent ? N'avait-il pas ressenti ce besoin dévorant d'elle qu'elle avait éprouvé pour lui ? Avait-elle été la seule à vivre ce moment magique sur la piste de danse ?

— Je m'amusais tellement.

Elle n'allait pas pleurer, pas devant lui. Elle s'était promis de ne plus jamais pleurer quand quelqu'un la laissait tomber, mais les larmes étaient proches.

— Et puis vous avez tout gâché. Pourquoi ? Pourquoi n'avez-vous pas pu simplement profiter du moment ? Est-ce que c'est à cause de moi ? De quelque chose que j'ai fait ?

— Nous ne sommes pas venus ici pour danser, répondit Jared, le regard dénué d'émotion et le corps rigide.

Comment cela pouvait-il être le même homme que celui qui l'avait tenue dans ses bras quelques minutes plus tôt ? Que celui dont le corps avait réagi si vivement au sien ? Pensait-il qu'elle n'avait pas remarqué comment il s'était durci contre elle ? N'avait-il pas senti la façon dont elle avait fondu contre lui, dans sa chaleur ?

— Eh bien, peut-être pas vous, mais moi si.

— Nous étions censés représenter la clinique et essayer d'obtenir des donations, déclara-t-il, relevant sa mâchoire sévère d'un air de défi.

— Nous étions censés nous fondre dans la foule, pour cela. C'était ce que je faisais avec Nick. C'est un bon ami de Trey et de Mindy. Ils lui ont expliqué ce que fait le foyer pour aider des femmes d'ici. Il est de Nashville. La question l'intéressait.

— Ce n'était pas le foyer qui l'intéressait sur la piste de danse. Ce n'était pas pour cela qu'il voulait danser avec vous.

— Ce n'était pas avec lui que je dansais. Je dansais avec vous. Peut-être pourriez-vous m'expliquer pourquoi vous avez accepté de danser avec moi ? Ce n'était certainement pas parce que vous vouliez représenter la clinique.

Elle mit dans les trois derniers mots autant de sarcasme que possible.

Ils se faisaient face, tous deux essoufflés par les émotions qui tourbillonnaient autour d'eux. Avec la colère, Sky éprouvait une certaine excitation parce qu'elle avait réussi à obtenir que Jared montre au moins une sorte d'émotion à son égard. Il pouvait nier la façon dont il avait réagi sur cette piste de danse, mais elle était fixée. Il avait éprouvé quelque chose pour elle en la tenant dans ses bras. Il l'avait désirée. Et elle l'avait désiré.

Hélas, il était clair pour elle qu'il n'allait pas l'admettre. Pas reconnaître que pendant quelques minutes elle avait fait tomber cette façade de détachement derrière laquelle il se cachait. Et si ce n'était vraiment pas ce qu'il voulait, tant pis. Il n'était pas le premier homme à la repousser.

— Je suis désolée si je vous ai embarrassé et si j'ai nui à la clinique, dit-elle. Ce n'était pas mon intention.

— Vous ne m'avez pas embarrassé.

Toutes les émotions qu'elle avait ressenties s'échappèrent d'elle aussi soudainement qu'elles étaient arrivées. Elle se sentait vide et tellement fatiguée. Elle ouvrit la portière et grimpa dans le pick-up. Elle se détourna de Jared lorsqu'il monta à côté d'elle et démarra le moteur.

Elle avait pensé qu'elle quitterait la soirée en flottant sur un petit nuage après avoir rencontré toutes les célébrités de Nashville. À la place, elle avait envie de creuser un trou et de se jeter dedans pour échapper à ce sentiment familier qu'on ne voulait pas d'elle.

Avait-elle vraiment cru qu'elle pourrait se fondre parmi des gens comme ceux qu'elle avait rencontrés ce soir-là ? Jared avait clairement établi qu'elle n'était là que pour la clinique. Elle avait simplement été la sage-femme de service, du moins à ses yeux à lui. Il avait été stupide de sa part de penser qu'il y avait quelque chose de plus.

Tout comme elle avait été bien sotte de croire que partager ses secrets avec Jared ferait une différence dans la façon dont il la voyait.

— Écoutez, reprit-il. Je pense qu'il vaudrait mieux que nous nous rappelions que nous sommes ici pour faire un travail. Le reste ne nous concerne pas et tout ceci...

Il se tourna vers elle et agita une main entre eux.

— Quoi, ceci ? fit-elle en imitant son geste. Vous voulez dire nous deux nous comportant en êtres humains ?

Le regard de Jared croisa le sien, et elle y vit une vulnérabilité qui la surprit.

— De quoi avez-vous peur ? demanda-t-elle. De décevoir votre père, ou de moi ?

Elle n'avait pas envie de penser que quelque chose en elle l'effrayait et l'empêchait de s'impliquer avec elle. Elle avait été excessivement aguicheuse avec lui, et quelquefois elle poussait trop loin quand elle voulait quelque chose, mais elle avait seulement désiré qu'il la remarque.

— Je suis désolée si j'ai été trop insistante. Je croyais juste...

Qu'avait-elle cru ? Qu'il se jetterait sur l'occasion de passer du temps avec elle sur la piste de danse ? Qu'il l'accueillerait avec bonheur dans ses bras ? Qu'il avait secrètement un béguin pour elle, comme elle en avait un pour lui ?

— Je croyais simplement que nous pourrions passer un bon moment pendant que nous étions ici, murmura-t-elle en tournant la tête pour qu'il ne puisse pas voir les larmes qu'elle ne s'expliquait pas.

— Ce n'est pas vous, Sky, dit-il. Je ne pense pas qu'il soit bon qu'il y ait quelque chose entre nous. Vous serez sûrement d'accord, nous sommes trop différents. Les choses seraient compliquées.

Il la regarda comme il démarrait son pick-up, puis parut attendre qu'elle lui donne son agrément. Elle ne le fit pas. Tout ce qu'elle savait, c'était que quand elle avait été dans les bras de Jared, cela lui avait semblé juste. Finalement, comme elle ne parlait pas, il enclencha une vitesse et roula dans l'allée.

6

Jared passait une mauvaise journée. Depuis que son réveil avait sonné, tout était allé de travers. Il avait même rabroué Tanya, ce matin-là, lorsqu'elle lui avait rappelé qu'il devait retrouver son père et Sky à midi, pour déjeuner, alors que la directrice administrative ne faisait que son travail. Il tenta de se dire que c'était parce que c'était lundi et qu'il n'aimait pas le premier jour de la semaine. Mais il savait que c'était plus que ça. Il était d'une humeur massacrante depuis le vendredi soir, quand il avait déposé Sky chez elle.

Il savait qu'il lui devait des excuses. Il avait outrepassé son rôle et lui avait gâché sa soirée. Il avait su qu'elle était excitée à l'idée de rencontrer toutes ces célébrités qui seraient présentes chez les Carter. Il avait entendu Lori dire à Tanya qu'elle avait aidé Sky à se choisir une robe pour l'événement. Elle avait voulu une tenue qui lui permette de se fondre parmi tous ces gens connus.

Non pas que ça ait marché. Sky ne se fondrait jamais dans n'importe quelle foule. Elle était trop belle, trop fougueuse pour ça. C'était ce qui attirait Jared vers elle, en même temps qu'il souhaitait en être le plus loin possible. Il savait reconnaître le danger quand il le voyait, et Sky était la femme la plus dangereuse qu'il avait jamais rencontrée. Elle était comme une bombe atomique qui pouvait souffler la vie qu'il s'était construite en se donnant tant de mal. C'était pourquoi il avait éprouvé le besoin de lui rappeler que rien ne pouvait se passer entre eux. Mais s'il le croyait vraiment, pourquoi avait-il passé le reste du week-end à penser à la danse qu'ils avaient partagée ?

— Docteur Warner, puis-je vous parler un instant ?

Jared leva les yeux et vit la mère de Lori debout sur le seuil de sa porte.

— Bien sûr, Maggie, mais appelez-moi Jared.

— Je ne veux pas vous déranger, mais on vient de ramener Jasmine en salle d'examen et je voulais vous parler avant que vous la voyiez, dit Maggie en s'avançant. Vous m'avez demandé de vous faire savoir s'il y avait des changements dans sa tension ou son comportement.

Jared écarta son ordinateur.

— Comment va-t-elle ?

— Sa tension est à peu près la même avec le traitement que vous lui avez donné et elle le prend sans problème. C'est son attitude qui m'inquiète. Elle paraît si détachée des autres femmes du foyer. Elle passe la plupart de son temps à dormir, ou au moins à rester au lit.

— Elle m'a dit que les médicaments la fatiguaient, mais je ne pense pas que ce soit tout. Elle a trop changé depuis qu'elle est venue me voir avec sa mère. Je me demande si elle n'a pas le cafard et envie de rentrer chez elle. Ses parents lui ont-ils rendu visite ? demanda Jared.

Il ne savait pas grand-chose de la relation entre Jasmine et ses parents. Ils lui avaient paru proches lors de cette première visite. Mais quelque chose s'était produit entre eux, quelque chose d'important, et quoi que ce soit, cela avait gravement affecté la jeune fille. Sky lui avait parlé, mais elle avait dit à Jared qu'elle avait montré très peu d'énergie et qu'elle n'avait pas réussi à la faire s'ouvrir.

— Sa mère l'appelle, répondit Maggie, mais les conversations que j'ai entendues étaient très brèves. D'après moi, il y a eu un désaccord entre elles avant que Jasmine vienne au foyer. Et je ne pense pas que le médicament soit responsable de tous les changements. Elle montre trop de signes de dépression. Je ne peux pas dire qu'elle ne s'occupe pas du bébé. Elle fait tout ce que nous demandons à son sujet. Mais elle ne prend pas soin d'elle-même. La semaine dernière, elle est restée des jours sans se laver ou s'habiller correctement.

Jared soupira, puis se leva.

— Merci de m'avoir mis au courant. Je vais lui parler et essayer de la convaincre de voir un psychologue. Quoi qu'il lui arrive psychologiquement, ce n'est pas une bonne combinaison avec son hypertension.

Maggie le remercia et retourna dans la salle d'attente pendant qu'il se rendait dans la salle d'examen pour voir Jasmine. Dès qu'il ouvrit la porte, il vit aussitôt pourquoi Maggie s'inquiétait. La jeune fille était allongée sur la table et n'ouvrit même pas les yeux lorsqu'il entra. Ces deux derniers mois, il avait eu l'impression de voir une fleur en pleine santé s'étioler devant lui. Il fallait qu'il fasse quelque chose pour l'aider.

Sortant son téléphone, il envoya un message à Sky pour lui demander de le rejoindre. Il avait besoin d'une deuxième opinion.

— Bonjour, Jasmine, dit-il en s'asseyant et en ouvrant l'ordinateur sur lequel le poids et les données vitales de la patiente étaient enregistrés.

Sa tension n'avait pas augmenté, mais pas diminué non plus. Il n'avait pas envie d'ajouter un second médicament, mais apparemment il allait devoir le faire.

On frappa à la porte, et Sky entra. Elle avait attaché ses cheveux en queue-de-cheval et il regretta de ne pas voir ses boucles autour de son visage. Quand ses yeux croisèrent les siens, ils étaient tout à leur affaire. Oui, elle était toujours fâchée contre lui. Ils devraient régler ça, mais cela allait attendre. Pour l'instant, sa priorité était sa patiente.

— Jasmine, Sky est l'une des sages-femmes de la clinique. Vous l'avez rencontrée l'autre jour.

Jasmine ouvrit enfin les yeux et s'assit au bout de la table d'examen. Jared remarqua ses cernes noirs, mais c'était la bouffissure de son visage qui l'inquiétait surtout. Ce qui avait commencé comme un problème d'hypertension ressemblait de plus en plus à une prééclampsie.

— Bonjour, Jasmine. Nous avons parlé l'autre jour quand j'assistais Maggie.

— Je ne suis pas stupide parce que je me suis fait engrosser, dit Jasmine, le regard plein de défi. Je pensais que vous étiez mon médecin. Pourquoi ai-je besoin d'une sage-femme ?

— Sky et moi travaillons ensemble sur certains cas. Et ni l'un ni l'autre ne pensons que vous êtes stupide. Si je me souviens bien, votre mère a dit que vous aviez obtenu une bourse pour l'université l'année prochaine. Que comptez-vous étudier ?

Maintenant qu'elle lui parlait, Jared ne voulait pas qu'elle s'arrête.

— Je voulais faire du droit, mais c'est foutu, maintenant. Tout est foutu.

Les épaules de Jasmine s'affaissèrent, et elle baissa la tête, l'étincelle de défi disparue.

— Ma sœur est avocate. Elle s'occupe du droit de la famille, chez nous. Quelle spécialité projetez-vous de choisir ? demanda Sky en s'asseyant à côté de Jasmine qui la regardait.

Il y avait de la douleur et de la déception dans ses yeux, maintenant. Était-ce cela qui la tracassait ? Pensait-elle que parce qu'elle allait avoir un bébé elle ne pourrait pas aller à l'université ? Qu'elle ne pourrait pas avoir d'avenir ? Apparemment, Jasmine avait planifié un futur qui n'incluait pas d'élever un enfant.

— Je vous l'ai dit. Tout est fichu, à présent. Mes parents... Cela s'est mal passé et je ne veux pas en parler. Mme Maggie m'a dit que vous vouliez que je vienne pour vérifier ma tension et ajuster mon traitement. C'est pour cela que je suis là.

Il y avait cette trace de colère, de nouveau. Jared savait que ce sentiment pouvait faire monter sa tension déjà trop haute. Mais au moins, maintenant, il avait une idée du problème.

— Je vais changer votre médicament et je veux faire d'autres tests, dit-il. Et j'aimerais toujours que vous envisagiez de voir un psychologue.

— Je n'ai pas besoin d'un psychologue. Je n'ai besoin de rien, à part avoir ce bébé, dit Jasmine en se laissant retomber sur la table.

— Vous avez encore quelques semaines à attendre pour que le bébé puisse naître en toute sécurité. Je vais appeler quelqu'un pour vous faire une prise de sang. Si vous êtes d'accord, Sky peut examiner votre cœur et vos poumons pendant que je ne serai pas là.

Jasmine se rassit et regarda Sky de la tête aux pieds.

— Vous ne m'avez toujours pas dit pourquoi elle est là.

— Comme je l'ai dit, nous travaillons ensemble, parfois. Il est bon d'avoir une deuxième opinion, vous ne pensez pas ? En ce moment, nous collaborons pour soigner une célèbre star de la musique *country*.

Jared vit de l'intérêt poindre dans les yeux de Jasmine, mais il disparut vite.

— Je vais envoyer quelqu'un tout de suite pour cette prise de sang.

Il quitta la pièce, espérant qu'avec un peu d'intimité Jasmine pourrait s'ouvrir davantage à Sky. Quelques minutes plus tard, celle-ci apparut sur le seuil de son bureau.

— On fait la prise de sang de Jasmine. J'allais la laisser partir, après ça, mais je voulais d'abord vous consulter.

— Vous a-t-elle dit autre chose ? demanda Jared.

— Je lui ai parlé de ma sœur, et cela a paru l'intéresser au début. Puis elle a répété que tout était foutu à cause de sa grossesse. J'ignore ce qui s'est passé avec ses parents, mais je suis à peu près sûre que c'est à l'origine de sa dépression, au moins en partie. Je dois de nouveau seconder Maggie mercredi. Je lui reparlerai à ce moment-là.

— Actuellement, sa tension doit être ma préoccupation principale. Et maintenant qu'elle se met à gonfler, je commence à suspecter une prééclampsie.

Comme si la pauvre fille n'avait pas assez de choses qui allaient de travers.

— Elle aurait vraiment besoin du soutien de ses parents, en ce moment, mais je ne peux pas les contacter sans son accord. Vous pourriez peut-être le mentionner ?

— Je vais essayer. Elle a dix-sept ans. Quoi qu'il se passe dans sa tête, cela lui semble insurmontable dans l'immédiat. Il faut espérer qu'elle laissera l'un de nous l'aider.

Sky se tourna pour partir.

— Nous devons déjeuner avec mon père, aujourd'hui, dit Jared.

Il devait trouver un moyen de s'excuser pour son attitude du vendredi soir, mais cela ne semblait pas être le bon moment.

— Tanya me l'a rappelé. À tout à l'heure.

Là-dessus, Sky se hâta de rejoindre ses propres salles d'examen. Jared lui devait sans doute d'autres excuses pour l'avoir arrachée à ses patientes. Mais cela ne l'intéressait pas. Elle était aussi inquiète que lui pour Jasmine.

Apparemment, ils allaient encore plus travailler ensemble, tous les deux. Et Jared découvrit qu'il n'y voyait pas d'inconvénients, même s'il était bien conscient du danger après leur danse.

Jared et son père attendaient Sky lorsqu'elle arriva au Barbecue Snack non loin de la clinique. Contrairement à ce que son nom laissait entendre, l'endroit n'avait rien d'une cahute, c'était plutôt un restaurant rustique et chic. Un gros morceau de poitrine de bœuf tournait dans la rôtissoire à l'entrée et la bonne odeur de viande grillée attirait du monde toute la journée.

Elle aperçut les deux Warner à une table d'angle, la tête penchée sur le menu. Elle ne comprenait toujours pas pourquoi ils n'auraient pas pu se retrouver dans le bureau de Jack, mais quand Tanya donnait des instructions il fallait les suivre.

— Désolée d'être en retard, dit-elle en s'asseyant en face d'eux. J'avais beaucoup de patientes, ce matin.

— Je voulais vous remercier de m'avoir aidé avec Jasmine. Je sais que vous aviez vos propres patientes à voir, dit Jared.

Sa politesse distante la fit grincer des dents, même si elle n'aurait pas dû la surprendre. Il avait établi clairement qu'il ne voulait rien avoir à faire avec elle, sauf professionnellement.

— Je vous en prie. C'est juste que je ne sais pas si j'ai fait quelque chose de bien. Je vais parler à ma sœur ce soir et voir si elle a des conseils pour quelqu'un avec un bébé qui veut faire du droit. Je suis sûre qu'il y a des aides pour les mères célibataires comme Jasmine.

Sky garda une voix aussi polie que lui.

Jack Warner suivait leur conversation en les regardant tour à tour, sans faire de commentaires. Mais comme toujours il y avait dans ses yeux une gaieté que Sky ne partageait pas.

— Merci encore, insista Jared.

Ses mots étaient sincères ; ils n'auraient pas dû la blesser.

— C'est bon de vous voir travailler si bien ensemble, tous les deux, dit Jack tandis que la serveuse s'approchait pour prendre leur commande. Je savais que vous trouveriez un moyen de faire en sorte que ça marche.

Lorsqu'elle se fut éloignée, il sortit son téléphone et le leur tendit.

— J'ai reçu ceci de notre comptable, ce matin. Apparemment, vous deux et les Carter avez parlé du Foyer de la Femme à beaucoup de gens dans leur cercle. Quatre donations importantes sont tombées durant le week-end. Je ne me souviens plus de la dernière fois où c'est arrivé, alors continuez dans cette voie. Vous faites une différence dans la vie de nombreuses femmes.

Sky consulta le mail pour voir les noms cités et les sommes

données. Elle reconnut deux personnes, Nick et Joe, le producteur du Carter's reality show.

— Joe a promis vingt-cinq mille dollars de plus si on lui accorde une interview pour le *show*. Et il nous laissera faire la promo du foyer durant l'entretien.

— Pourquoi veulent-ils nous interviewer ? demanda Sky. Nous n'avons rien d'excitant.

— Je pense que c'est pour rendre le *show* plus intéressant. Le public semble obsédé par la grossesse de Mindy, dit Jared.

Il faisait comme si le fait que des gens lui posent des questions personnelles ne l'ennuyait pas, alors qu'elle savait que c'était la dernière chose qu'il souhaitait.

— Et comment vont les choses avec Mindy et Trey ? demanda Jack. Il semble qu'ils soient satisfaits des soins, jusqu'ici.

— Mindy vient vendredi pour sa première visite. Je la ferai passer par l'entrée des employés pour qu'elle n'ait pas à traverser la salle d'attente, répondit Sky. Je ne m'attends pas à des problèmes concernant la grossesse. Pour le moment, elle va bien. Je veux faire une échographie pour mesurer la croissance du bébé, pendant qu'elle sera là. Qu'en pensez-vous, Jared ? Ai-je oublié quelque chose ?

— Cela semble aller. Hormis sa fausse couche, elle ne présente pas de facteurs de risque. Ils ont précisé qu'ils ne veulent pas connaître le sexe de l'enfant. Il est très important pour eux de le découvrir lors de l'accouchement.

— Tout ceci paraît très bien, dit Jack tandis que leurs plats arrivaient.

Ils passèrent le reste du repas à discuter de ce sur quoi Jack voulait qu'ils insistent lors de l'interview, tant pour la clinique que pour le foyer. C'était comme se préparer à un examen, et Sky voulait être sûre d'être prête à répondre aux questions qui pourraient lui être posées.

Elle se plongea dans les examens de ses patientes de l'après-midi en se sentant mieux que le matin à son arrivée. Jared et elle avaient réussi à partager un déjeuner sans mentionner la soirée à laquelle ils étaient allés ensemble. Et s'il voulait faire comme si la danse qu'ils avaient partagée n'avait pas existé, elle en était capable aussi. Ce n'avait été qu'une danse, après tout.

Alors pourquoi avait-elle l'impression qu'elle avait tout changé ?

7

Les bureaux fermés et la majorité du personnel partie, Sky s'adossa à son fauteuil et posa ses pieds nus sur son bureau. Elle s'était fait une ampoule en dansant le vendredi soir, et être debout toute la journée n'avait rien arrangé.

Lorsqu'on frappa à sa porte, elle supposa que c'était quelqu'un qui venait lui dire bonsoir. Et quand la tête de Jared apparut, elle voulut remettre ses jambes par terre, puis elle s'arrêta. Après tout, c'était son bureau. Elle avait le droit de se reposer après ses horaires, si elle le voulait.

— Désolé, je ne veux pas vous déranger, dit-il. Je voudrais juste que vous m'accordiez une minute.

Il était toujours trop poli, et elle n'aimait vraiment pas ça. Il n'avait pas à se montrer aussi froid avec elle.

— Y a-t-il quelque chose dont nous n'avons pas parlé au déjeuner, concernant les Carter ? demanda-t-elle.

— Ce n'est pas de cela que je voulais parler. Je voulais vous dire que je regrette ce qui s'est passé vendredi soir. Je sais que vous étiez excitée par la soirée et je suis navré de vous l'avoir gâchée.

Sky ne sut pas que dire. Oui, elle avait été excitée par la fête, qui avait été stupéfiante. Elle avait été ravie de danser avec quelques stars de la musique *country*. Elle avait apprécié de mieux connaître Mindy, aussi. Mais ce qu'elle avait le plus aimé, c'était ce dont Jared s'excusait.

Et pourquoi devaient-ils revenir là-dessus ? Oh ! il disait qu'il regrettait d'avoir gâché sa soirée, mais elle savait qu'il était surtout embarrassé d'avoir réagi à son contact rapproché sur la piste de danse. Et il avait bel et bien réagi, ils le savaient tous les deux. Elle ne comprenait simplement pas pourquoi il était déterminé à l'ignorer. Ils étaient tous les deux des adultes célibataires. Et ce n'était pas comme si les relations sur les lieux de travail n'existaient pas. À partir du moment où ils seraient discrets, personne ne s'en soucierait. Mais il y avait autre chose qui le paralysait et dont il semblait ne pas pouvoir se libérer. Quelque chose de plus fort que son désir d'explorer ce qu'ils avaient éprouvé tous les deux ce soir-là. Si seulement elle pouvait comprendre ce que c'était. Mais elle n'allait pas résoudre cette énigme maintenant.

— J'ai apprécié la soirée. Vous ne me l'avez pas gâchée.

Son téléphone sonna, et elle grogna presque en voyant qu'il s'agissait de la maternité.

— Ici Sky.

Elle écouta l'infirmière chargée de la salle de travail lui faire son rapport sur une de ses patientes qui en était à trente-six semaines et attendait des jumeaux. Sky avait été sa sage-femme pour ses deux autres accouchements, et ils avaient espéré qu'elle pourrait mettre ses bébés au monde par la voie naturelle. Maintenant, il semblait que cela n'arriverait pas.

— Je vais venir la voir, dit-elle avant de raccrocher.

Puis elle demanda à Jared :

— Êtes-vous de service ce soir pour une opération ?

— Oui. Pourquoi ? Qu'est-ce qui ne va pas ?

— J'ai une patiente qui attend des jumeaux. Ils étaient tous les deux la tête en bas lors de l'échographie de la semaine dernière, mais apparemment le bébé B se présente par le siège, maintenant.

Sky posa les pieds par terre et enfila ses chaussures.

— Sarah a perdu les eaux, mais elle n'est dilatée que de deux centimètres et n'a pas de contractions régulières. J'ai mis au monde ses deux autres bébés sans difficulté, mais elle est étroite. Et je ne me sens pas d'essayer de tourner le bébé B.

— Je vais appeler la salle d'opération et leur dire de la préparer pour une césarienne, dit Jared. Avez-vous discuté avec elle de la possibilité d'une intervention chirurgicale ?

— Bien sûr. Je connais mon travail, Jared.

Pourquoi lui donnait-il toujours l'impression qu'il la jugeait incompétente ?

— Quand allez-vous accepter que les sages-femmes sont aussi compétentes que les médecins ? Qu'avez-vous contre nous ?

— Je sais que vous êtes compétente. Je ne voulais rien dire de spécial par ma question. Je ne connais pas cette patiente. Je demande simplement des informations.

— Cela ne se limite pas à cette fois. Vous dites que vous n'avez pas de problème avec les sages-femmes, mais vous vous montrez tout le temps méfiant. Pourquoi ?

Sky savait que ce n'était pas le moment de traiter de ça, mais elle avait besoin de savoir. Elle était lasse d'avoir l'impression de ne pas être assez bien pour lui. Elle voulait savoir que Jared lui faisait confiance pour s'occuper de ses patientes.

— Que dois-je faire pour vous convaincre que je suis une bonne sage-femme ?

La sincérité dans les yeux bleus de Sky atteignit Jared dans son besoin de garder privée son histoire la plus douloureuse.

— Ce n'est pas vous. C'est juste que...

Il s'assit en face d'elle. Comment se faisait-il que cette femme ait le pouvoir de lui faire dénuder son âme ?

— Ma mère est morte après m'avoir mis au monde.

— Oh ! je suis tellement désolée, Jared. Voulez-vous me raconter ce qui s'est passé ?

C'était quelque chose dont il ne parlait à personne, mais il se retrouva à vouloir tout lui expliquer. Peut-être qu'alors elle comprendrait qu'il ne doutait pas de ses capacités. Il voulait juste s'assurer que ce qui était arrivé à sa mère ne se reproduise pas.

Il lui décrivit la façon dont sa mère avait fait un arrêt cardiaque pendant que la sage-femme la recousait. Elle avait souffert d'une anoxie – son cerveau avait manqué d'oxygène – et elle avait été déclarée cérébralement morte une semaine plus tard. La grand-mère de Jared avait découvert par la suite que sa tension avait grimpé durant sa grossesse et que la sage-femme n'avait rien fait.

— Je suis tellement navrée que ceci vous soit arrivé, dit Sky. Vous n'êtes pas devenu médecin à cause de Jack, n'est-ce pas ? Vous êtes devenu obstétricien à cause de l'accident de votre mère.

— Oui. Je ne veux pas qu'une autre femme meure inutilement.

— Moi non plus. Personne ne le veut. Mais même avec tous les progrès médicaux dans notre domaine, des mères meurent encore.

— C'est pourquoi nous devons travailler plus dur pour empêcher cela d'arriver.

Jared se pencha en avant et prit la main de Sky dans son besoin qu'elle le comprenne.

— Vous voyez, Sky, c'est pourquoi je vérifie tout deux fois. Je sais que je peux être un peu pénible, mais je veux seulement le meilleur pour la patiente.

— Comme nous tous.

Elle lui pressa la main pour le réconforter.

— Merci de m'avoir parlé de votre mère.

Jared baissa les yeux sur leurs mains jointes. C'était comme si un fardeau avait été ôté de ses épaules. Comme si parler à Sky avait ouvert quelque chose en lui. Peut-être avait-elle raison ? Peut-être qu'au lieu de travailler à contre-courant ils pouvaient collaborer pour assurer la sécurité de leurs patientes.

— En parlant de patientes, dit-il en lâchant la main de Sky, il faut que nous allions nous occuper de vos jumeaux.

— J'aimerais vous assister durant l'opération, si vous êtes d'accord.

Elle se leva et s'étira. Jared savait que sa journée avait été aussi longue que la sienne.

— Je pense que ce serait très bien, répondit-il en se levant à son tour et en la suivant jusqu'à la porte.

— Parfait, alors. Allons mettre ces jumeaux au monde. Je suis impatiente de connaître le petit perturbateur qui a décidé de n'en faire qu'à sa tête.

Jared se dit qu'il se réjouissait juste de faire naître ces bébés, mais il savait qu'avoir Sky près de lui rendrait la chose encore meilleure.

— Hé, laisse-moi t'aider, dit Sky à Lori, en attrapant l'un des sacs de courses avec lesquels sa meilleure amie jonglait en essayant d'ouvrir la porte de la cuisine du foyer.

— Merci.

Lori se recula pour que Sky puisse ouvrir.

— Maman m'a dit que tu serais ici aujourd'hui. Elle apprécie l'aide que tu lui as apportée pour le grand nettoyage de printemps. Même si je ne sais pas comment tu trouves le temps, avec tout ce qui se passe.

— J'adore aider, dit Sky. Je ne peux pas donner beaucoup d'argent, alors je donne de mon temps disponible.

— Comment s'est passée la soirée ? demanda Lori tandis qu'elles commençaient à ranger les courses. J'ai entendu dire que Jared et toi aviez obtenu des donations importantes.

— C'était sensationnel. C'était comme assister à l'une de ces soirées qui suivent les Trophées de la Musique. Et Mindy a été l'hôtesse parfaite.

— Qu'en est-il de Jared ? S'est-il amusé ?

Sky prit des sodas dans le frigo et les posa sur la table.

— Je n'en suis pas sûre. C'est compliqué.

— Que veux-tu dire ? Il ne t'a pas parlé ?

Ce n'était pas à ça que Sky pensait. Elle ne pouvait toujours pas comprendre comment Jared était passé si vite du chaud au froid. Elle n'avait pas prévu d'en parler avec quiconque, mais peut-être que s'en ouvrir à Lori l'aiderait à éclaircir comment il pouvait changer d'un instant à l'autre. Ou peut-être que c'était elle. Peut-être avait-elle imaginé ce désir brûlant entre eux.

— Nous avons parlé. Ce n'est pas la conversation qui a été le problème. C'est la danse que nous avons partagée.

— Que s'est-il passé ? Est-il un mauvais danseur ? T'a-t-il marché sur les pieds ?

Lori sourit, les yeux pétillant d'amusement.

Était-il un bon danseur ? Sky ne se souvenait pas beaucoup de la danse ni de la musique. Elle se rappelait seulement combien être dans les bras de Jared lui avait paru parfait, et comment elle avait souhaité y rester. Et ses yeux. Elle se rappelait la chaleur intense qui les avait emplis. Il avait eu envie de l'embrasser, elle en était sûre.

— Je pense qu'il a plutôt marché sur mon cœur.

L'amusement disparut des yeux de Lori.

— Dis-moi ce qui s'est passé. Et donne-moi une bonne raison de ne pas lui flanquer un bon coup de pied.

— Tu ne peux pas le faire. Il est le fils de notre patron. En outre, il n'a rien fait de mal. Du moins, pas intentionnellement.

— Raconte-moi tout, dit Lori.

Sky s'exécuta. Elle lui parla des gens qu'elle avait rencontrés. Lui dit comment elle ne s'était pas sentie à sa place parmi tous ces gens célèbres et talentueux, bien qu'ils aient tous été gentils et bienveillants. Comment Mindy avait été particulièrement adorable. Puis elle lui raconta comment elle avait failli danser avec Nick Thomas.

— Comment est-il ? Va-t-il t'appeler ?

— Je ne pense pas. Jared s'est montré assez grossier avec lui.

— Jared ? Notre Jared ? Je ne l'ai jamais entendu élever la voix. C'est comme si les émotions humaines étaient sans intérêt pour lui.

— Détrompe-toi, dit Sky.

— Quelqu'un a vu Mme Maggie ? demanda une voix depuis le seuil.

Sky se tourna et vit Jasmine qui était encore en pyjama. Ses yeux étaient encore plus gonflés que la dernière fois où elle l'avait vue.

— Je vais la chercher, murmura Lori en décochant un regard soucieux à la jeune fille.

— Venez vous asseoir, offrit Sky.

Elle crut au début que Jasmine allait refuser, mais après avoir jeté un coup d'œil derrière elle, elle prit un siège en face de Sky.

— Comment vous sentez-vous aujourd'hui ?

— Ça va. Je suis fatiguée. Le Dr Warner a changé mon traitement, mais je suis toujours épuisée. Je prends du retard dans mes cours.

Elle n'en avait jamais dit autant.

— Je suis désolée. Je serais contente de vous aider. Ou alors, Mme Maggie connaît plusieurs tuteurs qui pourraient vous soutenir. Vous suivez vos cours en ligne, n'est-ce pas ?

— J'ai dû changer quand je suis arrivée ici. J'étais en tête de la classe, dans mon école.

Ses paroles ne contenaient pas le sarcasme adolescent qu'elle avait montré plus tôt dans la semaine.

— Et maintenant je prends du retard à cause de ce satané médicament.

— Vous avez raison. Le traitement peut faire que vous vous sentiez mal. Mais je ne pense pas que votre retard dans vos cours soit tout ce qui vous préoccupe. Parlez-moi, Jasmine. Dites-moi ce qui ne va pas afin que je puisse vous aider.

— Vous ne pouvez pas m'aider. Personne ne le peut, maintenant.

Et alors Jasmine craqua. Des sanglots secouèrent son corps et Sky vint passer un bras autour d'elle. Par-dessus les épaules de la jeune fille, elle vit Maggie et Lori qui entraient dans la pièce. Elle secoua la tête et elles rebroussèrent chemin.

— Je ne peux pas promettre d'avoir la réponse, mais je suis là pour aider si je le peux. Vous ne pouvez pas garder tout ça à l'intérieur de vous. Ce n'est pas bon pour vous ni pour le bébé.

— C'est le bébé qui est le problème, dit Jasmine en levant vers elle des yeux emplis de larmes qu'elle avait retenues pendant des mois. Je ne veux pas le garder. Je sais que je me montre égoïste. Mais ma vie était planifiée. J'ai toujours désiré aller à l'université.

— Vous pouvez toujours y aller. Vous le savez, n'est-ce pas ?

Sky ne pensait pas que c'était là le vrai problème, mais elle voulait s'assurer que Jasmine sache qu'elle avait des options.

— Je sais, mais ce ne sera pas la même chose. Même si j'aime ce bébé, vraiment.

Les yeux de la jeune fille imploraient Sky de la croire.

— Seulement je ne suis pas prête à l'élever. Il a besoin de quelqu'un qui peut mieux faire que moi. Il le mérite.

Sky était d'accord. Chaque bébé méritait d'être aimé et bien soigné. Si Jasmine ne pensait pas en être capable, ils devaient respecter ça.

— Il y a plein de gens qui l'aimeraient, si c'est ce que vous voulez. Permettre à quelqu'un d'adopter votre bébé n'est pas quelque chose dont vous devez avoir honte. Ce n'est pas égoïste. C'est l'une des choses les plus courageuses que l'on puisse faire.

Sky avait déjà traversé ça.

— Vous savez, ma sœur, celle qui est avocate...

— Et spécialisée dans le droit de la famille, compléta Jasmine en s'essuyant les yeux sur la manche de son pyjama.

— Oui. Elle a eu un bébé quand elle était un peu plus jeune que vous. Elle a décidé qu'elle n'était pas prête à l'élever. Son médecin l'a mise en contact avec une agence d'adoption et elle a trouvé le couple parfait pour son bébé. Ils sont très ouverts et ma sœur reçoit d'eux des photos et des cartes.

— Mes parents ne seraient jamais d'accord. Ils veulent que je garde le bébé. Ils ne cessent de promettre qu'ils m'aideront, mais ce n'est pas le problème. Je ne suis pas prête à être une maman. Je sais que cela fait de moi une mauvaise personne.

— Vous n'êtes pas une mauvaise personne. Il faut beaucoup de courage pour admettre que l'on ne peut pas faire quelque chose. Et vous pensez à ce qui est le meilleur pour votre enfant.

Sky étreignit la jeune fille. Jasmine était contrainte à prendre une décision d'adulte, alors qu'elle n'était guère plus qu'une enfant elle-même. Elle avait envie d'offrir de parler à ses parents, mais elle savait que cela n'aiderait pas. Que ce soit juste ou non, Jasmine avait à faire cette démarche elle-même.

— Si je demandais à ma sœur de vous appeler ? proposa-t-elle. Elle n'essaiera pas de vous influencer. C'est une décision personnelle, pas la sienne ni celle de vos parents. Elle sera honnête avec vous concernant la procédure et comment cela a affecté sa vie.

— Ce serait bien. Est-ce que vos parents ont essayé de la faire renoncer à l'adoption ?

— Non. Ils ne faisaient pas partie de nos vies, alors. Ils nous avaient laissés chez notre grand-mère quand nous étions petits. Mais ma grand-mère était prête à la soutenir quoi qu'elle décide. Vos parents ne sont peut-être pas d'accord avec vous, mais j'ai le sentiment qu'ils vous soutiendront une fois que vous leur expliquerez ce que vous ressentez. Ils vous aiment et veulent que vous soyez heureuse. Parlez-leur. Soyez honnête avec eux.

Jasmine soupira et avait juste commencé à se lever quand Maggie et Lori revinrent dans la pièce. Sky s'était dit qu'elles écoutaient sans doute à la porte.

Maggie se mit à préparer le déjeuner. Jasmine proposa de l'aider, puis Sky et Lori se joignirent à elles. La jeune fille paraissait toujours épuisée. Il faudrait plus qu'une conversation avec Sky pour l'aider à se remettre sur les rails, mais bouger et travailler au lieu de rester au lit à se faire du souci était déjà un premier pas.

8

Sky fit entrer Mindy par la porte de derrière. Vêtue d'un simple sweat-shirt à capuche noir qui couvrait ses cheveux, la star de la musique *country* n'avait rien du glamour pour lequel elle était connue. Avec son jean usé et ses baskets, elle aurait pu être n'importe quelle autre patiente de la clinique. Tandis que Sky la conduisait jusqu'à sa salle d'examen, des membres du personnel les croisèrent sans leur prêter attention.

Elle ferma la porte comme Mindy ôtait sa capuche.

— C'est un très bon déguisement.

— Trey a accepté que je vienne toute seule si je portais un de ses vieux sweat-shirts. En fait, cela a été assez amusant de me faufiler sans me faire voir. Non pas que je souhaite que ma vie soit toujours comme ça.

Sky eut le sentiment que Mindy n'avait pas accepté tous les changements provoqués dans sa vie par la célébrité.

— En parlant de se faufiler, je ne vous ai pas vus quitter la soirée, l'autre jour, ajouta-t-elle.

— Je suis désolée de ne pas vous avoir prévenue que nous partions. Cela a été assez soudain.

— Je ne m'en plaignais pas. Après vous avoir vus sur la piste de danse, Jared et vous, je comprends que vous ayez voulu partir aussi vite. Mais pourquoi m'avez-vous dit qu'il n'y avait rien entre vous ? Cette danse a clairement démontré le contraire.

— Non. Je veux dire, il n'y a rien. Nous sommes simplement collègues.

Sky se sentit rougir d'embarras. Elle allait donner l'impression qu'elle mentait.

— Sérieusement, Mindy, nous ne sortons pas ensemble.

— Mon chou, je sais ce que j'ai vu. Vous étiez tous les deux concentrés l'un sur l'autre. Même Trey l'a remarqué.

Le sourire de Mindy se fit malicieux.

— Mais apparemment Nick Thomas a besoin de lunettes. Il m'a demandé votre numéro de téléphone après votre départ.

— Nous avons parlé du Foyer de la Femme, dit Sky, embêtée. Il veut probablement d'autres informations, c'est tout.

Nick semblait être quelqu'un de bien. Il n'y avait juste pas eu avec lui cette connexion qu'elle ressentait avec Jared. Cette attirance qu'elle éprouvait chaque fois qu'il arrivait. Bien sûr, c'était cela qui le faisait la repousser chaque fois qu'ils étaient proches.

— Je vais informer Jared que vous êtes ici, puis je veux avoir vos constantes vitales et vos mesures, dit Sky en prenant son téléphone. Avez-vous eu des problèmes cette semaine ? Des crampes ? Des gonflements ?

Elle voulait vite changer de sujet. La dernière chose qu'elle souhaitait était que Mindy dise quelque chose d'embarrassant devant Jared.

— Non, je me sens parfaitement bien. J'aimerais seulement que Trey ne s'inquiète pas autant. Le temps que j'aie ce bébé, il m'aura enveloppée de papier bulle, se plaignit Mindy tandis que Sky l'aidait à s'installer sur la table d'examen.

Contente que sa patiente ne parle plus de Jared, Sky procéda rapidement à l'examen. Lorsqu'il frappa à la porte, elle avait déjà préparé l'échographie.

— Bon, voyons comment ce petit grandit, dit Jared en déplaçant le capteur sur le ventre de Mindy.

En quelques minutes, il eut toutes les mesures. Et quand

le bébé décida de leur montrer son sexe, Sky s'empressa de tourner l'écran.

— Tout paraît parfait, dit Jared. Ce bébé a la bonne taille pour trente semaines, ce qui correspond à votre date d'accouchement. Voulez-vous une photo pour Trey ?

— Oui, volontiers. Il avait prévu de venir, mais il fallait qu'il règle un problème avec la production du *show* de cette semaine. Joe et lui s'entendent bien, toutefois Trey sait que le travail de Joe est de corser le *show* avec autant de drame que possible. Parfois, il doit le freiner.

Jared tendit une serviette à Mindy pour qu'elle s'essuie le ventre.

— Joe vient lundi pour nous interviewer tous les deux ici, à la clinique, après les heures de travail, dit-il.

Sky le regarda. Elle savait que l'interview était prévue, mais lundi ? Elle espéra que Joe ne poserait pas de questions personnelles. Le *show* s'intitulait *Vivre avec les Carter*, alors elle supposait qu'on les interrogerait sur les soins qu'ils donnaient à leurs patients, et peut-être sur la manière dont ils travaillaient ensemble, tous les deux.

Elle pensait encore à cet entretien en raccompagnant Mindy à l'entrée de derrière.

— Je pense que je devrais vous donner des tuyaux à propos de l'interview, dit Mindy en remettant sa capuche. Trey et moi n'avons pas été les seuls à voir ce qui se passait entre Jared et vous à la soirée. Trey était avec Marjorie quand vous dansiez ensemble.

— C'était juste une danse, dit Sky en ouvrant la porte.

— Vous avez intérêt à rester sur cette position. Peut-être que Marjorie le croira.

Mindy eut un grand sourire et fonça vers sa voiture. En la regardant monter dedans, Sky se répéta la phrase plusieurs fois, en mettant chaque fois l'accent sur un mot différent : « *C'était* juste une danse. C'était *juste* une danse. C'était juste *une danse.* »

Le temps qu'elle retourne dans son bureau, elle s'en était presque convaincue.

Quand Jared avait accepté une interview en tête à tête, il ne s'était pas attendu à ça. Il avait pensé que le producteur lui-même les interrogerait. À la place ce fut Marjorie, vêtue d'un autre tailleur rouge, qui s'assit face à eux. Il avait été préparé à ses premières questions concernant leur formation et leurs qualifications. Ils parlèrent chacun des universités qu'ils avaient fréquentées et de l'endroit où ils avaient fait leur internat. Sky parvint à glisser quelques commentaires sur le Foyer de la Femme et le travail qu'ils y faisaient, mais alors quelque chose changea en Marjorie. Il y eut dans ses yeux un éclat qui mit Jared sur ses gardes. Il pensa à ce qu'une malheureuse souris devait ressentir face à un serpent prêt à frapper.

— Je ne peux pas vous dire combien Mindy et Trey sont heureux de vous avoir, tous les deux, pour prendre soin de Mindy et du bébé. Et ils ont fait plusieurs commentaires sur la façon dont vous vous entendez à merveille.

Le regard de Marjorie prit une expression prédatrice, et elle croisa ses mains aux ongles rouges en se penchant vers Jared.

— Et après avoir vu la façon dont vous dansiez ensemble à la soirée, je comprends pourquoi. Vous deux sur la piste, il y avait de quoi chauffer une salle.

Jared fut stupéfait. Il ne s'attendait pas à ce genre de remarque.

— Jared a de l'allure sur une piste de danse, n'est-ce pas ? intervint Sky. Et nous avons apprécié la soirée.

Son sourire était parfait et ses paroles sincères.

— Je ne peux assez remercier Mindy et Trey de nous avoir invités.

Un instant, Jared pensa que Sky avait cloué le bec à Marjorie au sujet de la soirée. Mais la femme se retourna vers lui et il se sentit soudain le maillon faible.

— Qu'en est-il de vous, Jared ? Sky semble penser que vous faites bonne impression sur la piste de danse. Et elle ? Comment était-ce de danser avec cette belle femme ? Il était évident qu'elle était le clou de la soirée. Nick Thomas semblait certainement le penser.

Pourquoi entendre mentionner cet homme l'ennuyait-il tellement ? se demanda Jared. Il était temps de remettre l'interview sur ses rails.

— Sky est une belle femme dedans comme dehors, dit-il. Ses patientes l'adorent.

— J'en suis sûre, répondit Marjorie en regardant de l'un à l'autre.

Elle cherchait un autre angle pour l'attaquer. Il dut l'interrompre.

— Je veux simplement assurer au public que Mindy est entre les meilleures mains, avec elle. Je sais que, en travaillant ensemble, nous pourrons donner à la famille Carter les meilleurs soins du pays.

— Je n'en doute pas, dit Marjorie qui plissa les yeux, les prévenant qu'elle s'en prendrait à eux s'ils ne s'occupaient pas bien de Mindy et de son bébé.

Puis elle sourit.

— Vous savez, pour l'instant vous êtes les seuls à connaître le sexe du bébé de Mindy et de Trey. Il semble que tout Nashville se demande si c'est une fille ou un garçon. Quelqu'un a même mis en ligne un site de pari. Quel effet cela fait-il de détenir une information aussi exclusive ?

La femme semblait déterminée à mettre du piment dans cette interview.

— En fait, répondit Jared, cela nous est très familier. Certains de nos patients veulent attendre la naissance pour connaître le sexe.

— Mais je dois vous le dire, Marjorie, il est excitant de garder un tel secret, intervint Sky.

Puis elle se pencha vers Marjorie et murmura juste assez fort pour que la caméra l'entende :

— Mais je ne dirai rien.

Le *cameraman* arrêta de filmer. Marjorie joignit les mains.

— C'était parfait, Sky. Les sponsors vont adorer.

Jared ignorait pourquoi Marjorie était tellement enchantée, mais si cela pouvait la retenir d'essayer de mettre en exergue une relation romantique entre sa collègue et lui, il était content.

Dès qu'il eut raccompagné Marjorie et son *cameraman*, il rejoignit Sky dans son bureau.

— S'il vous plaît, expliquez-moi ce qui vient de se passer, marmonna-t-il.

Elle lui décocha un sourire et passa un sac sur son épaule en se dirigeant vers la porte.

— Marjorie n'allait pas nous lâcher sans avoir quelque chose de plus excitant que les études que nous avons faites. J'ai regardé le premier *show* de la saison, ce week-end. Il n'est pas mal, mais il n'y a pas beaucoup de tension dramatique parce que Mindy et Trey, à la base, sont un couple heureux. Les couples heureux ne font pas beaucoup d'audience. Je voyais que Marjorie et Joe voulaient monter la grossesse en épingle. J'ai ajouté un peu de suspense à la vérité. Nous pouvons connaître le sexe du bébé, mais nous n'allons le dire à personne.

— Alors les questions sur la soirée, ce n'était pas seulement parce que Marjorie était curieuse ? Elle cherchait à mettre du piment dans l'interview ?

Sky hocha la tête, mais cela lui semblait absurde, à lui. Personne ne se souciait de deux soignants sans importance. Ce n'était pas un métier aussi glamour qu'être une star de la musique *country*. Ce qui lui rappela Nick.

— Et je suppose qu'elle essayait de vous associer à Nick pour l'audience, aussi ?

— Peut-être, répondit Sky tandis qu'il la suivait dans le couloir.

— Je le lui dirai la prochaine fois que je le verrai.

Ouvrant la porte de derrière, Sky se retourna avec son sourire espiègle. Puis, après un clin d'œil qui fit manquer un battement au cœur de Jared, elle s'éloigna. Il resta là, avec l'envie de la suivre. Et pour la première fois de la semaine, il regretta de ne pas pouvoir le faire.

9

Sky avait projeté de passer un samedi tranquille. À la place, elle se retrouva assise près de Jared dans le bus des Carter, en route pour un concert à Knoxville.

— Vous n'aviez pas besoin de venir, dit-elle en tournant sur le siège pivotant qui flanquait une des tables du bus.

— Vous allez vous rendre malade, en faisant ça, observa Jared. Et il fallait que je vienne. Nous sommes ensemble là-dedans, vous vous souvenez ?

Quand Sky avait reçu l'appel de Mindy lui demandant si elle pouvait se joindre à la tournée, elle avait été trop excitée pour poser des questions. Mais après avoir vu que Jared était là et découvert que Mindy l'avait appelée sur l'insistance de Trey, parce qu'elle ne se sentait pas très bien, la sortie était devenue professionnelle, et plus seulement de l'amusement. Toutefois, si vous deviez travailler un samedi soir, vous pouviez aussi bien en profiter. Et avec un bus conçu pour le confort, ce n'était pas un voyage désagréable.

— Bien sûr, que je m'en souviens. Mais Mindy va bien, maintenant. J'ai vérifié sa tension et elle a dit qu'elle n'avait pas de contractions. Vous auriez pu rester chez vous.

Non pas qu'elle soit ennuyée qu'il soit là. Il s'était habillé en conséquence, portant un jean et une chemise en chambray boutonnée jusqu'au cou. Ses santiags noires brillaient. Avec un chapeau de cow-boy, il aurait eu l'air d'être un membre de l'orchestre. Sky aussi, avec sa courte jupe en denim et ses bottes marron qui lui arrivaient au genou. Ce qui était très bien, car Mindy était catégorique : personne ne devait suspecter qu'elle avait des soucis de santé.

Deux musiciens arrivèrent du fond, portant leurs instruments. Quelques minutes plus tard, ils jouaient l'un de leurs nouveaux tubes qui venait de sortir. Sky sourit et tapa des pieds en rythme. C'était tellement mieux que d'être chez elle, à faire sa lessive.

Elle regarda Jared et fut surprise de voir qu'il appréciait la musique autant qu'elle. Lorsqu'elle lui sourit et qu'il lui rendit son sourire, elle pensa que sa poitrine allait éclater. Était-ce là le vrai Jared ? Celui dont elle avait eu un aperçu en dansant avec lui, celui qui s'était confié à elle au sujet de sa mère biologique ? Elle avait toujours su qu'il retenait quelque chose. Qu'il cachait à tout le monde une part de lui. Avait-il si peur de laisser quelqu'un s'approcher, pour dissimuler à tous ce sourire, ces émotions de bonheur et cette joie de vivre ?

Puis, au vif étonnement de Sky, il prit une guitare qui se trouvait sur la table et se mit à jouer avec les musiciens.

Elle ne bougea pas, craignant de rompre le sortilège que la musique tissait autour de Jared. Elle écouta, fascinée, tandis que le groupe passait à une autre vieille chanson connue. En quelques secondes, son collègue s'accorda à eux. Ils jouèrent pendant une demi-heure, puis les musiciens posèrent leurs instruments et serrèrent la main de Jared, l'invitant à jouer de nouveau avec eux, avant de disparaître au fond du bus pour se changer pour le concert.

— C'était stupéfiant, dit-elle lorsqu'ils se retrouvèrent seuls. Comment avez-vous pu me laisser ignorer que vous saviez jouer ?

— J'ai mes secrets, répondit-il, le visage échauffé.

D'embarras ? Il avait toujours montré une assurance que Sky admirait, mais elle ne l'avait vu qu'au travail jusqu'à ces deux dernières semaines.

— Vous m'en confiez un ?

Elle adorait voir ce côté de lui. Peut-être que si elle continuait à le faire parler, il ne se rendrait pas compte de la partie importante de sa personnalité qu'il lui laissait voir.

— Comme quoi ? demanda-t-il, ses mains effleurant toujours les cordes de la guitare.

— Je ne sais pas, juste quelque chose que vous ne partagez pas d'ordinaire. Comme le fait que vous faites bonne figure avec un groupe professionnel de *country*. Cela n'a pas besoin d'être quelque chose d'énorme. Et je vous révélerai quelques-uns de mes propres secrets.

Jared leva les yeux de la guitare.

— D'accord, mais vous commencez. Dévoilez-moi ces sombres secrets que vous cachez derrière votre sourire permanent.

— D'abord, je n'ai pas dit que ce serait cette sorte de secret. Vous connaissez déjà la majeure partie de mon histoire, de toute façon. Je pense plutôt à quelque chose que nous ne savons pas l'un sur l'autre. Comme...

Elle réfléchit un instant.

— Je sais. Je cache des barres chocolatées un peu partout dans ma maison pour avoir à les chercher.

— C'est bizarre, dit Jared. Pourquoi ne les rangez-vous pas à la cuisine, comme tout le monde ?

— Parce que alors je les mangerais. Si je les cache, ça me laisse le temps de décider si cela vaut vraiment la peine de les chercher.

— Pour que cela vous empêche de manger du chocolat ?

Un petit sourire narquois se peignit au coin des lèvres de Jared.

— C'est un secret pour une autre fois, répondit-elle en souriant à son tour. Maintenant, à vous.

Il se pencha en avant.

— Chaque semaine, même en sachant que je ne le devrais pas...

Sky se pencha elle aussi, les lèvres de Jared si proches qu'elle pouvait sentir son haleine sur les siennes. Un instant, elle oublia ce qu'il disait, puis leurs regards se joignirent et quelque chose fusa entre eux. Le souffle de Sky se coinça dans sa gorge, et elle entrouvrit la bouche. Elle avait envie qu'il se rapproche. Elle avait envie qu'il l'embrasse. Et il n'en faudrait pas beaucoup pour qu'il le fasse, leurs lèvres n'étaient distantes que de quelques centimètres.

Jared s'écarta de la table, la laissant se tendre vers lui.

— ... je fais une énorme pizza et je la mange en entier.

Sky se recula et le fusilla du regard. Est-ce qu'il se moquait d'elle ? Ne savait-il pas qu'il venait de lui retourner l'estomac, tandis qu'elle attendait de sentir ses lèvres sur les siennes ?

— Pourquoi faites-vous ça ? demanda-t-elle.

— Quoi ? J'aime la pizza, répondit-il en se remettant à gratter la guitare.

Elle vit son corps se relaxer. Elle avait envie de le pousser dans ses retranchements et de découvrir pourquoi il ne cessait de s'écarter d'elle, mais en même temps elle ne voulait pas qu'il la chasse de nouveau.

— Où avez-vous appris à jouer ? demanda-t-elle, estimant le sujet sans danger. Tout seul, ou avec des leçons ?

— Ma mère m'a fait prendre des leçons quand j'avais dix ans. Au début, je détestais ça. Mais elle jouait elle-même et pensait que si vous viviez dans la ville de la musique vous deviez au moins essayer. À mon avis, elle espérait que cela m'aiderait à me faire des amis.

— Et ça a marché ?

Elle avait compris que Jared avait été proche de sa mère adoptive. Partager une activité créative comme la musique avait sans doute été le fondement d'un lien fort entre eux. Cela avait dû être un coup dur pour lui de perdre une deuxième mère. Sky n'avait entendu que de bonnes choses sur Katie Warner, y compris sur sa façon de gérer son cancer.

— Je m'en suis fait quelques-uns. Mais quand je me suis mis à jouer pour de bon, j'ai oublié en quelque sorte les gens qui m'entouraient.

Elle pouvait le croire. Elle voyait bien la façon dont la musique l'affectait. Il était plus détendu, plus ouvert.

— Je suis contente qu'elle vous ait fait prendre des leçons. Vous aimez ça, clairement.

Il la regarda, le froncement de ses sourcils indiquant qu'il avait autre chose à l'esprit que des leçons de musique.

— Bon, vous m'avez posé une question et maintenant j'en ai une pour vous.

— D'accord, dit Sky, l'intensité de son regard lui nouant l'estomac d'appréhension. Que voulez-vous savoir ?

Par cette question, elle laissait sa vie entière ouverte. Ce qui avait commencé comme un moyen pour elle de mieux connaître Jared avait pris un tour inattendu. Elle espérait être prête à prendre ce tournant.

— Vous m'avez parlé de votre vie avec votre grand-mère et vos parents, mais je ne comprends toujours pas comment ou pourquoi vous feignez d'être heureuse si vous ne l'êtes pas. Ça me semble être un mensonge.

— Je pense que nous mentons tous sur la façon dont nous nous sentons, à un moment ou à un autre. Pas vous ? Je ne peux pas dire que je connaisse toute votre histoire, mais vous m'avez dit que vous avez perdu votre mère. Je sais que vous en avez souffert. Et je sais que les Warner vous ont adopté, alors je suppose que vous avez aussi perdu votre grand-mère ou qu'elle ne pouvait plus s'occuper de vous.

— Elle est morte d'un cancer quand j'avais six ans, répondit Jared d'une voix crispée.

Sky put voir que ce souvenir lui faisait encore mal après toutes ces années.

— J'ai la chance d'avoir encore la mienne. C'est une femme forte et entêtée. Je n'oublierai jamais la façon dont elle nous a acceptés quand nos parents nous ont laissés. Elle a peut-être fait semblant d'en être contente, mais si c'est le cas, je suis heureuse qu'elle l'ait fait. Je crois que c'est à ce moment-là que j'ai compris que vous n'avez pas le choix à propos de ce que font d'autres personnes dans votre vie. Mais vous pouvez choisir comment vous y adapter. J'ai fait face à ma colère contre mes parents en acceptant l'amour de ma grand-mère. Je suppose que je lui dois mon attitude envers la vie.

Une porte claqua à l'arrière du bus, et Sky se rappela où elle était.

Tandis que des musiciens commençaient à apparaître, Jared se pencha vers elle et murmura :

— Je suis content qu'elle ait été là pour vous. Vous méritez d'être heureuse.

Il y avait dans cette déclaration une tristesse que Sky ne comprit pas. Pensait-il que lui-même ne méritait pas de l'être ? Mais pourquoi ? Malheureusement, cette question devrait attendre.

Tandis que le groupe commençait à se rassembler autour d'eux et que le bus se garait, Sky couvrit de sa main la main qui grattait toujours les cordes de la guitare.

— Nous méritons tous d'être heureux, Jared. Simplement, certains d'entre nous ont plus de mal à le voir que d'autres.

Si le concert avait été sensationnel, la soirée qui suivit, organisée par le Carter's reality show dans l'hôtel où ils séjournaient tous, fut encore plus réussie. Tandis que Sky déambulait parmi la foule de musiciens et d'invités, dans la salle de bal de l'hôtel, elle se retrouva de nouveau époustouflée par ce qui lui arrivait.

Jared et elle avaient examiné Mindy après le concert, introduits par des agents de la sécurité dans le vestiaire du couple Carter. Mindy avait paru fatiguée physiquement, mais elle était en même temps revigorée par l'énergie émotionnelle qui l'habitait. Voir combien elle aimait chanter en public était évident.

— Sky, venez par ici ! lui lança une choriste qu'elle avait rencontrée un peu plus tôt. Je veux vous présenter mon mari.

— Sky ! cria une autre voix par-dessus le bruit ambiant.

Elle fut prise dans une accolade par la musicienne du groupe à qui elle devait d'être là.

— Bonsoir, Jenny, le concert a été génial, dit-elle.

Cette femme était en train de devenir l'une des violonistes les plus recherchées de Nashville et, après sa performance de la soirée, Sky comprenait pourquoi.

— Je n'ai pas eu l'occasion de vous remercier de m'avoir recommandée à Mindy.

— Vous êtes une sage-femme formidable. Je savais qu'elle bénéficierait des meilleurs soins, avec vous.

— Jenny dit que vous êtes la meilleure, déclara la jeune femme qui avait interpellé Sky un peu plus tôt. Je suis Carly et voici mon mari, Zach. Nous venons de découvrir que nous attendons un bébé.

Le groupe poussa des cris excités, mêlés à des félicitations.

— Nous espérions que vous voudriez bien être notre sage-femme.

Sky accepta et félicita de nouveau le couple. Quelques musiciens avaient pris leur guitare et se mirent à jouer. En se tournant, elle sourit : ils avaient invité Jared à les rejoindre.

Tandis que la foule se rassemblait autour d'eux, Sky se mit devant. Elle sortit son téléphone et prit une photo de son collègue. La tête penchée sur sa guitare d'emprunt, il passait d'un accord à l'autre. Jenny les rejoignit avec son violon, et la musique rythmée incita le public à taper des mains. Un homme d'un certain âge, avec des cheveux blancs et des jambes très maigres, offrit sa main à Sky, et elle se retrouva entraînée dans une danse qui lui coupa le souffle.

Quand la musique s'arrêta, son cavalier s'inclina et rejoignit la foule. Riant, Sky vit Jared qui s'avançait vers elle. Elle rit de plus belle et fit une pirouette. Elle se sentait comme Cendrillon lorsqu'elle était arrivée au bal du prince.

Avant de pouvoir s'en empêcher, elle jeta ses bras autour du cou de Jared et l'entraîna dans sa danse, le faisant virevolter avec elle. Puis ils cessèrent de tourner, et elle leva les yeux vers lui, à bout de souffle, surprise de le voir sourire. Ce sourire ! Chaque fois qu'elle le voyait, son cœur semblait éclater de bonheur.

Se haussant sur la pointe des pieds, elle pressa un baiser sur sa joue. Il tourna la tête, ses lèvres effleurèrent celles de Sky et le monde autour d'eux disparut. Elle l'embrassa avec un abandon qui venait de trop d'excitation, de pas assez de sommeil et d'un immense bonheur.

Puis elle perdit le contrôle du baiser, le laissant faire quand ses lèvres ouvrirent les siennes pour approfondir ce qu'ils partageaient. Elle enfonça les mains dans ses épaules, ayant besoin de se retenir à quelque chose tandis que ses jambes flageolaient – surtout quand la langue de Jared caressa la sienne.

Il n'y avait plus la musique qui l'avait habitée quelques instants plus tôt. Son monde se résumait à Jared et à la sensation de ses lèvres sur les siennes. Ce n'était pas un baiser doux. Non, ce baiser était primitif, dur et brûlant. Lorsqu'il la lâcha, elle vacilla en arrière, les lèvres meurtries et sensibles.

— Qu'est-ce que c'était que ça ? demanda-t-elle alors qu'il la regardait fixement.

Parcourant la salle des yeux, elle vit que s'ils avaient peut-être attiré l'attention de quelques personnes, la majeure partie des gens était attroupée autour d'un nouveau groupe de guitaristes.

— Vous m'avez embrassé, répondit Jared d'un ton irrité qu'elle n'allait pas tolérer.

— Je me suis laissé un peu trop entraînée par l'excitation ambiante, je suppose.

Oui, elle avait été l'instigatrice du baiser, mais elle avait prévu un rapide bisou sur la joue. Quelque chose de drôle. C'était lui qui avait corsé les choses.

— Eh bien, je ne m'y attendais pas. Je ne fais pas ce genre de chose, vous le savez. Je ne suis pas comme vous, dit Jared en commençant à se tourner vers la scène impromptue où se produisait le groupe.

Il la repoussait de nouveau, comme il l'avait fait le soir où ils avaient partagé cette danse. Il la faisait se sentir sans importance, comme si elle était la seule à percevoir cette connexion, comme s'il était facile de s'éloigner d'elle. C'était ce que ses parents lui avaient fait. Ce que son ex lui avait fait.

Mais elle n'était plus cette petite fille, ni cette jeune femme manquant d'assurance. Elle ne supporterait plus jamais quelqu'un qui l'ignorait ou ne la prenait pas au sérieux.

— Allez-y, partez. Si vous pouvez ignorer ce que nous venons de partager, moi aussi. Je regrette de vous avoir embrassé. Je ne vous ennuierai plus.

Elle pivota et marcha vers la porte de la salle, contente que les gens soient occupés à écouter la musique au lieu de la voir s'humilier. Si certaines personnes les avaient vus s'embrasser, aucune ne semblait penser que cela avait quelque chose d'anormal. Ce n'était pas comme s'ils étaient connus dans cette foule.

Seulement Sky était mieux fixée. Ce baiser aurait pu être le début de quelque chose de spécial. À la place, il lui avait ouvert les yeux sur le fait que Jared ne voulait pas d'elle. Oh ! son corps pouvait réagir au sien. Ce baiser, cette danse en avaient été la preuve. Mais s'il ne pouvait pas admettre qu'il la désirait, s'il ne pouvait pas lâcher ce besoin obstiné de contrôle qui tenait les autres à distance, ce serait elle qui devrait le laisser partir. Et elle ne pleurerait pas. Ni maintenant, ni jamais. Elle avait gâché trop de larmes pour des gens qui ne la voulaient pas dans leur vie, quand elle était plus jeune. Elle n'était plus comme ça.

Alors, la tête haute, elle sortit de la salle et se dirigea vers l'ascenseur qui allait la ramener dans sa chambre.

10

Jared se tenait devant la porte de Sky et savait que ce n'était pas une bonne idée. Elle était furieuse contre lui. Et même s'il aurait aimé le nier, il comprenait pourquoi. Il y avait eu plus dans ce baiser que ce qu'il voulait l'admettre, comme il y avait eu plus dans leur danse.

On pouvait compter sur Sky pour le prendre à partie en plein milieu d'une salle de bal. Il était fasciné par la façon dont elle était prête à se mettre en quatre pour avoir ce qu'elle voulait. Elle était si ouverte en ce qui concernait ses sentiments, alors que lui, instinctivement, voulait nier qu'il pourrait souhaiter quelque chose de plus avec elle.

Ce n'était pas nouveau. Il avait bataillé pour ne pas admettre qu'il avait besoin de qui ou de quoi que ce soit depuis son enfance. Il lui avait fallu des années pour croire que Katie et Jack Warner voulaient vraiment qu'il soit leur fils. Avec le recul, il savait que cela les avait blessés, surtout sa mère. Mais après avoir perdu sa grand-mère à six ans et avoir été ballotté de foyer en foyer les deux années suivantes, il avait appris que la seule personne sur qui il pouvait compter était lui-même, et que le meilleur moyen de rester en sécurité était de ne pas attirer l'attention sur lui.

Seulement Sky Benton avait entamé l'armure dans laquelle il s'était toujours enfermé, avec chaque sourire aguicheur et chaque clin d'œil impertinent qu'elle lui avait décochés au cours des derniers mois. Maintenant, le baiser qu'ils venaient de partager avait percé un trou dans cette armure, juste au-dessus de son cœur. Un trou qu'il ne savait pas comment réparer.

Au lieu d'aller dans sa propre chambre, ce qui aurait été la chose à faire, tout ce qu'il voulait était voir Sky. Peut-être que s'il la voyait, il découvrirait qu'il avait simplement imaginé l'attirance qui était passée d'un irritant bourdonnement électrique quand elle était près de lui à la chaleur intense d'un coup de foudre pendant ce baiser.

— Que faites-vous là ? demanda la voix de Sky dans l'entrebâillement de sa porte.

Jared avait été si occupé à essayer de décider de ce qu'il devait faire qu'il ne l'avait pas vue s'ouvrir.

— Je suis désolé. Je ne voulais pas vous déranger, dit-il alors qu'elle ouvrait un peu plus.

— Je suis une femme seule dans un hôtel. Entendre quelqu'un faire les cent pas devant ma porte m'inquiète.

Elle s'adossa au cadre, les bras croisés sur sa poitrine. Il n'était pas possible que le pyjama qu'elle portait, avec des personnages de BD, soit aussi sexy que Jared le trouvait.

— Je voulais... commença-t-il.

— Quoi que vous soyez sur le point de dire, vous avez intérêt à ce que ce ne soit pas une autre critique. J'en ai plus qu'assez.

Elle haussa le menton, ses yeux le défiant comme une enfant butée.

La vérité, c'était qu'il ne savait pas ce qu'il voulait dire. Sky incarnait tout ce qui le terrifiait. Elle se jetait dans la vie avec un abandon qui le mettait mal à l'aise. Il l'avait vue faire lors de la soirée chez les Carter. Alors qu'il avait été heureux de rester sur le côté, elle s'était rapidement lancée au milieu de tous ces gens célèbres et tout de suite adaptée. Puis elle l'avait entraîné avec elle pour cette danse. Elle vivait sans retenue, ce qu'il ne comprenait pas. Elle avait traversé autant de choses dures que lui, dans sa vie, et pourtant elle ne voyait aucun danger à s'ouvrir aux gens.

Ce soir-là, quand elle l'avait embrassé, il avait eu l'impression que quelqu'un lui avait donné un coup dans la poitrine. Une part de lui voulait la croire quand elle disait qu'il existait entre eux quelque chose de spécial. Mais une autre part s'inquiétait qu'elle se lance encore dans quelque chose sans réfléchir. Elle vivait pour l'instant présent, quand il aimait tout planifier. Savoir quelle serait la prochaine étape. Il avait besoin de contrôler tout ce qui l'entourait et avec Sky il n'avait aucun contrôle. Ce besoin d'elle emportait tout et cela l'effrayait.

— Je ne vais pas m'excuser, dit-il, même s'il lui devait des excuses.

Il avait été brutal en niant combien ce baiser l'avait affecté.

— Je sais que j'ai tout fait de travers. C'est juste que nous sommes tellement opposés.

— Qu'est-ce que cela a à voir ? Parce que nous avons des personnalités différentes, nous ne pouvons pas apprécier un baiser ? Je ne vous ai jamais rien demandé d'autre qu'une danse ou un baiser. Nous sommes deux adultes attirés l'un par l'autre. C'est aussi simple que ça. Qu'y a-t-il de mal à ce que nous profitions l'un de l'autre pour une nuit ?

— Ce que nous faisons ici, travailler avec les Carter, est important pour la clinique et le Foyer de la Femme. Nous devons rester professionnels.

Et c'était pour ça que Sky lui faisait peur. Si une autre femme avait prononcé ces mots, il aurait été d'accord avec elle. À l'université et à l'école de médecine, il avait eu avec des femmes des relations qui avaient été courtes et pas compliquées. Il avait toujours établi clairement que sa priorité était sa formation. Et depuis qu'il exerçait avec son père, il s'était toujours assuré que les femmes avec qui il sortait avaient des carrières qui ne laissaient de place qu'à un rendez-vous de temps en temps. C'était un bon arrangement. Si une femme commençait à vouloir plus de lui, il rompait. Ce que Sky lui offrait n'était pas différent de ce qu'il avait offert à ces femmes.

Cela ne le surprenait même pas. Elle vivait sa vie à fond. Elle montrait par ses actions qu'elle souhaitait passer du bon temps. Mais il ne savait pas si être un de ses bons moments lui suffirait.

Oui, la façon de vivre de Sky l'effrayait. Mais quel choix avait-il quand tout ce qu'il pouvait penser, avec elle debout devant lui, était qu'il serait un idiot de s'éloigner d'elle ?

— Rien, dit-il pour répondre à sa question.

Son esprit avait le tournis en comprenant que ceci avait été inévitable depuis le début. En lui-même, alors qu'il se dirigeait vers la chambre de Sky, il avait su que ce baiser avait changé les choses entre eux pour toujours. Il ne pouvait pas revenir en arrière et ignorer combien elle l'affectait. Il ne pouvait plus nier que son corps réagissait chaque fois qu'elle était près de lui. Il pouvait continuer à lui dire que ce n'avait été qu'un baiser, mais alors il leur mentirait à tous les deux.

— Nous pourrions peut-être réessayer ce baiser et voir ce qui se passe ? suggéra-t-il.

Sans réfléchir plus avant, ni essayer de voir comment ceci s'imbriquerait dans ses plans, il fit un pas vers elle. Une de ses mains prit le menton avec lequel elle l'avait défié quelques instants auparavant, l'autre se glissa derrière sa tête et l'attira à lui. Leurs lèvres se trouvèrent et, cette fois, Jared ne put se méprendre sur l'énergie magnétique qui les unissait — au point qu'il ne savait pas ce qui l'affectait le plus : son propre désir ou celui de Sky.

Elle entrouvrit ses lèvres, l'accueillant en elle, et son goût suave l'envahit. Il abaissa sa main et la pressa plus près contre lui.

— Eh bien ? demanda-t-elle lorsqu'il la lâcha.

Elle avait retrouvé son sourire et, comme toujours, cela fit battre son cœur un peu plus vite. Savoir que d'une certaine manière c'était lui qui l'avait mis sur son visage accéléra encore son rythme cardiaque.

— Pourquoi ne m'invitez-vous pas à entrer, pour que nous essayions de nouveau ? demanda-t-il.

Sky n'aurait su dire ce qui avait changé en Jared durant les dernières minutes, mais elle n'allait pas s'en plaindre. Elle ne doutait pas qu'il était venu jusqu'à sa porte avec uniquement des excuses à l'esprit. Elle avait voulu briser sa coquille pendant des mois, son intérêt pour lui allant de la curiosité à une sorte d'affection lorsqu'il avait commencé à s'ouvrir à elle, puis à un désir ardent quand elle avait vu qu'il réagissait à elle comme elle réagissait à lui.

Ils avaient joué au jeu du chat et de la souris, elle étant le chat la plupart du temps. Et avec Jared, cela avait été amusant. Mais après la façon dont il avait réagi à leur premier baiser, elle avait été prête à prendre le large. Maintenant qu'il demandait à entrer dans sa chambre, les choses prenaient soudain un tour inattendu.

— Vous pouvez entrer, dit-elle sans lui prendre la main.

Ceci devait être une décision qu'il prendrait par lui-même. Elle avait besoin de savoir qu'il voulait franchir ce pas tout seul. Elle ne voulait pas se demander plus tard si c'était elle qui l'avait poussé. Jared prisait plus que toute autre chose le contrôle qu'il exerçait sur sa vie. Et s'il entrait dans sa chambre, s'il l'allongeait sur ce lit, elle lui laisserait tout le contrôle dont il avait besoin.

Elle sentit sa main dans son dos tandis qu'il la rejoignait avant de refermer la porte derrière eux. La chambre n'était pas grande et le lit *king size* prenait presque toute la place. Sky pivota, attendant qu'il fasse le premier pas. Lorsqu'il lui enlaça la taille de ses bras, elle noua les siens autour de son cou. Ses lèvres touchèrent les siennes, hésitantes au début. Avait-il des regrets ?

Mais lorsqu'il approfondit le baiser, elle oublia tous ses doutes. Ils s'embrassèrent durant plusieurs minutes, ses mains explorant son corps avec une minutie qui n'appartenait qu'à lui. Il les fit remonter, effleurant le côté de ses seins, puis elles redescendirent le long de ses flancs pour saisir son postérieur, l'attirant contre son érection. Sky s'arqua afin que ses parties les plus intimes soient en contact avec lui.

Ses tétons se hérissèrent sous l'air frais de la pièce, et elle se rendit compte qu'elle n'avait plus son haut de pyjama. Lorsque Jared la souleva contre lui, elle passa ses jambes autour de sa taille. Elle commença à protester lorsqu'il la déposa sur le lit et dénoua ses jambes.

— Je veux te voir tout entière, dit-il en lui ôtant son pantalon.

Une fois nue, elle se sentit exposée sous ses yeux tandis que lui-même était debout devant elle, tout habillé. Puis elle regarda ses iris et y vit une chaleur intense. Jamais un homme ne l'avait contemplée de cette façon, avec autant de désir et de besoin. Elle se détendit sur le lit tandis qu'il commençait à ôter sa chemise. Quand son pantalon suivit, elle eut du mal à ne pas se tortiller d'impatience. Il était un très bel homme et l'envie de le toucher de partout lui rendait difficile de ne pas tendre les mains pour l'attirer à elle.

Mais elle s'était promis de lui laisser le contrôle, cette nuit. Alors elle l'attendit, son corps devenant de plus en plus excité en le voyant. Lorsqu'il vint enfin à elle, leur souffle s'accéléra. Elle brûlait de le toucher. De l'embrasser. Elle voulait le prendre en elle et trouver l'assouvissement que son corps réclamait.

— Tu es si belle, dit-il en plaçant un genou entre ses jambes et en la rejoignant sur le lit.

Lorsqu'il embrassa son mollet puis fit glisser sa langue jusqu'en haut de sa cuisse, Sky ne put s'empêcher de frétiller contre lui. Quand il lui écarta les jambes et se coula entre elles, ses hanches se haussèrent pour le recevoir. Elle avait besoin de lui en elle, maintenant. Comment pouvait-il se contrôler à ce point ? Ne voyait-il pas qu'il la rendait folle ?

— Jared, j'ai besoin...

Sa voix se brisa tandis que ses lèvres caressaient un de ses tétons.

— Dis-moi ce que tu veux, murmura-t-il avant de faire remonter sa bouche derrière son oreille. Dis-le-moi et je te le donnerai.

Il savait ce qu'elle voulait. Il le savait, mais il se retenait. Elle commença à protester, puis elle vit sa main trembler tandis qu'il écartait ses cheveux de son visage. Quelle que soit la force de son contrôle, il était sur le point de craquer. Elle pouvait l'attendre, en sachant qu'il atteignait ses limites, mais pourquoi ? Elle n'avait plus envie de jouer.

— J'ai besoin de toi en moi, répondit-elle.

Elle eut à peine le temps de prononcer ces mots qu'il lui ouvrit les jambes et se coula en elle. Son corps l'accueillit avec bonheur tandis qu'il l'emplissait de son premier assaut, mais elle sentait qu'il se retenait encore.

— Laisse-toi aller pour moi, Jared. Donne-moi tout ce que tu as.

Comme si les paroles de Sky avaient fait fondre toutes ses réserves, il prit ses lèvres dans un baiser qui prouva qu'il avait abandonné tout contrôle. Ses hanches bougeaient contre elle, et il l'emplissait à chaque coup de reins. Elle passa les bras autour de ses épaules et se cramponna à lui tandis qu'elle était en proie à un déferlement de désir comme elle n'en avait jamais connu.

Il fit passer une de ses jambes sur sa taille, et elle arqua son corps alors que le plaisir de cette nouvelle position commençait à grandir.

Son orgasme la prit par surprise, son corps fut secoué de frissons tandis qu'elle sentait celui de Jared se raidir contre elle et la prendre d'assaut encore une fois.

Elle resta allongée, le corps épuisé et vide alors qu'en même temps son cœur était empli de quelque chose qu'elle ne reconnaissait pas. De la satisfaction ? Oh oui, elle était définitivement satisfaite. Elle ne s'était jamais sentie aussi satisfaite de sa vie. Mais ce n'était pas ça. C'était quelque chose de plus, quelque chose qu'elle n'était pas prête à admettre. Pas maintenant. Pas encore. Là, tout ce qu'elle voulait faire était de profiter du moment. Pour le reste, elle verrait bien demain.

11

Le téléphone de Sky sonna, et elle tendit la main à l'aveuglette vers la table de chevet. Puis elle se redressa et constata deux choses : un, il devait être très tôt car le ciel commençait juste à pâlir. Et deux, Jared était parti.

— Bonjour, dit-elle, déçue de recevoir un appel de Mindy à la place de Jared.

Elle avait prévu de la retrouver pour le petit déjeuner, mais pas d'aussi bonne heure.

— Bonjour, Sky, c'est Trey. Mindy ne se sent pas bien. J'ai déjà appelé Jared et il est en train de monter dans notre chambre. Il a voulu que je vous appelle aussi.

— Que ressent-elle exactement ? demanda Sky en se hâtant d'enfiler ses habits.

— Elle s'est levée plusieurs fois dans la nuit parce qu'elle avait mal au ventre. Elle dit que c'est sans doute un microbe, mais je n'en suis pas sûr.

Le souci dans la voix de Trey suffit à faire sortir Sky de sa chambre alors qu'elle était encore en train d'enfiler ses chaussures.

— Quel est votre numéro de chambre ? demanda-t-elle en gagnant l'ascenseur à cloche-pied.

Elle appuya sur le bouton pour monter. L'ascenseur s'arrêta à l'étage suivant et Jared la rejoignit.

Elle ne dit rien sur le fait qu'il avait quitté sa chambre pendant la nuit. Regrettait-il leur nuit ensemble ? Elle refusait de le croire. Jared l'avait désirée. C'était lui qui était venu jusque chez elle. Mais ce n'était pas le moment de discuter de ce qui s'était passé entre eux.

— Merci d'avoir demandé à Trey de m'appeler, dit-elle, éprouvant une gêne à laquelle elle n'était pas habituée. Il m'a dit que Mondy avait été malade pendant la nuit, mais pas grand-chose d'autre.

— Ce n'est peut-être qu'un microbe intestinal comme elle le pense, ou ça pourrait être quelque chose de plus sérieux. Il faudra peut-être qu'elle arrête ses tournées jusqu'après la naissance du bébé.

L'ascenseur s'arrêta à l'étage de l'appartement terrasse et Jared attendit que Sky sorte avant de la suivre.

Trey les accueillit et les conduisit dans la chambre, où Mindy était assise sur le lit. Elle était pâle et avait des cernes sous les yeux.

— Je me sens mieux, dit-elle. Je suis sûre que ce n'est qu'un microbe.

— Laisse Sky et Jared t'examiner, dit Trey en s'agenouillant à côté d'elle.

— Oui, mais je n'ai pas besoin de vous tous. Si tu allais prendre un café avec Jared ?

Sky s'attendit à ce que ce dernier proteste, mais il se contenta de lui tendre une pochette qu'elle n'avait pas vue. Elle contenait plusieurs paires de gants stériles, des ciseaux, des pinces et une poire à aspiration. On pouvait compter sur Jared pour avoir un sac prêt dans le cas où il devrait procéder à un accouchement inattendu.

— Alors, si vous me disiez exactement ce que vous ressentez ? demanda-t-elle à Mindy lorsqu'elles furent seules.

— Ce sont juste des crampes. Mon estomac est barbouillé, je suppose. Je ne pense pas que ce soit le bébé.

— Quand avez-vous senti un coup de pied pour la dernière fois ? s'enquit Sky en plaçant une main sur le ventre de sa patiente.

— À l'instant. Le bébé est très actif. Pensez-vous que quelque chose ne va pas avec lui ?

Mindy posa sa propre main sur son ventre, que ce soit pour se calmer ou pour apaiser le bébé.

— Je ne crois pas, répondit Sky en sentant le ventre se contracter, puis se détendre.

Elle n'avait pas pris sa montre, alors elle se mit à compter mentalement.

— Décrivez-moi la douleur que vous ressentez. Est-ce qu'elle va et vient ?

La contraction qu'elle avait sentie n'avait duré que quelques secondes, mais Mindy n'était qu'à trente et une semaines. Elle ne devrait pas en avoir.

— C'est seulement une crampe, comme pendant les règles. Ce n'est pas trop douloureux. Ça a commencé hier soir quand nous nous sommes couchés.

— Avez-vous saigné ?

— Non. Je vous aurais appelée. Est-ce que je devrais m'inquiéter ?

— Parfois, cette impression de crampe peut être due à de courtes et faibles contractions. Il n'est pas rare d'en avoir durant le dernier trimestre de la grossesse. Ce sont en général des contractions de Braxton-Hicks, que l'on appelle aussi le faux travail. En fait, elles aident à préparer l'utérus au vrai travail.

— Alors c'est ce que j'ai ?

— Probablement. J'ai senti quelques contractions pas fortes. Mais avec votre fausse couche passée, j'aimerais que vous fassiez une échographie. Malheureusement, je n'ai pas ce qu'il faut ici, alors il va falloir aller dans un hôpital local.

— C'est possible ? Ils vous laisseront utiliser leurs appareils ? demanda Mindy avec de plus en plus d'appréhension.

— Aucun hôpital ne peut vous refuser quand vous êtes enceinte. Mais il faut voir avec Jared. Knoxville est une grande ville. Il peut probablement se mettre en contact avec un obstétricien local qui acceptera de vous voir.

— Trey va être bouleversé. Il annulera sans doute le reste de la tournée. Nous n'avons plus que deux concerts à assurer.

— Voyons voir ce qui se passe avant que vous décidiez quoi que ce soit. Si ce sont des Braxton-Hicks et que le col de votre utérus n'a pas bougé, vous pourrez faire ces deux concerts, mais la décision restera entre vous et Trey. Je pense qu'il vaudrait mieux que vous vous reposiez davantage. Peut-être annuler les soirées qui suivent les concerts ?

Mindy opina.

— La soirée d'hier a été chouette, mais je n'aurais pas dû danser autant.

Puis elle ajouta :

— Je ne vous ai pas vus sur la piste de danse, Jared et vous.

— Je suis allée me coucher tôt. Je ne suis pas habituée à toutes ces fêtes, comme vous.

C'était vrai, même si ce n'était pas toute la vérité. Pourquoi elle était partie et ce qui s'était passé ensuite, elle n'était pas prête à en parler à quiconque. Mais il faudrait qu'elle en parle avec Jared, à un moment donné. Ils ne pouvaient pas ignorer ce qui était arrivé. Toutefois, vu son comportement, elle ne serait pas surprise qu'il projette de le faire. Et le fait qu'il l'ait quittée dans la nuit sans rien lui dire la tracassait toujours — même si elle savait que c'était probablement son insécurité qui la faisait penser qu'il regrettait cette nuit.

On frappa à la porte, et Trey entra, suivi de Jared. Quand Sky leur expliqua la situation, Jared sortit son téléphone et se mit à appeler les hôpitaux voisins. Au bout de quelques minutes, il annonça :

— Bon. Je viens d'avoir le Dr Ward du centre médical de Knoxville. Elle connaît mon père et elle a accepté de prévenir le personnel de l'hôpital de votre arrivée. Elle sait qu'il faut se montrer discrets et elle en a averti les services concernés. Elle m'a assuré qu'ils respecteront votre vie privée.

— Faut-il appeler le 911 ? Ou une ambulance ? demanda Trey qui avait fait les cent pas tout le temps où Jared avait été au téléphone.

Sky ôta sa main du ventre de Mindy.

— Je pense que si vous pouvez nous trouver une voiture, cela ira. Les contractions sont faibles et irrégulières, pour le moment.

Jared lui décocha un regard interrogateur, et elle lui sourit.

— Je pense que Jared sera d'accord avec moi pour dire que nous ne faisons ceci qu'à titre de précaution.

— Une voiture fera l'affaire, dit-il. Je vais appeler en bas pour qu'ils s'occupent de nous en procurer une. J'ai vu qu'ils avaient des navettes.

Il sortit pour passer son appel. Quelques minutes plus tard, on frappa à la porte. Mindy se renfrogna lorsqu'elle vit le fauteuil roulant, mais Jared lui assura que ce n'était qu'une précaution de plus.

Quatre heures plus tard, tous les quatre étaient en route pour Nashville avec l'assurance du Dr Ward que Mindy et le bébé allaient bien. Mindy avait reçu une perfusion d'un litre de fluides, car il était apparu que la déshydratation avait été à l'origine des contractions. Un examen avait montré qu'elle n'avait pas commencé à se dilater et que le rythme cardiaque du bébé était parfait. Après avoir promis à tout le monde qu'elle boirait davantage, Mindy avait été libérée et autorisée à voyager.

Quand Trey avait demandé à Jared s'il devait annuler les deux concerts prévus pour les deux prochaines semaines, celui-ci lui avait répondu de voir avec sa femme, en lui assurant que ni Mindy ni son enfant n'étaient en danger pour le moment.

Mais il savait qu'on ne pouvait jamais rien garantir dans la vie. Sa mère biologique avait été en parfaite santé avant sa grossesse, et celle-ci s'était passée sans complications. C'était après l'accouchement que les choses s'étaient gâtées.

— Merci encore de votre présence, dit Trey en sortant de la chambre à l'arrière du bus où Mindy se reposait.

— Je suis content d'avoir été là, répondit Jared, mais tout se serait bien passé avec seulement Sky.

Son père avait eu raison de penser que ce serait une bonne chose pour eux deux de travailler ensemble. Sky était une excellente sage-femme et avait tout fait avec Mindy comme il l'aurait fait lui-même.

C'était le changement dans leur relation personnelle dont il n'était pas sûr maintenant. La nuit dernière avait tout modifié. Avoir une liaison avec une collègue n'était pas quelque chose qu'il avait envisagé auparavant. Il savait qu'il était toujours plus sûr de garder votre vie personnelle séparée de votre vie professionnelle. Or il avait franchi cette ligne la nuit passée.

Pourtant, il ne le regrettait pas. Ce qu'il avait vécu avec Sky était différent de tout ce qu'il avait jamais connu. Et s'il était honnête, au moins envers lui-même, il devait reconnaître que cela avait été beaucoup plus qu'une simple nuit de sexe. Tenir Sky dans ses bras alors qu'elle dormait lui avait fait éprouver un sentiment de possessivité si prononcé que cela l'affolait.

— C'est ce que Mindy ne cesse de me répéter, dit Trey. Je sais que mon attitude surprotectrice la fait grimper au mur, mais je ne peux pas m'en empêcher. Je lui dis sans arrêt que c'est ma responsabilité de les protéger.

Il se gratta la tête, puis regarda Jared.

— Vous feriez la même chose, non ? Si vous étiez marié et attendiez un bébé ?

La pensée de Sky enceinte de son enfant s'infiltra sans prévenir dans l'esprit de Jared. Son imagination s'emballa, lui montrant Sky le ventre rond. Une autre vague de possessivité le submergea. Sky enceinte de lui ?

Avoir une femme et un enfant n'avait jamais fait partie de

ses plans. Il travaillait trop. Il n'avait pas de temps pour une famille. Il ne serait pas un bon époux. Il y avait mille raisons pour lesquelles il ne pensait pas avoir l'étoffe d'un mari ou d'un père.

Mais le plus grand obstacle, c'était qu'il n'avait jamais rencontré quelqu'un avec qui il aurait voulu partager sa vie. Il n'y avait jamais eu personne à qui il aurait osé confier son cœur. À qui il se serait assez fié pour renoncer au contrôle qui assurait que sa vie soit ordonnée et sûre. Et s'il avait rencontré cette personne, aurait-il eu le courage de l'aimer en sachant qu'elle pouvait lui être enlevée n'importe quand ?

— Je suis sûr que je serais tout aussi protecteur.

Ce qui ennuierait grandement Sky.

Il fallait qu'il arrête. Il ne pouvait pas penser à sa collègue de cette manière. C'était exactement ce qu'il avait craint qu'il arrive quelques instants plus tôt. Il laissait ce qu'ils avaient partagé la nuit dernière leurrer son esprit en lui faisant penser qu'ils pouvaient avoir un avenir. Mais cela n'avait été qu'une nuit passée ensemble. Ils avaient été d'accord, non ?

Et même s'ils n'avaient pas été d'accord, ils ne pouvaient pas être plus incompatibles. Sky avec son style de vie jouisseur et lui avec son besoin obsessionnel de prendre des décisions pratiques, ça ne pouvait pas marcher.

Il pensa à la façon dont elle s'était complètement remise à lui. Il aurait cru que ce serait difficile pour elle, mais elle avait semblé aimer ça. Il se demanda comment ce serait d'intervertir leurs rôles et de laisser Sky prendre le contrôle. L'idée d'elle le contrôlant dans un lit piqua son intérêt. Mais il avait dû faire appel à toutes ses forces pour la quitter cette nuit, et il ne pouvait se permettre de songer à reprendre les choses là où ils les avaient laissées.

— Elle dort, annonça Sky en les rejoignant dans le coin salon du bus.

Le reste du groupe avait été renvoyé à Nashville plus tôt, avec l'équipe de production du *reality show*. Seuls quelques musiciens proches des Carter avaient appris pourquoi Sky et Jared retournaient à Nashville avec Mindy et Trey. Et ils savaient qu'il ne fallait pas en informer les autres.

— Elle s'inquiète que Joe et Marjorie se fâchent en apprenant qu'elle est allée à l'hôpital sans les en informer, ajouta Sky en s'asseyant près de Jared.

— Elle a raison, dit Trey, mais si nous le leur avions dit, ils auraient probablement voulu envoyer une équipe à l'hôpital pour tout enregistrer pour le *show*. Si seulement Marjorie ne nous avait pas entraînés là-dedans !

Il sortit son téléphone et se dirigea vers l'avant du bus pour passer un appel.

— Je pense que Mindy le regrette aussi, dit Sky, mais que sont-ils censés faire ? Ils ont signé le contrat. D'après Mindy, ils sont coincés pour deux ans.

Elle bâilla et ferma les yeux.

— Nous avons encore une heure et demie de trajet, dit Jared. Va faire une sieste sur l'une des couchettes. Peut-être que si nous avons de la chance, Marjorie trouvera autre chose sur quoi focaliser son attention.

— Je l'espère, dit Sky en se dirigeant vers l'arrière du bus. À condition que ce ne soit pas nous.

12

Sky dut se traîner au bureau le lundi matin. Elle ne savait pas comment faisait Mindy avec toutes ces fêtes et ces déplacements. Après être rentrée chez elle le dimanche après-midi, elle avait fini sa lessive et s'était mise au lit. Elle supposait que la vie scintillante des musiciens avait un coût, comme la sienne. Là, elle était de service pour les vingt-quatre prochaines heures.

Elle salua le réceptionniste, Leo, qui lui tendit quelques messages et lui dit que Lori voulait qu'elle l'appelle dès son arrivée. Lori avait été de garde pour le week-end et voulait sûrement lui parler de ses patientes.

— Je vais l'appeler. Autre chose ?

— Non, répondit Leo d'un air plaisantin. Et vous ? Vous n'avez rien à me dire ? Pas le moindre petit secret ?

— Pas le moindre, répondit Sky en s'éloignant.

Le seul secret qui intéresserait ses collègues concernait Jared et elle, et elle ne projetait de le partager avec personne — sauf peut-être Lori. Elle rangea son sac, enfila sa blouse blanche et regarda ses messages. Il y en avait un de Jasmine, qui lui demandait de l'appeler. Elle le fit tout de suite, mais n'eut pas de réponse. La jeune fille devait être en train de suivre ses cours. Ensuite, elle appela Lori.

— Salut, comment ça va ?

— Où es-tu ? demanda son amie, essoufflée.

— Je viens d'arriver à la clinique. Pourquoi ne m'as-tu pas appelée sur mon portable ?

— Je l'ai fait, mais on tombe tout de suite sur ton répondeur.

Lori ne semblait pas contente. Sky sortit son téléphone et vit qu'il était coupé.

— Désolée, dit-elle. Dis-moi ce qui se passe.

— Moi ? Ce serait plutôt à toi de me le dire ! Je n'ai pas fait la fête à Knoxville et je n'ai certainement pas roulé des pelles à Jared.

L'estomac de Sky tressauta, se noua et tomba dans ses chaussettes.

— Comment sais-tu ça ?

Elle était sûre que Jared n'avait rien dit à personne et elle aurait juré que nul n'avait fait attention à eux lors de la soirée. Mais apparemment quelqu'un avait parlé.

— Je le sais parce que depuis que les gens ont appris que Mindy Carter est devenue une de tes patientes, tout le monde suit le Carter's reality show sur les réseaux sociaux. Regarde ton téléphone. Je t'ai transféré la photo qu'on m'a envoyée.

Sky consulta le premier message qu'elle avait reçu de Lori ce matin-là. Une image apparut sur son écran et elle reconnut la salle de bal de l'hôtel. Elle vit d'abord Trey qui enlaçait Mindy, des musiciens qui jouaient, Jenny… et deux personnes à l'arrière-plan. C'était indubitablement Jared et elle en train de s'embrasser. Et la majeure partie du personnel avait vu ce cliché ?

— Pouvons-nous en parler plus tard ? demanda-t-elle. Peut-être au déjeuner ?

Il fallait qu'elle appelle Jared pour l'avertir avant que son père ne voie l'image en cause. Puis elle devrait dire un mot à un certain réceptionniste qui avait fait circuler l'information, elle en était sûre.

Son téléphone bipa. Jared l'appelait. Quelqu'un avait déjà dû lui montrer la photo. Et si elle pouvait la voir comme un souvenir d'une nuit magique, elle savait que lui en serait très contrarié. Il avait été si discret sur sa vie, jusqu'à ce qu'ils travaillent avec les Carter… Et son père ? Il leur avait fait confiance pour représenter la clinique.

Elle coupa avec Lori et prit l'appel de Jared.

— Salut. Je suis désolée. J'expliquerai à ton père que tout est de ma faute.

— Sky, je suis content de t'avoir, dit-il sans relever sa déclaration. Je suis à la clinique. L'une de tes patientes, Khiana Johnson, vient d'arriver avec apparemment un décollement du placenta. On l'emmène en salle d'opération, mais j'ai pensé que tu voudrais peut-être venir. Je dois te laisser. Il faut que je me prépare.

Khiana était une mère célibataire, infirmière en chirurgie à l'hôpital de Nashville. Jared n'avait pas dit comment allait le bébé, mais s'il avait été en détresse il n'aurait pas pris le temps de téléphoner. Et si elle se dépêchait, elle pourrait se glisser dans la salle avant que le bébé ne naisse.

Comme elle était déjà en uniforme, elle n'avait pas besoin de se changer. Elle couvrit ses cheveux et ses chaussures, se lava les mains et mit un masque. Lorsqu'elle ouvrit la porte du bloc, elle entendit le faible cri d'un bébé. Jared la regarda tandis qu'il tendait le nouveau-né à une infirmière. Le petit semblait peser cinq livres, un bon poids pour un prématuré, mais il était pâle et cyanosé. Ce n'était pas bon.

Khiana dormait, et Sky s'approcha du pédiatre qui appliquait des moniteurs au bébé.

— Comment s'en sort-il ? demanda-t-elle.

— Pas trop mal. Il a besoin d'oxygène et, vu sa couleur, je pense qu'il lui faudra une transfusion. Mais à part ça, ça va. Savez-vous s'il y a quelqu'un avec sa mère ? J'ai besoin d'un consentement.

— Je ne sais pas. Mais j'ai rencontré sa sœur, une fois, et je suis sûre que nous avons son numéro. Je vais appeler au bureau pour l'avoir.

Sky quitta la salle, heureuse de pouvoir faire quelque chose pour Khiana. Quand elle appela sa sœur, elle découvrit que celle-ci était déjà en route pour l'hôpital. Elle avait été prévenue par la surveillante de Khiana. Dès qu'elle raccrocha, son téléphone sonna de nouveau. C'était Jasmine.

— Bonjour, Jasmine. Merci de m'avoir rappelée. Que se passe-t-il ?

— Je vais dire aujourd'hui à mes parents que je veux faire adopter le bébé. Je sais que je ne pourrai pas l'élever.

La jeune fille était visiblement bouleversée.

— Inspirez à fond, Jasmine. Ça va aller. Montrez à vos parents que vous avez bien réfléchi. C'est votre décision, pas la leur. Même s'ils ne la comprennent pas maintenant, je suis sûre qu'ils reviendront sur leur position. Et jusque-là, vous pourrez rester au foyer aussi longtemps que vous en aurez besoin.

— Merci, dit Jasmine d'une voix plus calme. Votre sœur m'a donné le nom d'une agence d'adoption où je pourrai rencontrer les gens qui voudront adopter mon bébé.

Sky la rassura encore et lui dit de la rappeler quand elle aurait parlé à ses parents. Quelques minutes plus tard, Jared la rejoignit dans le cabinet de consultation.

— Je suis certaine de n'avoir rien manqué, dit-elle tout de suite. La tension de Khiana a été bonne tout au long de sa grossesse. Elle ne fume pas, ne se drogue pas. Ceci n'aurait pas dû arriver.

— Nous connaissons la cause du décollement, dit Jared. Elle est tombée après avoir glissé sur une flaque que personne n'avait nettoyée.

Sky se détendit. Elle avait supposé que Jared penserait qu'elle avait laissé passer quelque chose d'important. Elle l'avait redouté, même. Certes, ils avaient travaillé étroitement ensemble ces dernières semaines, et il devait savoir qu'elle était sérieuse. Mais elle n'avait visiblement pas écarté la peur qu'il la considère toujours comme moins qualifiée. Et elle était éminemment soulagée qu'il n'ait rien à lui reprocher. Sa confiance du point de vue professionnel comptait beaucoup pour elle.

Il était occupé à rédiger son rapport d'intervention, et elle n'avait aucune envie de le déranger. Mais elle devait lui parler de cette photo.

— À propos de ce week-end... commença-t-elle.

Pourquoi était-elle aussi gênée ? Cet homme l'avait vue nue. Elle devrait pouvoir lui parler sans se sentir intimidée.

— C'est bon, Sky. Ça n'a été qu'une nuit, et nous sommes tous les deux adultes. Maintenant que nous sommes de retour dans le monde réel, il n'y a aucune raison de laisser cela affecter notre collaboration.

Pensait-il vraiment que rien n'avait changé entre eux ?

— Écoute, j'ai besoin de savoir si quelqu'un t'a parlé de notre séjour à Knoxville avec Mindy et Trey.

— Qui saurait que nous sommes allés là-bas ? Je ne l'ai même pas encore dit à mon père, répondit-il, la tête toujours penchée sur son ordinateur.

— Eh bien figure-toi que presque tout le monde à la clinique est au courant.

— De quoi parles-tu ?

Ses doigts s'immobilisèrent sur le clavier, et il se tourna vers elle.

— Apparemment, depuis que l'on sait que nous nous occupons de Mindy Carter, la majorité du personnel suit l'actualité du *reality show*.

— Ce n'est pas surprenant. Mais qu'est-ce que cela a à voir avec nous ?

Il haussa les épaules et se remit face à son écran.

— Si l'on a posté quelque chose sur nous parce que nous sommes allés à Knoxville avec eux, ce n'est pas une affaire.

— C'est une photo qui nous représente tous les deux qui attire l'attention générale.

— Pourquoi ? Tout le monde sait que nous travaillons étroitement avec Mindy. Et, d'après mon père, il est nécessaire d'entretenir de bonnes relations avec le *reality show*. Je ne vois pas pourquoi une photo de nous susciterait autant d'intérêt.

— Tu devrais peut-être voir cette photo. Tu comprendras.

Elle attendit qu'il cesse de taper pour lui présenter sur son téléphone la photo que Lori lui avait envoyée. Il la contempla un moment sans dire un mot, puis il lui rendit le téléphone et, muet, se remit au travail. Durant une seconde, Sky eut envie de lui enlever son clavier ou de lui en donner un coup sur la tête pour lui tirer une réaction.

— Comment peux-tu ignorer ceci aussi calmement ? Si ton père n'est pas encore au courant de ce qui s'est passé, il ne va pas tarder à l'être.

— Mon père ne regarde pas les *reality shows*, et personne n'osera lui envoyer cette image.

— Je pense que nous devrions lui dire. J'expliquerai que tout a été de ma faute. Il sait combien je suis spontanée. Ce n'est peut-être pas le genre d'attention dont la clinique a besoin mais, à part le personnel de la maternité, personne ne va nous reconnaître à l'arrière-plan de cette photo.

Elle constata alors qu'elle ne s'inquiétait pas vraiment des réactions des gens en les voyant s'embrasser. Pourquoi s'en soucierait-elle ? Ce n'était pas quelque chose dont elle avait honte. C'était la réaction de Jared qui la préoccupait.

Entre eux, tout était encore neuf et fragile. Elle avait convaincu Jared et s'était presque persuadée qu'elle voulait simplement avoir une relation décontractée avec lui. Rien de sérieux. Mais après ce qu'ils avaient partagé à Knoxville, elle se demandait si cela allait lui suffire, à présent. Maintenant, elle voulait passer du temps avec lui pour découvrir si cette chose entre eux était réelle. Parce que, même si elle avait beau s'en défendre, elle était tombée amoureuse de lui. Et elle savait qu'il n'était pas prêt à l'entendre. Tout ce qu'elle pouvait faire, c'était limiter les dégâts.

— Le dire à mon père n'est pas nécessaire, déclara Jared. Il est peu probable qu'il en entende parler. La meilleure chose que nous puissions faire est d'ignorer tout ceci et de ne pas leur fournir autre chose à se mettre sous la dent. Dans une semaine, tout le monde aura oublié ça.

Par ces mots, il détruisit tous les espoirs de Sky. Ainsi, il voulait ignorer ce qu'ils avaient partagé ? Elle savait que c'était sa faute. Elle avait demandé rien qu'une nuit, sur une impulsion. Et, maintenant qu'elle savait qu'elle souhaitait plus, il était trop tard.

Sans rien ajouter, elle quitta la pièce. Peut-être avait-il voulu dire qu'ils laisseraient tout le monde penser qu'il n'y avait rien entre eux, mais elle ne le croyait pas. Il s'était toujours senti mal à l'aise d'être impliqué avec elle. Il la voyait comme quelqu'un qui aimait foncer tête baissée sans réfléchir. Et dans ce cas il avait raison. Elle pensait que la vie était trop courte pour mesurer à l'avance les moindres de vos mouvements. Mais ce dont elle était sûre, maintenant, c'était que ce qu'il y avait entre eux s'était construit peu à peu, pendant longtemps. Elle espérait que Jared le verrait.

Elle décida de sortir un moment. L'air printanier était doux. Le printemps avait toujours été sa saison préférée. Elle adorait aider sa grand-mère à faire les plantations dans le jardin, et était dévastée quand un coup de froid gelait les pousses fragiles. Elle avait l'impression d'avoir travaillé pour rien. À quoi bon mettre tant de vous-même dans quelque chose quand vous n'obteniez rien en retour ?

C'était l'impression que lui donnait sa relation avec Jared. Elle avait tout essayé pour lui montrer qui elle était, pour qu'il lui laisse voir qui il était vraiment, pour qu'ils définissent ce qu'ils pouvaient avoir ensemble. Elle s'était mise à nu devant lui comme elle ne l'avait jamais fait avec personne. Et pourquoi ?

Elle ouvrit la porte de derrière et jeta un coup d'œil dans le couloir désert, contente que tout le monde soit occupé ailleurs. La dernière chose qu'elle souhaitait était d'être questionnée à propos de Jared et elle.

Elle était presque arrivée au bout quand une des salles d'examen s'ouvrit devant Lori et une jeune femme très enceinte que son amie raccompagna à la salle d'attente. Sky était retournée précipitamment en arrière, mais Lori la rattrapa, la prit par le bras et l'attira dans la réserve.

— Ne crois pas que tu vas t'en tirer comme ça. Crache le morceau, copine. Je veux savoir ce qui s'est passé à Knoxville. Si tu me donnes tous les détails, je te pardonnerai peut-être de ne m'avoir rien dit avant que tout le monde soit au courant.

— J'allais te le dire, murmura Sky en étudiant ses mains.

Elle leva les yeux et vit le sourire narquois de son amie.

— Enfin, je ne sais pas... Et je ne sais même pas s'il y a quelque chose à dire.

— Si nous parlions de la photo ? suggéra Lori.

— Tout est de ma faute... Le concert a été génial, et nous nous amusions comme des fous à la soirée qui a suivi. Jared jouait de la guitare avec des membres du groupe et je dansais avec cet adorable vieux monsieur.

— Attends. Jared jouait de la guitare ? Notre Jared ?

— Oui. Il est vraiment bon. C'est sa mère adoptive qui lui a fait prendre des leçons. Bref. Il s'amusait, je m'amusais, et spontanément j'ai eu envie de l'enlacer. Nous avons fini par nous embrasser.

— Et c'est tout ce qu'il y a eu, un baiser ?

— C'était tout ce que c'était censé être. En fait, nous nous sommes peut-être laissés un peu emporter. Tu sais comment marche l'adrénaline.

— Je sais. Et tu as dit à Jared que votre premier baiser a été immortalisé ?

— Oui. Il semble penser qu'à partir du moment où nous l'ignorerons, cela disparaîtra tout seul.

— L'attention portée au baiser, ou ce qu'il y a entre vous deux, quoi que ce soit ?

On pouvait compter sur Lori pour mettre le doigt sur ce qui faisait mal.

— Les deux, je pense.

Elles restèrent silencieuses un moment. Sky savait qu'elle

devait aller travailler. Ses patientes avaient déjà attendu trop longtemps. Elle s'étira et gagna la porte.

— J'aimerais que tu puisses le voir jouer. C'est comme si la musique le faisait sortir de sa coquille.

— À mon avis, il lui faut quelqu'un comme toi, pour ça. Il ne le sait peut-être pas, ou il n'est peut-être pas prêt à l'admettre, mais ce qui vous arrive est bon pour lui. Il a besoin d'un peu d'amusement dans sa vie.

Elles sortirent de la réserve.

Sky repensa aux mots de Lori en allant voir sa première patiente. Elle avait commencé par vouloir mettre de l'amusement dans la vie de Jared avec ses taquineries, sans plus, mais à présent elle savait qu'il méritait davantage. Il méritait quelqu'un qui l'aimerait et l'accepterait tel qu'il était. Pendant un moment elle avait pensé qu'elle pourrait être cette personne, mais maintenant elle était fixée. Car quoi que son cerveau essaie de lui dire, son cœur savait qu'elle méritait elle aussi d'être acceptée telle qu'elle était, et ce, autant que Jared.

13

Jared ne souhaitait rien tant que de rentrer chez lui. Avec sa journée qui avait commencé par une opération imprévue, son emploi du temps avait été complètement chamboulé. L'avantage du retard qu'il avait pris, c'était qu'il n'avait pas eu le loisir de penser à Sky ou à la photo qu'elle lui avait montrée. Si ses collègues avaient été curieux à ce sujet, ils ne lui en avaient rien dit. Comme il l'avait dit à Sky, il valait mieux ignorer toute l'affaire et ne donner à personne d'autre de raison de spéculer sur eux deux. Elle n'en avait pas été heureuse, mais elle devait accepter qu'il avait raison. Il avait appris tôt dans la vie qu'il fallait garder la tête basse et laisser les gens vous oublier.

Il allait quitter son bureau quand il entendit son père l'appeler. Il s'arrêta et alla le trouver.

— Je pensais que tu étais rentré chez toi, dit-il en s'asseyant devant le bureau de Jack. Que fais-tu ici ?

— J'attendais que tu aies fini.

Le Dr Warner senior ôta ses lunettes et les posa sur sa table. Il avait l'air encore plus fatigué que Jared, ce qui n'était pas peu dire. Il avait à peine dormi depuis son retour de Knoxville. Son père l'étudia avec un peu trop d'attention.

— Sky m'a dit que vous étiez allés à Knoxville samedi, avec les Carter, et que Mindy avait dû se rendre à l'hôpital.

Qu'avait-elle dit d'autre ? Jared craignait de connaître la réponse à cette question.

— Elle était un peu déshydratée. Rien de grave.

Le regard de son père le transperçait toujours, comme lorsqu'il était petit et qu'il avait fait une bêtise. Il craignait alors qu'on le renvoie en foyer d'accueil. Mais ses parents lui avaient assuré qu'ils ne le feraient jamais. Il était leur fils pour toujours.

— Je suppose que Sky t'a parlé de cette photo de nous deux, dit-il. Je peux l'expliquer.

— Tu veux dire celle que j'ai vue ce matin sur les réseaux sociaux du Carter's reality show ? Non, elle ne m'en a rien dit.

Ainsi, elle n'était pas allée trouver son père dans son dos. Non pas qu'il ait eu le droit de la prier de ne pas le faire.

— Je lui ai demandé de ne pas la mentionner. Je ne pensais pas que tu la verrais.

— Je l'ai vue parce que j'ai entendu quelqu'un en parler ce matin. Tu as quelque chose à dire ?

— Je sais que ce n'était pas du tout professionnel et je suis désolé si nous avons jeté l'opprobre sur toi et sur la clinique.

Il allait promettre à son père que cela ne se reproduirait pas, mais quelque chose le retint. Quoi qu'il ait dit à Sky sur leur relation, il savait qu'il y avait toujours quelque chose entre eux et il ne voulait pas mentir.

— Jeté l'opprobre ? De mon temps, on pouvait embrasser une fille sans s'inquiéter d'être filmé. En fait, c'est moi qui te dois des excuses pour t'avoir mis dans cette situation. Je sais que tu tiens à ta vie privée et je crains qu'elle n'en ait pris un sérieux coup à cause de moi.

— C'est bon. Je pense que tu avais raison, et que Sky et moi devions travailler ensemble avec les Carter. Malgré mes préjugés que tu connais envers les sages-femmes, je dois dire que Sky est aussi crédible que n'importe quel médecin. Cette expérience a été bonne pour moi.

— Sky n'est pas seulement une sage-femme compétente. Elle est aussi une belle femme et une femme forte.

Elle était tout cela et davantage, mais Jared retenait toujours une part de lui vis-à-vis d'elle.

— C'est compliqué, répondit-il.

— L'amour est toujours compliqué. Et n'essaie pas de nier que tu es amoureux d'elle. J'ai vu la photo. Ce n'était pas n'importe quel baiser. Je sais encore reconnaître les signes.

Jared voulut protester, puis il secoua la tête. Quand Jack avait décidé qu'il avait raison sur un point, on ne pouvait pas le faire changer d'avis. En outre, il n'était même pas sûr que son père n'ait pas raison.

Les six derniers mois, il s'était dit qu'il faisait de son mieux pour ignorer Sky, mais en réalité il attendait chaque jour de voir ce qu'elle allait encore inventer. Il avait pris goût à ses clins d'œil et à ses sourires. Maintenant, il se levait le matin impatient de voir ses sourires, mais aussi de travailler avec elle.

— Je pense que je vais m'en aller avant que tu te fasses d'autres idées sur ma vie amoureuse, dit-il. Tu en as pour longtemps ?

— Non, je vais te suivre. Rentre chez toi.

Tandis que son père le chassait d'un signe de main, Jared décida de lui parler le lendemain. Il fallait qu'il réduise ses horaires de travail. Il savait ce que la clinique représentait pour lui, mais elle commençait à peser lourd. Et il avait perdu trop de personnes plus tôt qu'il ne l'aurait dû. Il ne voulait pas perdre son père, aussi.

Sky sursauta quand on frappa à la porte de la salle de repos des soignants. Elle ne pouvait pas se plaindre de cette interruption de son sommeil. Jusqu'ici, on ne l'avait appelée que pour une patiente. Elle voulut prendre son téléphone, mais il était dans sa veste accrochée à la porte.

— J'arrive ! cria-t-elle en se levant.

Le réveil sur la table de chevet indiquait qu'il était juste minuit passé. Elle n'avait pas dû dormir plus d'une heure.

Elle attrapa son téléphone avant d'ouvrir. L'infirmière de nuit se tenait devant elle.

— Que se passe-t-il ?

— Les urgences viennent d'appeler. Une patiente arrive en ambulance. Ils veulent que vous descendiez.

— Pourquoi ne peuvent-ils pas l'envoyer ici ?

— Ils ne l'ont pas dit, mais le médecin urgentiste veut que vous soyez là quand elle arrivera. Le rapport indique qu'elle a dix-sept ans, est enceinte et a eu une syncope convulsive. Ils ont dit qu'ils ne s'attendaient pas à un accouchement.

Elles allèrent prendre l'ascenseur.

— Merci, Kelly, dit Sky.

Lorsque les portes s'ouvrirent sur le service débordé des urgences, elle demanda :

— Ont-ils dit dans quelle pièce ils veulent que j'aille ?

Sky aurait aimé avoir plus d'informations. S'il s'agissait d'une véritable urgence, ils auraient dû appeler le médecin de garde au lieu de la sage-femme de service.

Son téléphone bipa, et elle le sortit de sa poche. Elle avait eu trois appels en absence du même numéro. Le Foyer de la Femme. Maggie lui demandait de rappeler.

Et tout à coup elle comprit. Dix-sept ans. Le Foyer de la Femme. Une syncope convulsive qui était généralement provoquée par une tension élevée et la présence d'albumine dans les urines. À ce moment-là, des ambulanciers entrèrent avec une civière sur laquelle Jasmine était allongée, inerte et intubée.

Elle appela Jared.

— Sky, que se passe-t-il ?

— On vient d'amener Jasmine à la clinique. Elle a eu une syncope convulsive.

— J'arrive, dit-il.

Elle savait qu'il serait contrarié de ne pas avoir été appelé à sa place. L'état de Jasmine était bien trop critique pour être pris en charge par une sage-femme.

Sky se rendit dans la pièce où la jeune fille avait été conduite. Il y régnait le chaos ordonné de tout service d'urgences. Une infirmière installait des moniteurs, une autre commençait une perfusion.

— Où est cette sage-femme ? cria un jeune docteur.

Sky attendit qu'il ait fini d'ausculter les poumons de Jasmine, et de s'assurer que le tube était bien placé, pour lui répondre.

— La patiente est une patiente de mon collègue le Dr Jared Warner. Je l'ai appelé, et il arrive.

Elle ajouta ce qu'elle savait du cas de Jasmine.

— Je sais que Jared s'inquiétait d'une prééclampsie possible.

Une infirmière annonça la tension et le rythme cardiaque. Ils étaient tous les deux trop élevés.

— Il faut lui donner une dose de quatre grammes de sulfate de magnésium, puis lui perfuser deux grammes par heure. Sinon, elle va refaire une syncope.

Sky se tourna vers Kelly qui était à côté d'elle.

— Appelez en haut et dites-leur de préparer la salle d'opération pour une césarienne.

Kelly la regarda, surprise, puis sortit de la pièce. Sky savait qu'il n'était pas courant qu'une sage-femme réclame une césarienne, mais elle savait aussi que Jared ne voudrait pas attendre pour mettre le bébé au monde. Elle pria qu'il aille bien.

Elle aperçut un petit appareil à échographie à l'autre bout de la pièce. Elle le roula jusqu'à Jasmine, mit du gel sur le capteur et le plaça sur son ventre. Inspirant à fond pour se préparer au pire scénario possible, elle chercha le cœur du petit bébé. Il allait bien. Elle relâcha son souffle et se détendit pour la première fois depuis qu'elle était arrivée aux urgences. Elle prit quelques clichés pour Jared.

Kelly apparut sur le seuil, le Doppler à la main.

— Sky, les parents de la patiente viennent d'arriver à la maternité. Je ne savais pas ce que vous voudriez leur dire.

— Je ne savais pas où les envoyer quand nous sommes allés chercher la patiente, intervint un ambulancier. Je suppose qu'ils ont pensé qu'elle serait amenée ici.

— Ses parents étaient au Foyer de la Femme ? demanda Sky.

— Non. Elle a été amenée de chez eux.

Il fallait qu'elle parle aux parents de Jasmine pour savoir ce qui s'était passé et les informer de son état, mais elle ne voulait pas la laisser avant l'arrivée de Jared.

— Bien, commencez le sulfate de magnésium et faites-lui passer un scanner, dit le médecin urgentiste. Il faut s'assurer que sa tête va bien.

Là-dessus, il sortit. Sky vérifia les réactions de Jasmine, examinant ses pupilles et testant sa réponse à la douleur. Son inertie pouvait venir de la sédation que les ambulanciers lui avaient administrée pour l'intuber, ou alors elle était encore dans un état postcritique après sa syncope.

— Que s'est-il passé ? demanda Jared en se précipitant dans la pièce.

Sky lui résuma la situation, ajoutant qu'on allait faire passer un scanner à Jasmine et qu'elle avait demandé qu'on prépare la salle d'opération pour une césarienne. Jared expliqua qu'il avait ordonné à Jasmine de garder le lit.

— Je l'ignorais, dit Sky.

Si la jeune fille devait rester alitée, comment était-elle allée chez ses parents ? Avait-elle ignoré les ordres de Jared ?

— Je ne comprends pas ce qui s'est passé, reprit ce dernier. J'ai appelé Maggie en venant ici, et elle m'a dit que lorsqu'elle était allée porter ses médicaments à Jasmine, celle-ci avait disparu.

Ceci n'avait aucun sens. Jasmine aurait pu téléphoner à ses parents ou leur demander de venir au Foyer de la Femme.

Jared resta silencieux tandis qu'ils suivaient Jasmine jusqu'au scanner.

— Vous n'y êtes pour rien, Jared, dit Sky. Je sais que Jasmine a quitté le foyer pour aller voir ses parents.

— Mais pourquoi ?

— Elle voulait...

— Docteur Warner, le radiologue veut vous voir, dit l'infirmière de service en venant vers eux.

Sky attendit pendant que Jared et le radiologue étudiaient les scans.

— Les résultats sont bons, annonça Jared. Appelez la salle d'opération et dites-leur que nous montons tout de suite. Avant, je veux parler à ses parents.

Une fois Jasmine conduite en zone préopératoire, où un anesthésiste les rejoignit, Sky se mit en quête de Jared.

Jared n'eut aucun mal à repérer la mère de Jasmine parmi les gens qui étaient dans la salle d'attente. Il l'avait vue deux ou trois fois. Il se dirigea vers le couple qui avait l'air abattu dans un coin de la pièce.

— Monsieur et madame Jameson ? demanda-t-il.

La femme qui tourna les yeux vers lui semblait avoir vieilli de dix ans depuis la dernière fois où il l'avait vue.

— Pouvons-nous sortir une minute pour parler ?

— Est-ce qu'elle... est-ce que notre Jasmine est morte ? demanda Mme Jameson, sa voix se brisant sur le dernier mot.

— Non. Elle est très malade, mais son état est stable, maintenant. Que vous a-t-elle dit à propos de sa grossesse ?

— Rien, jusqu'à aujourd'hui. Elle nous a à peine parlé depuis qu'elle a quitté la maison. Je l'appelle tous les jours, mais elle ne me dit pratiquement rien. Avant, elle me disait tout, ou presque. Sa grossesse a été une surprise, et nous ne l'avons peut-être pas gérée aussi bien que nous l'aurions dû.

Son mari souffla et passa un bras autour de ses épaules.

— Nous l'avons toujours soutenue. Nous lui avons dit dès

le début que nous l'aiderions avec le bébé autant que nous le pourrions.

— Que s'est-il passé aujourd'hui ? demanda Jared.

— Jasmine a appelé et demandé si elle pouvait venir nous parler, répondit la mère. Bien sûr, j'ai dit oui. Je pensais qu'elle voulait revenir à la maison et j'étais tout excitée. J'ai offert de venir la chercher, mais elle a insisté pour prendre le bus.

— Je me suis dit que c'était pour ça qu'elle avait l'air si fatigué, intervint le père. L'arrêt du bus est loin de la maison. Elle n'aurait pas dû marcher autant.

— Vous avez raison, monsieur Jameson. Je lui avais ordonné de rester au lit à cause de sa tension. Elle ne vous l'a pas dit ?

— Non. La seule chose dont elle voulait parler, c'était de son idée de ne pas vouloir garder le bébé. Elle nous a dit qu'elle avait parlé avec quelqu'un de chez vous qui allait l'aider pour l'adoption. Nous avons essayé de lui faire voir qu'elle n'avait pas besoin d'en arriver là. Et nous sommes ses parents, les grands-parents du bébé. Elle aurait dû nous parler à nous, pas à une étrangère.

Pourquoi Jared n'était-il pas surpris que Sky se soit mêlée des affaires de cette famille ?

— Elle nous a dit que cette sage-femme lui avait conseillé de nous dire ce qu'elle comptait faire, déclara Mme Jameson avec colère. Comme si cela pouvait suffire !

— D'après ce que l'on m'a dit, elle a fait une syncope convulsive pendant qu'elle était chez vous.

— C'est exact. Un moment elle se disputait avec nous, et le suivant elle a dit qu'elle se sentait bizarre et elle s'est assise par terre. C'est là qu'elle s'est mise à trembler. Je ne savais pas que faire. Elle avait les yeux ouverts, mais c'était comme si elle n'était pas là.

— J'ai appelé le 911, dit le père. Quand ils sont arrivés, elle ne tremblait plus mais elle ne pouvait pas parler. Les ambulanciers lui ont mis un tuyau pour qu'elle respire mieux et l'ont amenée ici. Mais peu importe. Ce que nous voulons savoir, c'est comment elle va maintenant.

— Et le bébé, comment va-t-il ?

— Il va bien. Malheureusement, la seule façon dont Jasmine pourra aller mieux, c'est que nous l'opérions pour mettre le bébé au monde.

Jared venait de finir d'expliquer la procédure aux Jameson lorsqu'il vit Sky venir vers eux.

— Excusez-moi, dit-il.

Il s'empressa de l'intercepter avant qu'elle ne puisse dire quelque chose qui perturberait le couple. La dernière chose dont il avait besoin, c'était que les parents de Jasmine découvrent que c'était elle qui avait parlé à leur fille de faire adopter le bébé.

— Puis-je te parler ? demanda-t-il en l'entraînant dans le couloir.

— L'anesthésiste est là, et la salle d'opération est prête, dit-elle. Est-ce que ce sont les parents de Jasmine ?

— Oui, et tu ne dois en aucun cas les approcher, déclara Jared à voix basse. Ils savent que quelqu'un du service a dit à leur fille de leur apprendre qu'elle ne voulait pas garder le bébé, et ils vont t'en blâmer. Je pense que tu aurais dû me parler avant de conseiller ma patiente au sujet du bébé.

— Tu m'as demandé de la voir, dit Sky d'une voix plus forte.

— Si tu m'avais consulté, nous aurions peut-être pu trouver un moyen de l'aider sans qu'elle se fâche avec ses parents. Tu n'as pas pensé que le fait de les affronter pouvait faire grimper sa tension ? Je ne peux même pas les contredire... C'est peut-être cette dispute qui a causé la syncope.

— Laisse-moi leur parler. Je leur expliquerai que j'essayais juste d'aider leur fille.

— Non. La dernière chose dont ils ont besoin, maintenant, c'est que tu les bouleverses encore plus. Tu en as fait assez comme ça.

Jared eut envie de retirer ses mots dès qu'il vit la blessure dans les yeux de Sky. Il voulait lui dire qu'il ne la blâmait pas de quoi que ce soit, mais au fond de lui il n'en était pas sûr. Néanmoins, il savait qu'elle n'aurait jamais rien fait, intentionnellement, pour nuire à Jasmine. Évidemment.

Mais elle avait tendance à agir sans réfléchir. C'était en partie la raison pour laquelle il n'avait pas eu confiance dans cette « chose » entre eux. Il ne voulait pas être autre chose dans laquelle elle s'impliquait sans soupeser ce qu'elle faisait.

Sky regarda les parents de Jasmine, au-delà de lui, puis elle ramena son regard sur lui.

— Je suis désolée, dit-elle.

Sur ces trois mots, elle pivota et s'en alla, le laissant se demander de quoi elle s'excusait. De s'être trop impliquée avec Jasmine et ses parents ? Ou de s'être impliquée avec lui ?

14

Sky et Jared étaient tous les deux préoccupés l'un par l'autre. Sky se demandait s'il pouvait vraiment la blâmer de ce qui était arrivé à Jasmine, et lui ne cessait de repenser à l'air blessé de Sky lorsqu'il avait refusé qu'elle parle aux parents de la jeune fille.

Sur le point de procéder à la césarienne, il se dit qu'il devait la chasser de ses pensées. Elle l'obsédait depuis la nuit qu'ils avaient passée ensemble, et même avant. Elle l'avait captivé pendant des mois par ses sourires et ses clins d'œil. Il s'était senti sans défense par rapport à elle. Et maintenant il l'avait offensée alors qu'elle ne voulait que l'aider. Il fallait qu'il se rattrape, mais il ne savait pas comment.

Pour l'instant, toutefois, il devait mettre tout cela de côté. Seule comptait sa patiente.

Il inspira et regarda autour de lui, voyant que l'unité néonatale de soins intensifs était prête à prendre en charge le bébé de Jasmine dès qu'il serait né. Puis il se tourna vers l'anesthésiste qui hocha la tête. La main ferme, il fit sa première incision.

Trente minutes plus tard, un petit garçon poussa son premier cri. Par précaution, Jasmine resta intubée et fut conduite en salle de réanimation où on la surveillerait de près.

Le temps que Jared voie les Jameson pour leur dire où était leur fille, il était 2 heures du matin. Il savait qu'il devrait rentrer chez lui pour dormir, mais il voulait dire à Sky que l'état de Jasmine s'améliorait et que son bébé était parfait. Une infirmière lui indiqua qu'elle était au bureau, à travailler sur des dossiers. Il sut tout de suite qu'elle l'évitait. Il fallait qu'il règle ça. En outre, il n'aimait pas la savoir seule dans les bureaux au milieu de la nuit.

Il longea les salles d'examen et l'appela, ne voulant pas lui faire peur. Il allait emprunter le couloir qui menait à son bureau, quand il entendit un bruit qui venait de l'entrée. Son cœur s'accéléra et il regarda autour de lui, inquiet.

— Jared ? Que fais-tu là ? lui demanda Sky en arrivant dans le couloir.

Il mit un doigt sur sa bouche et continua à écouter. Le bruit se reproduisit, et cette fois il reconnut un grognement. Comme la seule pièce au-delà de l'endroit où ils se trouvaient était le bureau de son père, il fit passer Sky derrière lui et s'y rendit.

Il découvrit Jack allongé par terre, les yeux fermés et la poitrine se soulevant irrégulièrement.

— Papa ? chuchota-t-il avec la voix d'un petit garçon effrayé.

Lorsque son père cligna les yeux, les siens se remplirent de larmes.

— Il fallait que j'attende… Il fallait que je te dise… dit Jack d'une voix faible.

Il grimaça de douleur.

— J'ai appelé le 911, annonça Sky en s'accroupissant à côté de lui.

Elle posa un stéthoscope sur la poitrine du malade.

— Reposez-vous, Jack. Des secours arrivent.

— Je veux juste te dire que je t'aime, fils. Depuis le premier jour…

Sa voix s'éteignit, et il ferma les yeux.

— Son pouls est faible et irrégulier, dit Sky. Je ne pense pas qu'il s'agisse d'une chute.

Elle sortit de la pièce et revint quelques minutes plus tard avec un défibrillateur. Jared savait qu'il devait faire quelque chose, mais il était paralysé par la peur de perdre son père.

Sky brancha la machine, qui leur indiqua qu'un choc était déconseillé. Elle étudia le rythme cardiaque.

— Cela a l'air d'être un infarctus. Reste avec lui. Je vais ouvrir la porte pour les secouristes. Si quelque chose change, appelle-moi.

Là-dessus, elle disparut dans le couloir.

— Elle est quelque chose, hein ? murmura Jack. Elle me rappelle ma Katie, si pleine de vie. Tu seras un homme chanceux si tu ne gâches pas les choses avec elle.

Son visage pâlit, et ses lèvres se pincèrent. Quelques minutes plus tard, Jared entendit la voix de Sky qui dirigeait les secouristes vers le bureau. Il voulut s'écarter, mais son père lui serra la main avec une force qui le surprit.

— Ça va aller pour toi, fils.

Les ambulanciers arrivèrent et le mirent sur une civière. Puis ils s'en allèrent.

— Merci, dit Jared à Sky en l'enlaçant.

Dès l'instant où il avait vu son père gisant sur le sol, il s'était senti glacé et seul. La chaleur du corps de Sky contre le sien chassa ces sensations. Il n'avait pas été seul. Sky avait été là pour lui tout le temps.

— Je ne sais pas ce que j'aurais fait sans toi, ajouta-t-il.

Sky était assise près de Jared tandis qu'ils attendaient le cardiologue. Jack avait été conduit des urgences au service de cardiologie dès que le médecin urgentiste avait confirmé qu'il avait eu un infarctus. Ils se levèrent quand le spécialiste entra dans la pièce. Il paraissait épuisé.

— Comment va-t-il ? demanda Jared, qui surprit Sky en lui prenant la main. Puis-je le voir ?

— Il va dormir un certain temps. Nous avons pu lui poser deux stents. Je vais le faire surveiller en soins intensifs cette nuit, mais je pense qu'on le transférera demain dans le service.

Je sais qu'il est très occupé, mais il va devoir ralentir. Je ne veux pas qu'il travaille les prochaines semaines.

Jared assura qu'il y veillerait. Une fois le docteur parti, Sky lui retira sa main. Maintenant qu'elle savait que Jack irait bien, elle n'avait pas de raison de rester avec lui. Une infirmière de cardiologie vint le chercher pour l'emmener voir son père.

— Il faut qu'on parle, dit-il avant de s'en aller. De tout.

Il y avait tant de choses qu'elle voulait lui dire, mais en réalité aucune ne ferait de différence. Par ses actions, Jared lui prouvait clairement qu'il valait mieux qu'ils oublient leur nuit ensemble. Et que s'ils ignoraient ce qu'il y avait entre eux, cela disparaîtrait. Et la vérité était qu'il avait probablement raison. Si elle l'ignorait, elle finirait par renoncer à lui. Avec du recul, elle se rendait compte que c'était toujours elle qui avait voulu davantage de lui. Pas une fois, il n'avait fait le premier pas. Même lorsqu'il était venu jusqu'à sa chambre à Knoxville, c'était à la suite de son baiser. Elle ne regrettait rien de ce qu'ils avaient partagé, mais elle était assez réaliste pour savoir qu'il n'y aurait rien entre eux, malgré ce qu'ils auraient pu vivre ensemble.

Alors au lieu de répondre, elle lui décocha le plus beau sourire qu'elle put afficher. Dès qu'il disparut dans le couloir, elle se dirigea vers l'ascenseur le plus proche. Elle avait envie de quitter la clinique, de s'éloigner de l'homme qu'elle avait presque laissé lui briser le cœur, mais avant elle avait quelque chose à faire, même si cela rendrait Jared fou furieux. Elle se rendit dans la salle d'attente des soins intensifs, où elle aperçut les parents de Jasmine. Elle se présenta et leur dit qu'elle voulait voir comment ils allaient.

— Vous êtes la femme dont Jasmine nous a parlé. Celle qui lui a dit qu'elle pouvait abandonner son bébé, déclara Mme Jameson, trop fatiguée pour se mettre en colère.

Sky fit une longue mise au point, expliquant que Jasmine ne voulait pas être mère, qu'elle ne se sentait pas prête. Qu'elle avait été très courageuse de prendre cette décision, et que c'était sa décision. Elle, Sky, n'avait fait que l'encourager à en parler ouvertement à ses parents. Elle espérait que ces derniers la soutiendraient si elle persistait à envisager l'adoption.

Elle s'attendit à ce que les Jameson s'en prennent à elle, ou lui disent de se mêler de ses affaires, mais ils restèrent là, à la fixer, comme si elle avait parlé une langue étrangère. Alors elle s'en alla sans rien ajouter, en espérant que pour le bien de leur fille et de leur petit-fils, ils tiendraient compte de ses paroles.

Une fois au chevet de son père endormi, Jared s'interrogea sur le regard que Sky lui avait lancé avant qu'il ne la laisse. Quelque chose dans son attitude lui contractait la poitrine. Son sourire avait été un peu triste et ses yeux vides, sans la joie qui les faisait briller d'habitude. Comme si elle disait : « Adieu, ça a été super pendant que ça durait. »

Il secoua la tête pour s'éclaircir les idées. Son esprit lui jouait des tours. Sky ne s'en allait pas. Dès que son père s'éveillerait, il irait la trouver. Il fallait vraiment qu'ils parlent de ce qui se passait entre eux.

— Qu'est-ce que c'est que cette mine ? Je suis mourant ?

Plongé dans ses pensées, Jared n'avait pas remarqué que Jack s'était réveillé.

— Non. Tu vas aller bien. Mais il faut que nous parlions de ta charge de travail.

— Alors si ce n'est pas moi, qu'est-ce qui ne va pas ? C'est Sky ?

— Tu veux que je te dise que tu as eu raison, de nouveau ? Nous avons très bien travaillé ensemble. Et la voir en action quand on t'a trouvé me l'a fait apprécier encore plus.

— Je ne vous ai pas mis ensemble pour que vous appreniez à collaborer. Je voulais te forcer à ouvrir les yeux, et à voir qu'il y a une femme qui est parfaite pour toi, dit Jack avec une pointe d'irritation qui augmenta son rythme cardiaque.

— Calme-toi avant que l'infirmière arrive et me mette

dehors, dit Jared. Et que veux-tu dire, que tu ne nous as pas mis ensemble pour le travail ? Les Carter nous ont demandés tous les deux, non ?

— Mindy a demandé Sky, et son mari voulait qu'il y ait un médecin, mais ils pensaient à moi. Je t'ai proposé à ma place pour te forcer à reconnaître tes sentiments pour elle.

Son père soupira.

— J'espérais que tu aurais le bon sens de faire un geste, surtout après avoir vu cette photo. Que faut-il faire pour que tu voies ce qui est sous ton nez ? Tu es un homme intelligent. Tu ne peux pas croire qu'une femme comme Sky va t'attendre éternellement.

Jared repensa à son sourire, un peu plus tôt. Il avait su que quelque chose n'allait pas, pour Sky. Son père avait raison. Il l'avait repoussée chaque fois qu'elle s'approchait. Elle était entrée dans sa vie, avait fracassé cette vieille vitre poussiéreuse à travers laquelle il regardait le monde et l'avait entraîné dans un monde de rire et de joie. Et maintenant, il avait beau essayer de recoller cette vieille vitre, il savait ce que c'était que de vivre au-dehors. Oh ! il y avait encore une part de lui qui avait envie de se cacher de nouveau ; il préférait toujours regarder le monde plutôt que de vivre dedans. Mais cette part avait diminué à chaque minute qu'il avait passée avec Sky. Son père avait vu pour lui un avenir qu'il avait toujours nié vouloir. Mais avec Sky cet avenir paraissait possible. Du moins, il l'aurait été s'il n'avait pas tout gâché irrémédiablement.

— Monsieur, dit l'infirmière en entrant dans la chambre. Je dois vous demander de partir. Votre père a besoin de se reposer.

Jared tendit le bras et prit la main de son père dans la sienne. Cela lui rappela la première fois où Jack Warner lui avait serré la main, le jour où Katie et lui étaient venus le chercher au foyer d'accueil. Sa poignée de main avait été forte, plus que maintenant. Mais il pensait toujours que son père était l'homme le plus fort qu'il avait jamais rencontré.

— Je reviendrai te voir, dit-il.

Lorsqu'il retourna à la salle d'attente et la trouva vide, il sut qu'il ne s'était pas trompé sur l'attitude de Sky. Il avait hésité trop longtemps, trouvant des prétextes pour justifier qu'elle et lui ne devaient pas être ensemble. Il l'avait toujours laissé faire le premier pas, incapable d'admettre qu'il la désirait depuis des mois.

Mais il n'était plus impuissant, comme quand il était petit. Il n'allait pas attendre et espérer que Sky viendrait le chercher pour lui donner une autre chance. Il allait prendre le contrôle de son avenir. Il allait la ramener à lui, et il lui montrerait à quel point elle comptait pour lui. Il était las de se battre contre l'amour qu'il éprouvait pour elle, mais il était prêt à se battre pour cet amour. Pour elle. Il lui restait à trouver comment.

15

Alors que Sky arrivait à la maison de Mindy et Trey, elle ne ressentit pas l'excitation de sa première visite. Peut-être devenait-elle déjà blasée vis-à-vis des paillettes et du glamour inhérents à la vie des stars de la musique *country*. Peut-être était-elle simplement fatiguée. Ou peut-être était-ce parce que ce jour-là Jared n'était pas avec elle.

Au moins, cette fois, Marjorie ne se rua pas sur elle avec des papiers à signer. Pour être honnête, l'endroit paraissait presque désert. Quand Mindy l'avait appelée pour lui demander une grande faveur, à savoir venir à l'enregistrement de son *reality show*, elle avait eu envie de refuser. Mais qui pouvait dire non à Mindy ? Elle était aussi délicieuse que le sirop de canne de sa grand-mère. Toutefois, Sky ne se sentait pas d'humeur à sourire aux caméras. Pour l'heure, elle se demandait si elle sourirait de nouveau un jour.

Dès qu'elle avait quitté Jared à la clinique, elle était rentrée chez elle et avait dormi toute la journée. Elle avait espéré qu'après avoir pris la décision de s'éloigner de lui elle se réveillerait prête à aller de l'avant. Elle avait même songé à quitter Nashville. Il y avait tant d'endroits qu'elle n'avait pas vus ! Ce pouvait être le moment parfait pour aller explorer le reste du monde.

Elle ignorait depuis combien de temps elle était assise là,

dans l'allée, quand un homme qu'elle ne connaissait pas frappa à la vitre de sa voiture.

— Madame, êtes-vous Skylar Benton ?

Sky ouvrit sa portière et descendit.

— C'est moi.

Elle n'avait pas su ce qu'elle était censée porter ce jour-là, alors elle avait opté pour une robe longue bleue, à fleurs, et une paire de sandales à brides. Elle n'était pas sûre que Mindy veuille qu'elle soit dans le *show*, ou seulement là pour la soutenir moralement.

— Ils vous attendent dans la grange, dit l'homme avant de porter deux doigts à son chapeau de cow-boy et de s'éloigner.

— Mindy est dans la grange ? demanda Sky, perplexe.

Où étaient-ils tous ? Quelque chose ne semblait pas aller.

— Elle est quelque part par là, répondit l'homme sans se retourner.

En le suivant, elle découvrit que la grange était un beau bâtiment en cèdre qui faisait la moitié de la maison, avec des portes-fenêtres à l'ancienne. Elle sentit une odeur de foin frais en s'approchant de l'entrée. Un énorme lustre était suspendu à une poutre épaisse qui faisait la longueur du bâtiment. D'autres plus petits étaient accrochés un peu partout et donnaient une lumière dorée.

Puis elle aperçut Jared au milieu de la vaste pièce, assis sur une botte de foin. Il avait troqué son impeccable blouse blanche contre un jean délavé et une chemise en chambray boutonnée jusqu'en haut. Il avait l'air d'un garçon de ferme. Son cœur tressauta, et son souffle se coinça dans sa poitrine lorsqu'il la regarda et se mit à jouer de la guitare.

Elle s'avança sans s'en rendre compte. Que faisait-elle ? Elle avait pris la décision de s'éloigner de cet homme. Il n'avait pas voulu leur donner une vraie chance, même si elle s'était plusieurs fois jetée à sa tête.

Elle commença à se détourner pour partir avant qu'il ne voie les larmes dans ses yeux. Elle ne pleurait plus, pourtant, sauf des larmes de bonheur. Alors pourquoi maintenant ?

Puis elle reconnut la chanson qu'il jouait, une vieille chanson de l'Alabama. Une chanson qui parlait de tomber amoureux. Il se mit à chanter : « Comment tombe-t-on amoureux ? Quand dit-on *je le veux* ? »

Il n'était pas une star de la musique *country*, mais pour Sky c'était la plus belle chanson qu'elle avait jamais entendue. Le temps qu'il arrive au bout, elle ne retenait plus ses larmes. Mais lorsqu'il posa sa guitare et vint vers elle, les bras ouverts, elle ne parvint pas à bouger. Elle était si souvent allée vers lui. Elle avait flirté. Elle l'avait taquiné. Elle s'était donné tant de mal pour attirer son attention. S'il la voulait, il devait dire les mots.

Comme s'il avait entendu sa prière, il s'arrêta devant elle et lui prit les mains.

— Je t'aime, Sky. Je sais, je disais que nous étions trop différents pour nous entendre, mais je pense que ces différences nous rendent parfaits l'un pour l'autre. J'ai besoin du soleil et du bonheur que tu as mis dans ma vie, et parfois tu as besoin que je te ramène sur terre. Peu importe ce qui nous différencie, je peux te promettre que, pour le reste de ma vie, je t'aimerai toujours. Veux-tu m'épouser ?

— Oui, murmura-t-elle, craignant de rompre le charme.

Puis Jared essuya ses larmes et l'embrassa, les mains sur ses joues. C'était un baiser très doux, plein d'un amour qu'elle avait eu peur de ne jamais avoir. Mais quand il abaissa ses mains sur sa taille pour l'attirer plus près et approfondir le baiser, la grange retentit soudain d'applaudissements.

S'écartant, Sky se tourna et vit toute l'équipe du *reality show*, avec ses caméras. Mindy se tenait à côté d'eux, l'air fautif, et Marjorie paraissait aussi heureuse que si elle avait gagné un Trophée de la Musique.

Un instant, elle craignit que cette scène n'ait été qu'une

performance pour le *show*, mais quand les bras de Jared l'entourèrent, elle se détendit. Il ne ferait jamais quelque chose d'aussi sordide.

— Je pense que vous avez des explications à me donner, docteur Warner.

— Eh bien, nous avons eu des caméras pour notre première danse et notre premier baiser. Il m'a semblé normal qu'il y en ait pour ma première déclaration d'amour.

Il glissa ses lèvres jusqu'à son oreille et chuchota :

— J'ai dû signer un papier disant que même si tu me repoussais, je les laisserais diffuser ce passage pour le *show*.

Puis il la prit par la main et la conduisit jusqu'aux *cameramen*. Comme il remerciait Joe et l'équipe de tournage, Mindy s'approcha de Sky.

— Êtes-vous furieuse ?

— Je n'arrive pas à y croire. Est-ce vraiment une idée de Jared ?

Elle avait du mal à admettre qu'il ait voulu prendre part à un *show*, et encore plus qu'il l'ait organisé.

— Il a dit qu'il devait faire quelque chose de géant pour vous prouver qu'il était sérieux.

Une fois que tout fut rangé, Jared demanda à Mindy et à Trey s'ils pouvaient aller se promener pour voir les chevaux. Se tenant par la main, ils se dirigèrent vers le fond de la propriété. Sky apprécia le calme de la nature après le bruit de la grange. Elle n'avait jamais été aussi heureuse.

— Je ne sais pas si tu mesures ce que tu as fait, dit-elle. Même si nous ne sommes personne à côté de Mindy et de Trey, nous allons attirer l'attention des médias.

— Je sais.

— Nous allons vraiment nous marier, dit-elle encore, sous le choc. Mais quoi que Marjorie nous offre, il n'est pas question qu'ils filment notre mariage.

— Bien sûr que non. Je lui ai déjà parlé. Et cela ne l'intéresse pas.

— Oh ! tant mieux.

— Tout ce qu'elle veut, c'est filmer l'enterrement de ma vie de garçon. J'ai refusé aussi.

Elle regarda Jared.

— Ce qu'il faut à cette femme, c'est un homme à elle.

— Ne me regarde pas comme ça, je suis pris, dit-il en portant sa main à ses lèvres.

Il s'arrêta près de la barrière qui servait d'enclos aux chevaux. Tenant toujours la main de Sky, il lui tendit une magnifique bague en or avec trois diamants, celui du milieu plus gros que les deux autres. Il avait tout planifié si parfaitement pour elle.

— Oui, tu es pris, dit-elle lorsqu'il passa la bague à son doigt. Dès maintenant et pour toujours. Tu es à moi.

Épilogue

— Plus qu'une grosse poussée, Mindy. Je vois la tête du bébé. Encore un effort et vous le tiendrez dans vos bras, dit Sky.

Jared s'approcha et essuya la sueur qui s'était formée sur son front.

— Tu peux le faire, dit Trey en aidant sa femme à se mettre en position.

Tandis que Mindy inspirait et se mettait à pousser, Jared tendit à Sky une serviette pour envelopper le bébé. Elle l'aida à sortir avec précaution, d'abord la tête, puis une épaule après l'autre... jusqu'à ce qu'elle tienne le nouveau-né dont toute la ville de la musique allait parler.

— C'est un garçon ! s'exclama Trey en étreignant sa femme qui s'était mise à pleurer en même temps que le bébé criait.

— Avec une voix comme celle-là, je parie qu'il va suivre les traces de ses parents, dit Jared en tendant des pinces à Sky, puis des ciseaux à Trey pour qu'il coupe le cordon ombilical.

— Voilà votre petit garçon, dit Sky à Mindy en lui donnant son bébé.

Puis elle se tourna vers Jared.

— Travailler ensemble comme ceci va vraiment me manquer.

— Qui sait ? dit-il en lui souriant. Peut-être que Mindy et Trey en auront un autre. Mais à mon avis, ce qui va te manquer, c'est l'attention des médias.

— À ce propos, intervint Trey, je dois vous dire que Marjorie a une caméra prête pour nous filmer tous ensemble pendant que nous annoncerons la naissance.

Quelques heures plus tard, Sky se retrouva en train de redresser le col de la blouse de Jared. Comme d'habitude, elle était immaculée et parfaitement repassée. Bien qu'il se soit un peu détendu depuis qu'elle était venue vivre avec lui, certaines choses ne changeraient jamais.

Elle avait été surprise de voir comment il avait bien pris l'attention que sa demande en mariage avait attirée. Dès qu'elle avait été diffusée, il y avait eu des commentaires allant de gentilles félicitations à des remarques plus acerbes, comme quoi le fiancé ne devait pas quitter son travail pour jouer de la guitare. Il avait pris ces dernières avec bonne humeur, comme les taquineries du personnel de la clinique.

Mais ce jour-là serait leur dernier passage devant les caméras. Quelque chose dont Sky était contente, quoi qu'en pense Jared. Mener une vie privée avec lui était beaucoup plus agréable que d'être le centre de l'attention. Et, là, c'étaient Mindy et Trey qui allaient avoir la vedette.

— Tu es prête ? demanda Jared alors qu'ils se rendaient dans la chambre de Mindy. Tu sais, si les feux de la rampe te manquent, Marjorie pourrait te laisser revenir dans le *show* comme invitée spéciale.

— La seule personne qui me filmera après aujourd'hui, c'est le photographe du mariage, répondit Sky.

Ils se frayèrent un chemin parmi la foule qui s'était rassemblée dans le vestibule pour voir l'enregistrement du dernier épisode de *Vivre avec les Carter*. Joe les fit se placer derrière le fauteuil où Mindy était assise, tenant son bébé. Trey était assis à côté d'elle avec un sourire aussi immense que lorsque Sky lui avait montré son fils.

Quand Jared lui prit la main, Sky sourit et le regarda. Il plongea les yeux dans les siens et, là, à sa vive stupeur, et en plein devant les caméras, il fit un clin d'œil qui serait vu par tous les spectateurs.

Vous avez aimé ce roman ?
Retrouvez *Les Sages-femmes de Nashville* dès le mois de mars
dans votre collection Blanche !

TRACI DOUGLASS

Leur famille inespérée

Traduction française de
C. DUTEIL

BLANCHE

HARLEQUIN

Titre original :
FAMILY OF THREE UNDER THE TREE

1

Le Dr Sam Perkins huma le parfum des pins en remontant l'allée menant à sa maison de location à Wyckford, Massachusetts. Pour le moment elle lui convenait, même s'il aurait aimé y exercer ses talents de bricoleur. Restaurer des choses le détendait, cela l'avait aidé pendant ses études de médecine, lui évitant de perdre la tête malgré les horaires déments. Cela lui avait aussi permis de tenir jour après jour pendant que la maladie de Charcot consumait sa chère épouse. Sentir l'odeur de la sciure et réparer des objets l'apaisait en accaparant son attention, comme le faisaient ses patients ou ses opérations. Et il avait toujours pris soin des autres. D'abord enfant, de sa mère célibataire, et maintenant de sa fille Ivy. C'était dans sa nature profonde.

La nouveauté, c'était l'arrivée de l'hiver. À San Diego, où sa fille et lui s'étaient installés deux ans plus tôt après le décès de sa femme, la température se maintenait constamment autour de vingt degrés, et le ciel était toujours bleu. Ici en revanche, en décembre, le thermomètre oscillait entre froid et glacial, et les vents de nord-est vous gelaient les os. L'hiver dernier, il avait été pris de court par l'arrivée de la neige. Cette année, Thanksgiving était passé sans tempête de neige, mais il s'était préparé en s'équipant d'une pelle robuste et d'une souffleuse, au cas où.

Il prit une grande inspiration en espérant que l'air vif le revigorerait et dissiperait le stress de la journée. Depuis qu'il avait pris le poste de chef du service de neurochirurgie à l'hôpital général de Wyckford en septembre dernier, il était débordé entre les horaires de bureau, les consultations aux urgences, et le suivi des patients de son programme de recherche sur la sclérose latérale amyotrophique. Aussi appelée maladie de Charcot, cette affection neurodégénérative détruisait lentement les cellules nerveuses du cerveau et de la moelle épinière. Sam s'était battu, mais elle avait fini par emporter sa femme, et il était décidé à trouver un traitement, même s'il était trop tard pour Natalia. Il n'avait pas pu la sauver et lui devait bien ça.

De légers flocons se mirent à tomber comme il atteignait la porte. Le quartier était à l'image de la pittoresque petite ville, avec des maisons bien entretenues, des pelouses soignées et même, en de rares endroits, une clôture en bois blanc. Rien à voir avec leur demeure contemporaine du quartier huppé de Mission Hills sur la côte Ouest, mais néanmoins charmant.

En entrant, Sam fut assailli par l'arôme vinaigré du *kimchi* et le parfum du *doenjang jjigae*, un ragoût coréen au bouillon de légumes et de bœuf, avant de subir les effusions de leur chien Spork, un shih tzu croisé de schnauzer, véritable boule d'énergie. Sam se déchaussa et, laissant ses bottes près de celles d'Ivy devant la grille de chauffage, il gratta l'animal derrière les oreilles. Ils l'avaient adopté au refuge local, et il s'acclimatait plutôt bien à en juger par le nombre ahurissant de jouets éparpillés dans toute la maison.

— Salut, papa ! cria Ivy depuis la cuisine au bout du couloir.

Assise devant l'îlot central, elle avait posé son énorme sac à dos sur le tabouret voisin et faisait du coloriage.

— Salut, *yeobo*, répondit Sam, la gratifiant de l'affectueux surnom coréen qu'il lui avait donné.

Posant ses clés sur la desserte, il se laissa guider par les odeurs de cuisine de son enfance et Spork lui emboîta le pas, sa pieuvre en peluche dans la gueule. Sam embrassa sa fille.

— Tout s'est bien passé à l'école ?

— Oui. Avec Adi, on a caressé un iguane aujourd'hui !

— Ouah, s'exclama Sam, se détournant pour saluer la nounou. Bonsoir, Hala.

— Monsieur Perkins, dit la femme coiffée d'un hijab en s'inclinant légèrement.

Septuagénaire, elle avait quitté la Jordanie avec son mari trente ans plus tôt pour émigrer aux États-Unis où elle travaillait depuis comme nounou. Elle faisait aussi du ménage pour Sam et allait chercher Ivy à l'école quand il travaillait tard. Ils avaient de la chance de l'avoir, même si Hala aimait prodiguer à Sam des conseils dont il se serait volontiers passé.

— Le dîner est bientôt prêt. J'ai réchauffé un plat du congélateur.

— Merci, dit Sam, reportant son attention sur sa fille. Un iguane, hein ? Ça a l'air drôlement cool.

— Super cool ! cria Ivy tout excitée, frappant le tabouret de ses petits pieds gainés de rose. Il s'appelle Fred.

— Fred l'iguane... hum.

Il enleva le sac d'Ivy du tabouret pour s'y asseoir. Faute de mieux, la cuisine avait été remise au goût du jour. Les plans de travail en granit luisaient sous les spots encastrés, et des appareils en acier inoxydable et des placards fraîchement repeints complétaient le décor moderne. Sam n'était pas un cordon-bleu, mais il connaissait quelques recettes apprises auprès de sa mère coréenne qui tenait à ce qu'il se débrouille quand il irait à l'université. Il avait emprunté les autres à l'héritage italien de Natalia, les deux cultures culinaires formant un mélange insolite mais savoureux. Et la préparation des repas le week-end était pour lui un bol d'oxygène.

— Autre chose d'intéressant aujourd'hui ? demanda-t-il.

Sa mère lui posait toujours cette question quand il rentrait de l'école, et il perpétuait cette tradition avec Ivy. Son père avait quitté la maison quand il était bébé, et il avait grandi seul avec sa génitrice. À treize ans, il avait décroché son premier petit boulot dans une épicerie de quartier où il emballait les courses des clients pour aider sa mère à payer les factures.

— Qu'est-ce que tu as appris ?

Ivy continua à colorier le dinosaure arc-en-ciel devant elle.

— Des trucs sur les papillons, les états, et le pastrami.

Sam regarda Hala qui avait du mal à garder son sérieux.

— Le *pastrami* ?

— Oui, acquiesça la fillette. Les étoiles, c'est trop cool !

— Je vois, Tu veux dire l'astronomie, dit-il en souriant.

— C'est ce que j'ai dit, papa ! Le pastrami !

Sam se leva et lui ébouriffa les cheveux. Il portait encore sa tenue de bloc opératoire et devait se doucher avant le dîner.

— Je reviens dans quelques minutes.

— Attends, papa. Je ne t'ai pas dit le plus intéressant.

— Quoi donc ? demanda-t-il en se retournant

— *Ice, Ice Baby*.

Sam fronça les sourcils, adossé à l'encadrement de la porte.

— Tu parles de la chanson ?

— Non. Du festival éphémère de la ville, répondit Hala. Avec mon mari, nous y allons chaque année depuis que nous vivons à Wyckford. Il est organisé par le conseil municipal dès qu'il fait assez froid pour permettre aux sapeurs-pompiers d'installer une patinoire sur la grande place. Tous les bénéfices sont reversés à la banque alimentaire locale.

— On pourra y aller, papa ? S'il te plaît ? supplia Ivy en sautant sur son siège, tout excitée. Je n'ai jamais fait de patin à glace, et Adi va y aller, et il y aura du chocolat chaud et le Père Noël aussi. Papa, s'te plaît ! Je ne peux pas manquer ça !

Sam soupira. Il avait du mal à suivre et fut d'abord tenté de refuser. La perspective de rester planté dans le froid glacial après une journée de travail ne lui disait vraiment rien. Mais Noël était la fête préférée d'Ivy, et ils tentaient de se construire une nouvelle vie avec de nouvelles traditions ici, à Wyckford. Il ne pouvait pas la décevoir, d'autant qu'elle avait très envie d'y aller. Il s'était juré de faire de ce Noël un moment inoubliable pour sa fille, alors...

— D'accord, dit-il, résigné. Ça a lieu quand ?

— C'est un secret, répondit Ivy avec un sourire malicieux.

— On ne donne pas les dates à l'avance, précisa Hala. L'annonce est faite le jour même.

— Formidable, grommela Sam qui n'aimait pas les surprises, toujours mauvaises d'après son expérience.

Avec un cri de triomphe, Ivy sauta du tabouret pour étreindre avec gratitude les jambes de son père avant de regagner son perchoir pour finir son coloriage.

— Ce sera le meilleur Noël de toute ma vie !

Sam l'espérait. Ils avaient besoin de détente et de joie après leur malheur, et il se sentait obligé de faire plaisir à sa fille. S'engageant dans le couloir, il gagna sa chambre dont il referma la porte, puis il se déshabilla et entra dans la salle de bains attenante pour prendre sa douche.

On lui reprochait souvent d'être casse-pieds avec son goût de l'analyse, de la logique et du détail, qualités qui lui étaient pourtant utiles dans son travail et pour prendre soin des autres, identifier et satisfaire leurs besoins. Il se moquait de ce que les gens pensaient, il l'avait compris en vivant avec une personne en phase terminale. Perdre Natalia lui avait appris que l'essentiel était de protéger ceux qui comptaient sur lui. Ce postulat le faisait peut-être tenir à distance ceux qui n'appartenaient pas au cercle de ses proches, surtout depuis la mort de son épouse. Mais il préférait éviter de se lier que risquer encore de décevoir. De toute façon, il avait assez à faire avec Ivy et ses patients.

« T'ouvrir aux gens et les laisser t'aider n'est pas une faiblesse, tu sais. » C'étaient les derniers mots que Natalia lui avait dits avant de mourir. Elle avait raison, mais Sam n'était pas prêt à les entendre, ni alors, ni maintenant. Compter sur d'autres personnes, leur ouvrir sa vie et son cœur, impliquait un niveau de confiance et de vulnérabilité qu'il ne voulait plus jamais éprouver. Alors jusqu'à nouvel ordre, il préférait en rester là. Même s'il se sentait seul parfois.

Sa douche prise, il se frictionna avec une serviette, regagna sa chambre où il enfila un jean propre et un pull vert sapin, et retourna dans la cuisine. Hala avait dressé le couvert sur l'îlot central et était en train de servir le ragoût et le *kimchi* dans des bols. Son mari passerait la chercher un peu plus tard car il était de service ce soir à l'hôpital où il dirigeait le département environnement.

Ils parlèrent de leur journée en dînant. Sam se réjouissait de voir sa fille s'adapter aussi bien. Elle s'était même fait une amie. Prenant une cuillerée de soupe, il se sentit mélancolique au souvenir de sa mère partageant ce plat avec lui. Absorbé par son travail, il s'était fait peu de relations en ville. Mais il était très entouré à l'hôpital, et on ne pouvait pas le qualifier d'ermite. Il bavardait avec ses voisins quand il sortait Spock ou allait chercher Ivy à l'école. Et même s'il passait souvent des nuits blanches à fixer le plafond de sa chambre en se demandant si son chagrin s'apaiserait un jour, c'était la vie, non ? Sa mère avait l'habitude de dire qu'un tournant de la route n'était pas le bout du chemin. Aujourd'hui, sa vie était différente de ce qu'il avait imaginé, mais il s'en accommoderait. Il s'adaptait toujours. Cela valait mieux que se faire piétiner le cœur et être anéanti par la douleur. Il était toujours le plus fort, celui sur lequel on pouvait compter, qui prenait soin des autres. Plus vite il surmonterait cet accès de mélancolie, mieux ce serait.

Ivy avait besoin de lui, et il ne voulait plus de complication.

— Je peux, papa ? demanda-t-elle, l'arrachant à ses pensées.

Distrait, il s'essuya la bouche avec sa serviette.

— Tu peux quoi, *yeobo* ?

— Passer la nuit chez Adi ce soir, après la réunion ? S'il te plaît ? Ses parents sont d'accord.

— Je ne sais pas, répondit-il, les sourcils froncés à la pensée qu'elle allait à l'école le lendemain.

— Je suis de repos demain, docteur Perkins, lui rappela Hala.

Sam avait une longue journée chargée le lendemain, et ce n'était peut-être pas une mauvaise idée, tout compte fait.

— Tu es sûre que ses parents sont d'accord ?

— Oui, papa, répondit gravement la fillette. Tu pourras leur demander quand tu me déposeras à la réunion.

— Quelle réunion ?

— La réunion à la mairie. Adi a dit que tu pouvais me conduire là-bas, et que je repartirais avec eux après.

— Elle a dit ça, hein ?

Il secoua la tête. La nouvelle amie de sa fille semblait aussi directive que sa tante, le Dr Riley Turner. Il travaillait souvent avec la radiologue dans le cadre de ses travaux de recherche. Ils s'entendaient bien professionnellement, mais ça s'arrêtait là. Ils échangeaient des plaisanteries, discutaient des résultats après les scans, et c'était tout. Et il ne savait rien de ces réunions mensuelles à la mairie, sinon que tout le monde s'y rendait pour se montrer.

Ce n'était pas sa tasse de thé, mais Ivy l'observait toujours en trépignant d'impatience, et il finit par céder.

— Très bien. À présent, dépêche-toi de finir ton assiette, que je puisse te conduire en ville.

Riley n'avait jamais quitté Wyckford. Au début, elle était trop occupée à suivre sa formation de radiologue et se rebeller contre les règles imposées par sa famille pour songer à partir. Et, depuis l'accident qui avait coûté la vie à ses parents et lui avait lésé la moelle épinière deux ans plus tôt, elle était trop handicapée pour se déplacer. Aujourd'hui, elle essayait désespérément de retrouver sa vie d'avant, travaillant dur en physiothérapie dans l'espoir de pouvoir un jour remarcher sans assistance.

Longtemps, elle avait cru que le pire pour elle serait de vivre dans l'ombre de Brock, son frère aîné. Puis l'accident lui avait fait franchir un nouveau degré dans l'horreur. Aujourd'hui, elle connaissait le prix de la vie, de la liberté et de l'indépendance, et n'était pas prête à y renoncer de sitôt.

Dans son fauteuil, Riley roula vers l'entrée du bâtiment municipal où allait se tenir la réunion, évitant de regarder les gens qui patientaient dehors de peur qu'on lui propose de l'aider. Les « bons samaritains », comme elle les appelait. Elle appréciait l'intention, mais n'avait pas besoin d'aide. Elle se débrouillait très bien toute seule. En général, elle évitait ces rassemblements pour ne pas affronter ces bonnes âmes, mais ce soir, elle avait prévu de rencontrer l'agent immobilier pour discuter du logement qu'elle recherchait.

Non qu'elle n'aime pas vivre chez Brock, mais le manque d'intimité lui pesait. Et maintenant que son frère amoureux roucoulait du matin au soir, elle se sentait la cinquième roue du carrosse. Elle était heureuse pour Brock, son épouse Cassie, et son adorable nièce Adi. Mais le couple venait d'avoir un bébé, et cela faisait beaucoup de monde dans la maison.

C'était peut-être dû à son côté tourmenté, mais elle aspirait à son propre espace, à une chance de vivre seule. D'échapper enfin à l'ombre tutélaire de Brock après trente-deux ans.

Bien sûr, elle était reconnaissante à Brock de tout ce qu'il avait fait pour elle après l'accident. Il avait perdu sa première épouse quelques années avant et, malgré sa peine, il s'efforçait d'élever seul sa fille tout en gérant le cabinet médical de leur père. La présence de Riley avait ajouté à son fardeau, mais vivre et pleurer ensemble leurs chers disparus les avait rapprochés, guérissant les vieilles blessures et resserrant leur lien fraternel. Aujourd'hui, Riley voulait un logement à elle, pour se prouver qu'elle était capable de prendre soin d'elle-même et de ne plus dépendre de personne.

Sur le seuil, elle s'immobilisa et prit une grande inspiration avant de se diriger vers les doubles portes ouvrant sur le tumulte. La bâtisse était une ancienne usine que la ville avait convertie en un espace moderne dédié aux bureaux de l'administration locale et aux réunions, grâce à une subvention de l'État. Les entrepreneurs avaient rendu les lieux entièrement accessibles avec de vastes couloirs, des rampes d'accès, et un ascenseur menant au deuxième étage, actuellement réservé au stockage. En quête d'un coin où garer son fauteuil, Riley sourit poliment en croisant des habitants. Elle était venue directement de l'hôpital après son service et portait encore sa blouse verte sous son manteau, ses baskets confortables, et sa queue-de-cheval de travail.

Elle descendit l'allée centrale vers l'avant de la salle, repérant des visages familiers dans les rangées latérales comme Adi, Brock et Cassie dont une baby-sitter gardait le bébé. L'infirmière urgentiste Madi Scott et l'ambulancier volant Tate Griffin étaient là aussi, comme Luna Norton, la kinésithérapeute de Riley, et son compagnon, le pompier Mark Bates. D'après les infos de la page Facebook de la ville, Mark était là en sa qualité de chef-adjoint des pompiers pour parler de l'installation de la patinoire pour le festival de fin d'année. Elle les salua en passant, priant pour ne pas regretter d'être venue. Ces soirées pouvaient s'éterniser en virant au grand spectacle, occasions uniques de voir du monde et d'être vu, d'exprimer son opinion, parfois bruyamment, et d'apprendre les derniers potins. Un grand événement dont Wyckford General, principal employeur de la région, était le plus gros prestataire.

Riley finit par trouver un coin tranquille près du mur à l'avant de la salle. Non loin d'elle se dressait l'estrade avec une longue table où siégeaient les membres du conseil municipal. Lucille Manson l'aperçut et lui fit signe, en combinaison rose bonbon et bandeau vert fluo. Reine des fouineuses, elle aimait les couleurs flashy autant que fourrer son nez dans les affaires des autres. Riley plaqua un sourire poli sur ses lèvres et la salua de la main.

— Bonsoir, doc, dit un agent de sécurité près d'elle. Laisse-moi t'aider avec ton fauteuil.

— Non, répondit Riley plus sèchement qu'elle n'aurait voulu. Ça va, merci.

— Ce serait pourtant plus facile si...

— Si quoi ? Si je te laisse t'occuper de moi ? Désolée, ça n'arrivera pas. Je ne suis pas là pour te faciliter la vie, Barry. Rappelle-toi que je t'ai donné un coup de poing dans le nez à la maternelle, et je pourrais très bien recommencer.

Les yeux écarquillés, il parut sur le point de répliquer, mais Lucille l'appela et il n'eut d'autre choix que d'obtempérer. Parfait. Riley n'avait qu'une envie : prendre une douche chaude et dormir pendant un an. Oui, Noël approchait, mais c'était difficile de se laisser gagner par l'ambiance festive quand on était tout le temps épuisé. Entre son planning dément et ses nombreuses séances de kiné, elle n'avait plus de temps pour elle. Elle scruta la foule à la recherche de Lynette, son agent immobilier, mais ne la vit pas. Si elle avait osé l'abandonner dans ce joyeux bazar sans la prévenir... Riley sortit son téléphone pour consulter ses appels et trouva un message de Lynette. Retenue par une visite, elle ne pouvait pas venir mais l'appellerait le lendemain. Génial. Riley remit son téléphone dans sa poche en maugréant.

Ben Murphy, le père de Cassie, prit place à côté d'elle et la salua ainsi que Luther Martin, le vieux grincheux occupant l'autre siège. Riley se sentait plus proche de Luther que jamais. Les sarcasmes tenaient les autres à distance, surtout les bons samaritains. Et bien que leurs situations soient différentes – Luther était âgé et Riley handicapée – les gens avaient tendance à les considérer de haut comme s'ils avaient besoin d'assistance, ce qui n'était évidemment pas le cas. C'était horripilant. Ils avaient beau avoir de bonnes intentions, il y avait des limites aux regards apitoyés et autres platitudes qu'une personne pouvait endurer. Sa moelle épinière avait été lésée dans l'accident, pas son cerveau, et Riley était parfaitement capable de s'occuper d'elle-même.

Elle se pencha pour verrouiller les freins de son fauteuil, et se figea en se redressant. Que faisait Sam Perkins près de l'entrée ?

Pire, pourquoi avait-elle des papillons dans le ventre chaque fois qu'elle posait les yeux sur lui ?

— Faites silence, s'il vous plaît, ordonna Lucille dans le micro, telle une reine s'adressant à ses vassaux. Merci à tous d'être venus. À l'ordre du jour, bien sûr, nous avons le festival éphémère de fin d'année, et le chef-adjoint Bates, des sapeurs-pompiers, est avec nous pour nous informer de leurs plans concernant l'installation de la patinoire. Nous allons aussi prendre les inscriptions des vendeurs pour le festival, alors si vous avez un objet à vendre ou si vous préparez quelque chose, utilisez les feuilles au fond de la salle pour noter vos noms sur la liste. Comme toujours, la date du festival est une surprise, mais ce sera en décembre avant les fêtes, alors organisez-vous en conséquence. Enfin, nous débattrons de l'éventualité d'ajouter un nouvel événement au programme du festival, la fête de l'horreur, en donnant la parole au public.

Un brouhaha de huées mêlées d'acclamations s'éleva dans la salle, rapidement dompté par Lucille.

— Bon. Eh bien, commençons !

Riley suivit des yeux Sam et sa fille qui allaient s'asseoir au premier rang, à côté de Brock et Cassie. Jolie comme un cœur, la fillette avait les mêmes cheveux bruns que son père mais ses yeux étaient verts. Elle s'était liée d'amitié avec sa nièce, Adi. On ne savait pas grand-chose de Sam, sinon qu'il était venu à Wyckford pour assister Cassie sur le cas d'un patient et n'était jamais reparti. Riley avait juste appris de Cassie qu'il était veuf, et que sa fille et lui venaient de San Diego. Cassie avait déjà travaillé avec Sam en Californie, et elle l'avait appelé pour le consulter sur les aspects neurologiques d'une chirurgie reconstructive. Lorsque Riley faisait des scans pour un patient de Sam, ils se contentaient de discuter des cas sans jamais aborder de sujets personnels, ce qui lui allait très bien. Elle en avait plus qu'assez des gens qui mettaient leur nez dans ses affaires. Cependant Sam piquait sa curiosité.

Les deux heures suivantes, Mark parla de l'installation de la patinoire, puis les villageois débattirent à n'en plus finir sur la fête de l'horreur. De temps en temps, Riley regardait Sam qui chuchotait avec sa fille ou fixait l'estrade d'un œil vide, luttant visiblement contre l'ennui. Il semblait calme et pensif, voire un peu tendu, ce qui l'intriguait. Et il était beau. Avant l'accident, il aurait été tout à fait son genre. Mais la romance était désormais bannie de ses priorités. Elle ne voulait pas qu'on se mêle de sa vie.

Puis Sam leva la tête, leurs yeux se rencontrèrent et, un instant, une sensation étrange la traversa, suave comme du miel un soir d'été, tiède, doux, réconfortant et… *Oups*.

La réunion s'acheva, et Riley fila vers la plus proche sortie en un temps record, le cœur battant, avec l'impression d'avoir échappé de peu à un piège. Un piège nommé Sam Perkins. Elle devait partir d'ici avant de faire une bêtise, comme bavarder avec lui. Rester professionnelle, en sécurité, libre. Elle ne devait pas s'écarter de la règle.

2

Sam regarda Riley Turner s'en aller en déplorant de ne pas pouvoir en faire autant, mais il devait confier Ivy à Brock et Cassie. Il reconnaissait beaucoup de monde, des collègues, des patients, et il ignorait pourquoi Riley avait retenu son attention ce soir, mais il n'aimait pas ça. Elle l'avait souvent regardé à la dérobée pendant la réunion, et il n'avait pu s'empêcher d'être troublé. Et quand il avait levé les yeux et rencontré son regard, le temps avait paru s'arrêter, comme si...

Arrête.

Il n'avait pas envie de fréquenter Riley en dehors de l'hôpital. Cela ne pouvait mener qu'à une proximité gênante et... non. Il appréciait les professionnels posés et compétents dans leur travail, comme elle, c'était sans doute pourquoi elle l'intriguait tant. Cela n'avait rien à voir avec son handicap. Sa femme avait passé la dernière année de sa vie en fauteuil roulant, et il s'y était tellement habitué qu'il n'y prêtait même plus attention. Mais il voyait comment le personnel de l'hôpital traitait Riley, comme si son infirmité prévalait sur le reste de sa personne. Natalia était furieuse quand on la traitait ainsi. Riley aussi apparemment, car il l'avait déjà vue envoyer promener des gens qui voulaient lui imposer leur aide.

Un coup d'œil à sa montre lui apprit qu'il était près de 21 heures, et l'auditorium se vidait peu à peu de ses occupants. Sam prit une inspiration pour dissiper la tension qui l'avait envahi depuis qu'il avait croisé le regard de Riley. Elle était partie, et il pouvait retrouver sa zone de confort. Il avait tendance à être exigeant à outrance dans son travail, mais s'il voulait trouver un traitement pour la SLA, chaque détail comptait. Chaque changement dans l'état d'un patient devait être documenté, étudié. Et il insistait peut-être pour tout contrôler et avoir son mot à dire dans chaque décision concernant ses recherches, mais il le fallait. C'était son nom qui figurait sur les rapports, sa réputation professionnelle qui était en jeu. Ses patients dépendaient de lui. Il avait conscience de se retrancher derrière son travail pour tenir à distance les émotions qui lui faisaient si peur, mais tant pis. Qu'importait la solitude si on était en paix ?

— Papa ! Papa ! cria Ivy, tirant sur son bras pour capter son attention. On est prêts à partir !

Brock Turner se leva de son siège et sourit à Sam.

— J'espère que ça ne vous gêne pas qu'Ivy passe la nuit chez nous. Adi m'en a parlé tard, et je n'ai pas eu le temps de vous appeler.

— Vous êtes sûr que ça ne vous dérange pas ?

— Pas du tout.

Ils se connaissaient pour avoir travaillé ensemble à l'hôpital. Généraliste, Brock travaillait aux urgences quand le besoin s'en faisait sentir. Il avait appelé Sam plusieurs fois pour avoir son avis de consultant sur certains cas. De son côté, Sam avait appris que Brock aussi avait été père célibataire avant d'épouser son ancien béguin, le Dr Cassie Murphy, ce qui leur faisait un point commun.

— Je veillerai à ce que les filles prennent le bus scolaire demain matin, promit Brock en enfilant son manteau.

— Je m'assurerai qu'elles prennent d'abord un bon petit déjeuner, renchérit Cassis avec un sourire en aidant Adi à mettre sa doudoune. Je dois me lever tôt pour le bébé, alors...

— Tout est donc réglé, merci, répondit Sam. J'ai un programme chargé demain, et ma nounou est de repos.

— Ivy peut venir chez nous après l'école, si ça vous arrange, proposa Cassie. Je ne travaille pas demain, ça me permettra de passer du temps avec les filles. Vous pourrez venir la chercher en rentrant chez vous après votre service.

— Riley m'a dit que vous travailliez avec elle sur votre projet de recherche, intervint Brock. Faites attention. Elle peut se montrer vénère quand on la pousse à bout.

— C'est quoi, « vénère » ? demanda Adi.

— C'est le signal du départ, voilà ce que c'est, dit Cassie en lui ébouriffant les cheveux. Bonne nuit, docteur Perkins.

Sam embrassa sa fille.

— Tu as toutes tes affaires, *yeobo* ? Appelle si tu as besoin de quelque chose.

Ivy attrapa l'anse de son sac de voyage rose.

— Tout va bien, papa. Arrête de t'inquiéter.

Il posa le doigt sur le bout de son nez.

— M'inquiéter pour toi est ma raison de vivre. Sois sage et n'embête personne. À demain soir, donc.

— C'est quoi *yeobo* ? demanda Adi.

— Un mot coréen qui veut dire chérie, dit Sam en riant.

— Oh… vous êtes coréen ?

— À moitié. Ivy l'est pour un quart.

— Allez les filles, coupa Cassie en les poussant vers la sortie. Cette fois, on y va !

— Je te suis, dit Brock en donnant un baiser à sa femme.

Le cœur de Sam se serra. Malgré sa volonté de rester seul, certains aspects de sa vie d'époux lui manquaient. Les simples témoignages d'affection comme un regard qui s'attarde, une caresse tendre, un mot de réconfort, toutes ces petites choses rendaient l'existence plus belle.

— Encore un truc au sujet de ma sœur, dit Brock. C'est vrai qu'elle s'énerve facilement, surtout quand il est question de son handicap. Mais elle en a bavé ces deux dernières années, et elle s'efforce de retrouver une vie normale.

Sam comprenait. Lui aussi s'était vu arracher son avenir et avait cherché un refuge où panser ses blessures. Il gérait encore les effets du décès de Natalia, mais il avançait. Traverser le pays pour s'installer à Wyckford l'avait aidé.

— En tout cas, elle fait de l'excellent travail avec mes patients, et c'est tout ce qui m'importe. Je suis sûr que ça ira.

Ses propos parurent laisser Brock vaguement songeur, et il le laissa pour aller rejoindre les siens.

— Eh bien, bonne chance, dit-il. Et si vous avez besoin d'aide avec Ivy, n'hésitez pas. Nous sommes ravis de l'avoir.

Sam remisa l'information dans un coin de son esprit, au cas où. Puis il rentra seul chez lui. Le bavardage incessant d'Ivy lui manquait déjà. Se garant dans son allée, il vit que la maison était éclairée. Hala était encore là, et il s'en réjouit. Il détestait rentrer dans une maison vide.

— Comment s'est passée la réunion municipale ? demanda cette dernière qui tricotait dans le salon en attendant que son mari passe la prendre. Toujours le bazar ?

— Je ne peux pas dire car c'était la première fois que j'y assistais, répondit Sam en se laissant choir sur le canapé, épuisé. Mais c'était intéressant.

— Intéressant comment ?

Il lui parla de la soirée et mentionna la présence de Riley, sans trop savoir pourquoi.

— Le Dr Turner a traversé de dures épreuves, dit Hala. Tout le monde les a beaucoup soutenus après son accident. Elle et sa famille… Vous avez eu une période difficile, vous aussi.

Sam fronça les sourcils. C'était la deuxième fois qu'on lui parlait du passé de Riley, et il n'aimait pas ça. Il n'avait pas envie d'en savoir plus sur elle.

— Je suis sûr qu'elle va bien. Et moi aussi.

— Vraiment ?

À cet instant, un coup de klaxon se fit entendre dehors. Hala se leva, rangea son tricot dans son sac et se dirigea vers le vestibule pour enfiler son manteau et ses gants.

— À jeudi. Bonne nuit, docteur Perkins.

— Bonne nuit, Hala.

Resté seul, Sam verrouilla les portes et éteignit les lumières avant d'aller se coucher. Il n'avait pas sommeil et essaya de se plonger dans la lecture, mais son esprit revenait sans cesse aux paroles de Hala.

« Le Dr Turner a traversé de dures épreuves. Et vous aussi. »

Sam n'avait que faire de la compassion des gens. Il n'était pas une bête de cirque. Il voulait juste mener sa vie le mieux possible et avancer en s'occupant de son travail et de ses proches. Mais il n'arrivait pas à se défaire de l'étrange connexion qu'il avait avec Riley depuis qu'il savait qu'elle se remettait d'un passé cruel. Il se demanda comment elle gérait le chagrin, les souvenirs, la solitude...

Agacé par le tour pris par ses pensées, il éteignit la lumière et s'endormit.

— Encore une minute et on a fini, dit Riley dans le micro de la cabine d'observation de l'IRM.

Elle était arrivée tôt ce matin pour lancer les scans nécessaires avant la consultation de la patiente. Daisy Randall n'avait que quarante-deux ans et on lui avait diagnostiqué une SLA en décembre dernier, après presque neuf mois d'examens chez différents spécialistes. Toute sa vie et ses perspectives d'avenir avaient été anéanties en un instant.

Riley se sentait concernée, et elles étaient devenues amies.

Les symptômes de Daisy avaient commencé par une soudaine faiblesse dans la jambe gauche, qui avait évolué en un boitement persistant. Elle avait consulté des généralistes, des kinésithérapeutes, plusieurs neurologues, elle avait fait toutes sortes de scans, tests, et avait suivi différents traitements. Rien n'y avait fait. Finalement elle avait été envoyée à Sam Perkins pour un dernier avis, et il avait posé le diagnostic définitif de SLA. Elle avait intégré son programme de recherche peu après. Riley admirait le courage de Daisy et sa vision lucide de l'avenir.

Pendant qu'un technicien radio aidait cette dernière à descendre de la table d'examen et regagner le vestiaire, Riley compila les images de l'IRM dans le dossier numérique de la patiente pour les comparer avec les clichés de sa dernière visite de contrôle six mois plus tôt.

— Pardon pour mon retard, dit Sam, la rejoignant dans la salle obscure et regardant par-dessus son épaule les clichés affichés sur l'écran.

Enveloppée par son parfum boisé et sa chaleur, Riley se sentit oppressée. Elle refusait de lui prêter attention. Elle ne voulait pas avoir une aventure maintenant, et Sam était un collègue, donc hors d'atteinte. C'était déjà assez pénible d'avoir fantasmé sur lui pendant la réunion la veille, où tout le monde aurait pu s'en apercevoir. Elle ignorait pourquoi il la mettait dans cet état, mais elle détestait ça. Sa vie était bien assez compliquée. Elle se força à ignorer le corps musclé penché au-dessus d'elle.

Ressaisis-toi, ma fille.

Elle adopta son ton le plus professionnel.

— Les images d'aujourd'hui montrent une relative stabilité comparées à celles de la dernière IRM, avec juste une légère augmentation de l'hyper-intensité dans la voie cortico-spinale, une hypo-intensité dans le cortex moteur, et une atrophie cérébrale cohérente avec la progression de la maladie. La patiente note une aggravation de la faiblesse de ses jambes, et utilise maintenant son fauteuil la plupart du temps pour se déplacer. Le technicien va la conduire dans la salle de consultation où vous analyserez les résultats avec elle.

— D'accord. Et vous ?

— Quoi moi ? répliqua-t-elle sèchement avant de se reprendre. Pardon… la matinée a été longue. Vous avez des questions sur les scans de la patiente ?

— Non, dit Sam. Je sais que vous êtes amie avec Daisy et, si vous êtes disponible, elle appréciera peut-être votre soutien pendant la consultation car elle est seule aujourd'hui.

Riley se remémora les premières semaines après son accident, la période confuse pendant laquelle elle avait pu se reposer sur son frère. Vivant à Boston, la mère de Daisy ne pouvait pas venir auprès de sa fille dans l'immédiat. Riley fit mine de vérifier son planning sur l'ordinateur.

— En fait, je suis libre là…

— Parfait. Je vous retrouve en salle de consultation dans cinq minutes. À moins que vous n'ayez besoin d'assistance…

— Non, coupa-t-elle.

Quand il fut parti, elle changea de position dans son fauteuil. Les mois après l'accident, la douleur avait lentement faibli jusqu'à devenir tolérable. Dans les pires moments, elle était bloquée toute la journée dans son fauteuil. Dans les meilleurs, elle marchait chez elle avec des béquilles. Mais si elle était assise ou debout trop longtemps, ou si elle oubliait de s'étirer chaque jour ou faisait un faux mouvement – si elle vivait normalement en somme – la souffrance pouvait être invalidante. Elle utilisait le fauteuil au travail et quand elle sortait en public pour des raisons de facilité mais n'avait pas renoncé à son rêve de l'abandonner complètement et de se servir des béquilles à plein temps.

Elle parlait rarement de son état, sauf avec ceux qui la comprenaient comme Daisy, ou sa kiné Luna. Elle ne voulait pas qu'on lui répète combien elle était forte et inspirante, ou encore – c'était le pire – que toutes les choses arrivaient pour une bonne raison. Sérieusement ? Elle avait envie de hurler, de demander quelle raison pouvait justifier que ses parents se tuent et qu'elle soit paralysée. Le pire, c'était que ce soir-là ils avaient pris les routes verglacées à cause d'elle. Les bien-pensants voulaient la consoler, elle le savait. Mais parfois une simple présence pouvait réconforter.

Et elle serait présente pour Daisy maintenant.

Comme elle fermait son ordinateur, ses pensées revinrent vers le Dr Perkins. Elle ne s'attendait pas à ce qu'il la convie à la consultation, mais elle serait là pour Daisy quoi qu'il arrive. Son allusion à son invalidité l'avait surprise. Jusqu'ici, il ne l'avait jamais traitée différemment, comme s'il ne voyait pas son fauteuil, ce qui était étrange mais gentil. Cela expliquait peut-être qu'elle ait senti cette connexion avec lui l'autre soir. Comme un chat qui traîne autour de ceux qui le dédaignent.

Ou une idiote pathétique qui a soif de vivre. De s'envoyer en l'air. Voire les deux.

Elle se leva de son bureau. Les rencontres amoureuses étaient un autre problème à gérer depuis son handicap. Elle avait naïvement cru que sa sexualité ne changerait pas après l'accident. Mais le premier garçon qu'elle avait fréquenté avait paniqué pendant leurs ébats quand il avait fallu la sortir du fauteuil, la remettre dedans, et gérer l'entre-deux. Un vrai tue l'amour. Depuis, elle se débrouillait seule pour ne plus risquer l'humiliation et l'embarras avec un partenaire, le sexe étant non seulement possible mais agréable avec une lésion de la moelle épinière, à condition de savoir s'y prendre.

Je parie que Sam saurait.

L'idée avait surgi sans crier gare. Elle ne devait pas penser à lui en ces termes. De toute façon, Sam n'avait jamais montré qu'il s'intéressait à elle, ni à une autre d'ailleurs, et cela ne la regardait pas. Elle avait assez à penser entre son travail et sa récupération physique. D'après les derniers rapports des spécialistes, son pronostic à long terme était toujours incertain. Peut-être remarcherait-elle seule, peut-être pas.

Malgré tout, elle se sentait toujours femme à part entière. Mais si son corps lui convenait tel qu'il était maintenant, il ne convenait pas forcément à d'autres. Et sa libido était intacte, mais l'intimité lui manquait. Se coucher auprès de quelqu'un, les sens comblés, et s'endormir dans ses bras lui manquaient.

Avec un soupir, elle se rendit à la consultation de Daisy. Elle trouva la patiente assise seule à la table pendant que Sam manipulait le grand moniteur à écran plat où s'afficheraient les images de l'IRM. Souriant à Daisy, elle arrêta son fauteuil près de la table et verrouilla les freins, évitant de s'attarder sur les épaules musclées de Sam moulées par sa tunique. Il surprit son regard en se retournant, et elle sentit son ventre s'échauffer.

Ouah… d'où cela sortait-il ?

Elle se concentra sur sa tablette et étudia ses notes, le visage brûlant, pendant que Sam s'asseyait un peu plus loin.

— Comment vous sentez-vous, Daisy ?

— Bien, je crois, répondit la patiente, la mine défaite, et Riley lui prit la main. Les derniers mois ont été durs. J'ai demandé à ma mère de ne pas venir aujourd'hui car j'avais besoin de temps pour moi. Depuis qu'elle s'est installée chez moi, je n'ai plus d'intimité. Ce n'est pas sa faute si j'ai besoin de plus d'aide maintenant. Et je sais qu'il est plus prudent de ne pas rester seule. Mais j'essaie encore de digérer la situation, et j'ai besoin d'espace pour ça. Je pensais que ça irait mieux à mesure que je m'adapterais et accepterais le diagnostic, mais il m'arrive encore d'être submergée par le stress et l'angoisse.

— C'est parfaitement normal, la rassura Sam. Vous avez pris rendez-vous avec le thérapeute dont je vous ai parlé ? Il peut être utile de se confier à quelqu'un d'extérieur à la situation.

— Oui… Le pire, c'est tard le soir quand je suis seule avec mes pensées. Ne pas savoir combien de temps il me reste. Vous m'avez dit que la durée de vie moyenne était de trois à cinq ans après le diagnostic, mais pour certains, c'est moins, et pour d'autres plus. Stephen Hawking a vécu plus de cinquante ans avec cette maladie. Combien de temps vais-je pouvoir parler, respirer, m'alimenter sans sonde ? C'est si affreux, si injuste, murmura-t-elle, la tête dans ses mains.

Riley serra ses doigts dans les siens.

— Vous avez raison. C'est terrible. Mais je suis là pour vous, quels que soient vos besoins. Vous pouvez m'appeler au milieu de la nuit pour parler, d'accord ?

— D'accord, répondit Daisy, les yeux noyés de larmes.

Sam attendit quelques instants et s'éclaircit la gorge.

— Bon. Êtes-vous prête à entendre les résultats d'aujourd'hui et nos plans pour les prochains mois, Daisy ?

Elle acquiesça, et pendant que Sam commentait les images de l'IRM, Riley se surprit à l'observer. Toujours empathique, il était doué pour expliquer les choses de manière simple et facile à Daisy, même avec des termes médicaux. Il faisait confiance à ses patients pour poser les questions nécessaires, se connaître eux-mêmes et savoir quels soins ils voulaient. Ils avaient travaillé ensemble sur de nombreux cas au cours de l'année passée mais, pour une raison inconnue, il avait retenu son attention et éveillé sa curiosité aujourd'hui. À titre purement professionnel, bien sûr.

Levant les yeux, Riley vit que Daisy l'avait surprise en train de regarder Sam, et elle reporta son attention sur l'écran de sa tablette, mais c'était trop tard. D'après son expression, Daisy semblait croire qu'elle reluquait Sam, et elle allait devoir s'expliquer avec elle. *Génial.*

Sam paraissait n'avoir rien remarqué.

— Attendons les résultats de votre PET scan de la semaine prochaine, reprit Sam en posant la télécommande sur la table. Nous pouvons continuer à vous surveiller pendant encore six mois avec les mêmes protocoles. Vous avez des questions ?

— Pas pour le moment, docteur, répondit Daisy en louchant sur le papier qu'il glissait vers elle sur la table. Je vais encore devoir boire ce produit de contraste dégoûtant pour le PET scan ? C'est bien dans l'immeuble de l'autre côté de la rue ?

— Oui aux deux questions, dit Riley. Mais on garde le produit au frais pour que le goût de craie soit moins fort. J'étudierai les résultats avec le Dr Perkins avant la prochaine consultation. Et je pourrai y assister aussi, si vous voulez.

— Oui, s'il vous plaît.

— Parfait, dit Sam, et il alla éteindre le moniteur, tapotant l'épaule de Daisy en route vers la porte. Dites-nous si vous avez besoin de quelque chose. Nous sommes là pour vous.

— Et n'oubliez pas que vous pouvez m'appeler à toute heure de la nuit si ça ne va pas, renchérit Riley.

Comme Sam sortait, elle contourna la table pour aller serrer Daisy dans ses bras, et leurs fauteuils s'entrechoquèrent. Daisy lui chuchota à l'oreille :

— Je vous ai vue dévisager le docteur. Il est canon, hein ?

— Quoi ? Non... heu, oui. Je l'ignore. Je n'ai pas remarqué.

— Alors vous devez être aveugle en plus d'être paralysée, ma chère, la taquina gentiment Daisy. C'est normal qu'il vous plaise. Je sais de source sûre qu'il est célibataire.

— Oui. Sa femme est morte, déclara Riley. Et arrêtez d'essayer de me caser. Ça ne m'intéresse pas actuellement.

Elles roulèrent ensemble vers la porte.

— Qu'importe. Personnellement, je tirerais parti de la situation s'il n'était pas mon médecin.

Poussant un soupir, Riley éteignit les lumières de la salle et suivit son amie dans le couloir.

Exploiter Sam était la dernière chose dont elle avait envie de parler. Elle sentait qu'elle aimerait ça, et qu'il lui plairait beaucoup trop à son goût. Il fallait toujours se méfier des types sérieux dans les histoires de cœur.

3

Le reste de la journée de Sam s'était partagé entre les opérations et les examens, notamment de résidents de la maison de retraite Sunny Village venus le consulter pour des motifs divers, de douleurs lombaires à la démence sénile. Il avait aussi réalisé une laminectomie cervicale antérieure, et plusieurs ponctions lombaires.

Cependant, le clou de l'après-midi avait été une consultation aux urgences pour une septuagénaire amenée par son époux. À peine consciente à son arrivée, elle s'était plainte de picotements dans les extrémités et de confusion mentale. Après avoir éliminé les autres possibilités, on avait appelé Sam. Selon le rapport des urgences, la patiente était en bonne santé pour son âge et, questionnée sur ses activités ce matin-là, elle avait prétendu avoir nettoyé le bar de son fils. Sam venait de commencer à l'ausculter quand son fils était arrivé avec une assiette en carton recouverte de papier aluminium, expliquant que sa mère avait dû manger des « friandises spéciales » au bar. Le laboratoire avait confirmé la présence dans le sang de la patiente de THC, une molécule contenue dans le cannabis, et tout le monde avait bien ri en comprenant que, loin d'être victime d'une attaque, elle était en fait défoncée.

Sam avait ensuite regagné son bureau pour dicter des comptes rendus médicaux et y avait passé le reste de la journée. Réprimant un bâillement, il s'aperçut qu'il était l'heure d'aller chercher sa fille chez les Turner.

Les Turner. Il pensa à Riley qui avait assisté à la consultation de Daisy Randall le matin. Il savait qu'elles étaient amies, mais son soutien à Daisy l'avait touché. Il aurait donné cher pour avoir auprès de lui une personne comme elle les derniers jours de Natalia, quand tout n'était plus que tristesse et désespoir. Quand ils avaient épuisé toutes les pistes possibles pour la garder encore un peu, et que la mort était devenue une bénédiction qu'ils appelaient de leurs vœux.

Ressaisis-toi.

La gorge nouée par le chagrin et la culpabilité, il mit son manteau et quitta son bureau. Il était stupide d'aspirer à l'impossible et de se demander si Riley l'aurait réconforté dans sa détresse, car cela n'arriverait pas. Il n'avait pas pu protéger sa femme. Comment osait-il penser qu'il pourrait veiller sur une autre ? Mais en éteignant le bureau et en verrouillant la porte, il revit Riley, avec ses longs cheveux bruns et ses yeux bleus lumineux, un héritage familial apparemment partagé par Brock et Adi. Mais chez Riley...

Sam soupira et se frotta les yeux. Qu'importait de quoi elle avait l'air. Par principe, il ne pensait jamais à ses collaborateurs en dehors du travail. Mais pour une raison inconnue, Riley l'obsédait. C'était sans doute dû à la fatigue.

Ou à sa profession. Il était impressionné par ceux qui excellaient dans leur domaine, et Riley en faisait partie. Avant le rendez-vous de Daisy, elle lui avait signalé des choses que lui-même n'avait pas relevées, ce qui arrivait rarement. Elle était d'une intelligence vive et analytique avec le souci du détail, qualité indispensable chez un médecin. Mais la fascination qu'elle exerçait sur lui allait bien au-delà, car il avait été plus marqué par sa gentillesse, sa compassion et son bon cœur, que par ses compétences en radiologie.

Grognant entre ses dents, Sam prit l'ascenseur pour gagner

le rez-de-chaussée et rejoignit sa voiture garée sur le parking. Natalia aimait le traiter de pisse-froid pour le taquiner, se vantant d'avoir fait fondre son cœur de glace. Mais Sam possédait la même sensibilité que les autres. Il la cachait juste, il avait appris à le faire en grandissant. Sa mère avait voulu qu'il soit fort, ayant besoin qu'il soit l'homme de la maison dès son plus jeune âge. Il avait mûri trop vite, refoulant ses émotions pour s'occuper de ceux qu'il aimait et les protéger. Ses proches savaient ce qu'il ressentait. Ils le voyaient dans le réconfort qu'il leur apportait, et dans tout ce qu'il faisait pour leur rendre la vie plus facile et plus heureuse. Puis Natalia était morte, et son sentiment de contrôle avait volé en éclats. Il avait dû prendre soin de sa fille et l'élever seul en gérant en même temps son propre chagrin. Il le faisait encore aujourd'hui, s'efforçant toutefois de baisser la garde avec Ivy.

Il avait un problème actuellement, ses émotions le submergeaient aux moments les plus inattendus. C'était inconfortable et déstabilisant. Il détestait ça. Les émotions rendaient confus et vulnérable, ce qu'il voulait éviter à tout prix. Sa fille avait besoin de son amour mais aussi de sa force, et ses patients de son côté calme et posé. Alors il compartimentait autant qu'il pouvait. Du moins avant d'avoir ces étranges réactions avec Riley Turner.

Pour une raison inconnue, elle touchait en lui un point sensible. Comme à la réunion municipale, quand leurs regards s'étaient soudés. Il avait eu l'impression que plus rien d'autre n'existait.

C'était gênant, inexplicable, et incroyablement grisant.

À la consultation de ce matin, elle l'avait touché encore plus, avec ses sourires apaisants et sa douceur envers Daisy. Un moment, il avait presque souhaité qu'elle lui tienne aussi la main, qu'elle lui dise qu'il pouvait l'appeler n'importe quand, juste pour parler et…

Assez. Tout cela était ridicule.

Il se dirigea vers sa voiture. Il n'était que 18 heures, mais le soleil était couché depuis une bonne heure, victime collatérale de l'hiver dans le Massachusetts. Les jours étaient beaucoup plus courts à cette période de l'année. Il s'installa au volant et mit le contact en se jurant de ne plus penser à Riley Turner que comme à une collègue, aussi difficile cela fut-il.

De retour chez elle après le travail, Riley actionna le siège pivotant de son SUV Chevrolet spécialement équipé pour passer du siège conducteur à son fauteuil roulant, puis elle descendit la rampe et sortit à l'arrière du véhicule. Il lui fallut dix bonnes minutes pour atteindre la porte. Adi et Ivy l'accueillirent, vêtues de curieux déguisements orange munis de nageoires et d'écailles qui la laissèrent perplexe, mais c'était le problème de Cassie, pas le sien.

En passant devant les fillettes, elle les entendit babiller sur la pièce de Noël de leur école. Dans la cuisine, Winnie, le bouledogue français de la famille, essaya comme d'habitude de mordre les roues de son fauteuil et, lançant son jouet préféré dans le salon pour détourner son attention, elle le suivit pour aller prendre son courrier. Elle avait envie d'une douche chaude et d'une bonne sieste. Mais elle tomba sur son frère en train de regarder la télévision, assis sur le canapé.

— Longue journée ? demanda-t-il machinalement.

— Toujours, répondit-elle en triant ses lettres. Lynette, l'agent immobilier, était censée me trouver des appartements à visiter, mais elle m'a fait faux bond le soir de la réunion municipale. Elle n'a pas appelé ?

— Pas à ma connaissance, dit Brock, consentant enfin à détacher les yeux de l'écran. Tu sais, il n'y a aucune urgence. Tu peux prendre tout ton temps pour dénicher la perle rare.

— Merci, mais le moment est venu.

La générosité de Brock avait été précieuse après les malheurs qui les avaient frappés. Mais elle avait besoin d'avancer, et même si elle comprenait qu'il veuille la protéger, elle n'avait pas besoin de baby-sitter. Sa vie était assez bridée comme ça ces derniers temps.

— Où est Cassie ?

Brock soupira et reporta son attention sur l'écran.

— Sortie.

Riley roula vers le vestibule en direction de sa chambre. Brock était un homme bien. Mais il était aussi d'une perfection exaspérante, et tout le monde l'adorait. Comment diable pouvait-on grandir à côté de ça ? Même adulte, Riley s'était parfois surprise à se comparer à lui, toutes les réussites de Brock faisant écho à ses propres échecs. Puis l'accident s'était produit et avait modifié sa perspective. D'une certaine façon, ils étaient plus proches maintenant qu'ils ne l'avaient jamais été. Néanmoins, elle tenait à avoir son propre espace de vie.

Adi et Ivy la suivirent sans la moindre gêne du haut de leurs sept ans mais s'écartèrent pour la laisser enfiler son pyjama et aller se démaquiller dans la salle de bains attenante. L'entrepreneur avait achevé la construction de la maison peu après l'accident de Riley, et Brock avait fait ajouter toutes sortes d'équipements, comme une douche accessible en fauteuil, avec un siège intégré permettant de passer aisément de l'un à l'autre. La cuisine aussi était adaptée à la hauteur d'un fauteuil roulant, avec des placards et des plans de travail qui se levaient et s'abaissaient selon les besoins. Quand elle partirait, elle devrait se faire construire une maison ou entreprendre de gros travaux de rénovation pour bénéficier de ces aménagements spéciaux, ce qui lui coûterait probablement une fortune, mais elle n'avait pas la force d'y penser ce soir.

Elle finissait de se démaquiller quand on sonna, et les deux fillettes sortirent en courant avec des cris de joie.

— Papa ! hurla Ivy.

Sam était là.

Le pouls de Riley accéléra, sans qu'elle comprit sa réaction. Il était venu chercher sa fille, la belle affaire. Mais ce fut plus fort qu'elle, elle quitta sa chambre et roula vers la cuisine, le sang pulsant dans ses veines. Elle s'arrêta à l'angle du couloir au moment où Sam se penchait pour soulever sa fille dans ses bras.

— *Yeobo !* s'écria-t-il en l'embrassant, son beau visage rayonnant de joie. Comment s'est passée ta journée ?

— Bien ! Avec Adi, on a été choisies pour être les poissons rouges à la fête de Noël !

Des poissons rouges... Ça expliquait les déguisements.

— Et j'ai dit à la maîtresse qu'on garderait Fred pendant les fêtes et...

— Holà, doucement, dit-il, sourcils froncés. Qui est Fred ?

— L'iguane ! répliqua Ivy, agacée. Tu te rappelles ? Je t'en ai parlé l'autre jour.

Riley réprima un gloussement en imaginant le paisible Sam aux prises avec un lézard grincheux. Puis Brock l'aperçut et son cœur sombra.

— Salut, petite sœur. Tu peux venir une minute ?

Zut. Elle ne s'attendait pas à voir des visiteurs ce soir. Passant la main sur sa veste de pyjama en pilou rose imprimé caniche, elle roula vers eux en fusillant son frère du regard. Il était capable de l'avoir appelée juste pour l'embarrasser !

— Bonsoir, docteur Perkins, dit-elle avec toute la dignité dont elle était capable.

— Bonsoir, docteur Turner, répondit Sam d'un ton égal en lorgnant son pyjama d'un œil méfiant. Vous semblez très... détendue, ce soir.

Ravalant une réplique acerbe, elle se tourna vers son frère, les joues en feu.

— Tu veux quelque chose ?

— Les filles, dit Brock, nullement perturbé par son irritation, si vous alliez chercher les affaires d'Ivy ?

— D'accord ! s'écrièrent en chœur les fillettes avant de détaler vers la chambre d'Adi, laissant les adultes entre eux.

Brock baissa la voix.

— Sam veut savoir où acheter ses cadeaux de Noël pour Ivy.

Riley fixa son frère comme s'il avait perdu la tête. Ils avaient tous deux grandi à Wyckford, et il savait parfaitement où trouver des jouets pour enfants.

— Et tu lui as dit où aller ?

— Oui, répondit Brock avec un vague sourire qui déclencha un signal d'alarme chez sa sœur.

Elle soupçonna un traquenard. Il lui avait déjà fait le coup quand ils étaient au lycée. Il lui avait obtenu un rencard avec un type qu'il jugeait « approprié » pour elle, à savoir un garçon qui ne lui mettrait pas la honte devant ses copains. Le rendez-vous, avec un matheux qui avait passé la soirée à lui expliquer le calcul différentiel et intégral, avait été un désastre. Et maintenant ? Elle n'avait pas la moindre idée de ce qu'il tramait, mais elle était sûre de ne pas apprécier. Surtout si cela impliquait Sam Perkins. Il avait une séduction indéniable, mais il était aussi glacial que la banquise.

— Et j'ai pensé que ce serait sympa si tu lui faisais visiter le centre-ville, en lui indiquant où trouver tel ou tel article. En signe de bienvenue.

— Inutile, dit Sam tandis que Riley manquait s'étrangler.

S'il y avait une chose qui l'irritait plus que la perfection inébranlable de son frère, c'était quand il essayait de la caser. Il n'était pas doué pour ça. Et d'abord, de quel droit Sam se permettait-il de décliner une visite de la ville en sa compagnie ? Elle connaissait Wyckford mieux que personne ! Indignée, elle jeta aux deux hommes un regard meurtrier.

— Brock, arrête ça. Et Sam, si vous n'avez pas besoin d'un coup de main, pourquoi l'avoir sollicité ?

— Je n'ai rien demandé, protesta Sam avec un regard de reproche à Brock. Je voulais juste avoir des noms de magasins. Je suis en retard dans mes achats de Noël et j'aime encourager l'artisanat local. Votre frère a inventé tout le reste.

Haussant les épaules, Brock regagna le salon, portant la fureur de Riley à son comble. Mais que... ?

Réfrénant à grand-peine une folle envie de les envoyer se faire voir, elle se dit que la pauvre Ivy n'avait pas à recevoir de piètres cadeaux à cause de ces deux idiots. Elle prit donc une grande inspiration et adopta son ton le plus calme.

— Je vous enverrai par texto une liste de boutiques, si vous me donnez votre numéro.

Sam la regarda fixement.

— Vous voulez mon numéro ?

Sérieusement ?

— Écoutez, vous vous prenez peut-être pour le célibataire le plus séduisant du coin ou un truc de ce genre, mais je ne suis pas intéressée. Vous voulez des noms, je vous les donnerai. Point final.

Sam s'empourpra et fouilla sa poche en quête de son téléphone. Parfait. Cela lui apprendrait à faire des suppositions débiles sur les gens. Dire qu'elle l'avait cru différent. Comme si elle avait envie de sortir avec lui ! Elle ne voulait fréquenter personne. Elle n'avait que faire d'un homme dans sa vie. Elle n'avait besoin de personne et...

Sam s'éclaircit la voix en scrutant l'écran de son téléphone.

— Il me faut votre numéro pour que je puisse vous envoyer le mien. Et pour être bien clair, je ne tiens pas non plus à sortir avec vous. Ma vie est assez remplie comme ça.

— Pareil pour moi, rétorqua-t-elle, les bras croisés, avant de lui communiquer son numéro de téléphone.

Ils gardèrent un silence gêné, évitant de se regarder, jusqu'à ce que Sam ose un coup d'œil vers elle en toussotant.

— Joli pyjama, au fait...

— Merci, répliqua-t-elle avec défi en agrippant les accoudoirs de son fauteuil. C'est un cadeau.

Elle se sentait bizarrement agitée et endolorie, sans savoir pourquoi. Cela n'avait absolument rien à voir avec cet homme.

Pendant un moment, ils se regardèrent en silence, tendus, comme l'autre soir à la réunion municipale.

Puis Ivy appela du vestibule, brisant le charme.

— Je suis presque prête, papa !

Sam s'arracha à sa transe avec un sursaut, apparemment aussi perplexe qu'elle. Il s'absorba dans l'examen de ses bottes, comme si elles le fascinaient.

— Je guetterai cette liste, alors.

— Je vous l'enverrai quand j'aurai récupéré mon téléphone.

Elle se tourna en direction du couloir et lança par-dessus son épaule :

— Je vous souhaite une bonne nuit, docteur Perkins.

Sam la regarda avec un petit sourire au coin des lèvres qui eut le désastreux effet d'accélérer son rythme cardiaque.

— Bonne nuit, docteur Turner au pyjama caniche rose.

Riley écarquilla les yeux. C'était une plaisanterie ? Le flegmatique Sam Perkins essayait-il d'être drôle ? Ne sachant comment réagir, elle continua à rouler vers sa chambre tandis que les fillettes la dépassaient dans leurs costumes de poissons rouges, courant vers la cuisine.

« Docteur Turner au pyjama caniche rose... »

Elle souriait en pénétrant dans sa chambre et refermant la porte derrière elle. Peut-être y avait-il un type normal derrière cette impeccable façade pro, en fin de compte.

4

Riley roula vers la table libre dans un coin de la cafétéria du Wyckford General, fixant d'un œil inquiet son assiette de macaronis au fromage sur le plateau posé en équilibre sur ses genoux. En général, elle mangeait plus sain, mais à 3 heures du matin, il ne restait plus que ça, et de la salade fripée. C'était aussi le plat réconfortant qu'elle préférait, ce qui ne gâchait rien. Elle venait de passer deux heures stressantes pendant sa garde de nuit, avec plusieurs urgences à gérer suite à un accident de voiture, et elle avait besoin d'une pause. Son estomac gargouillait pendant qu'elle se frayait un chemin entre les tables déjà fermées par l'équipe de nettoyage.

Elle regarda autour d'elle, rassurée par le ronronnement des aspirateurs et l'odeur du détergent utilisé par l'équipe d'entretien qui s'affairait, contente de ce moment de solitude. Être seule dans son travail ne la dérangeait pas. Elle passait la majeure partie de ses journées dans une salle obscure à scruter des radios et scanner des images sur l'écran de son ordinateur. Et les gardes de nuit étaient généralement calmes, lui laissant le temps de surfer sur le Net entre deux patients, ou de lire pendant ses pauses. Cela lui permettait aussi d'éviter les âmes charitables tant redoutées... comme la dame de la caisse qui fonçait droit sur elle à cet instant.

— Laissez, mon petit, dit la femme – Madge d'après son

badge – qui devait être nouvelle pour ignorer que Riley détestait qu'on l'approche. Permettez-moi de vous aider.

— Inutile, dit-elle avec un sourire forcé. Je me débrouille.

La femme gloussa et, lui prenant son plateau, elle posa son assiette et ses couverts sur la table, comme si elle avait quatre ans et non trente-deux. Riley grinça des dents, déterminée à garder son calme, mais quand Madge voulut lui attacher sa serviette autour du cou, elle craqua.

— Touchez-moi et je vous tue, articula-t-elle à voix basse, et Madge suspendit son geste, les yeux écarquillés. J'ai dit que je me débrouillais.

Madge se redressa lentement, son air surpris laissant place à une moue offensée.

— Eh bien… j'essayais juste de vous faciliter la vie.

— Vous savez ce qui me faciliterait la vie ? Si les gens comme vous me traitaient comme une adulte normale, et pas comme une gamine. À présent, si vous voulez bien m'excuser, mon dîner refroidit.

Madge s'éloigna en marmonnant sur l'ingratitude et la grossièreté de « certaines personnes ».

Elle avait raison. Riley avait été impolie avec elle. Mais personne n'essayait de l'infantiliser, elle. S'il y avait une chose que Riley avait gardée de son ancienne vie, c'était son indépendance, et elle y tenait farouchement.

Elle prit sa fourchette et allait attaquer son assiette de pâtes quand elle entendit des pas s'approcher derrière elle. Si Madge revenait pour le deuxième *round* des olympiades des bons samaritains, elle allait se mettre à hurler. Puis les pas s'arrêtèrent et une voix masculine familière demanda :

— Vous permettez que je me joigne à vous ? Je promets de vous traiter comme une grande fille.

Oh ! Seigneur.

Les joues en feu, Riley leva lentement la tête et vit Sam campé devant sa table avec un plateau-repas. Elle avait oublié qu'il était aussi de garde cette nuit. Elle l'avait croisé aux urgences quand elle avait descendu des radios pour un patient de Brock. Ils s'étaient salués poliment d'un signe de tête en passant. Et voilà qu'il était là, envahissant encore son espace personnel. Cela n'arrêtait pas depuis l'autre soir. Elle se surprenait à penser à lui aux moments les plus inopportuns, sous la douche ou avant de dormir, et ça devenait exaspérant. Elle ne voulait pas se demander ce qu'il faisait, ni où il était. Et elle ne tenait surtout pas à être attirée par lui, même s'il était grand et beau, avec dans les yeux une expression mystérieuse qui donnait envie de percer son secret. Mais elle avait épuisé son quota d'agressivité avec Madge et, haussant les épaules, elle attaqua ses macaronis.

— Faites donc.

Il haussa les sourcils et s'assit en face d'elle.

— Merci. Et merci pour la liste de boutiques que vous m'avez envoyée.

Elle inclina sèchement la tête, grincheuse. Sam avait retrouvé le mode pro ce soir, grave, logique, un peu trop poli. Ça marchait peut-être avec ses patients mais, pour une raison inconnue, ça la rendait folle, lui donnant envie de le provoquer. Elle avait toujours privilégié la spontanéité. Jusqu'à ce que son caractère impulsif lui fasse presque tout perdre. Elle se concentra sur ce qu'il disait pour éviter de penser aux pieds qui frôlaient les siens sous la table.

— J'espère que ça vous sera utile.

Il continua de préparer sa salade fanée, la mélangeant soigneusement avec la vinaigrette sans en mettre à côté.

— J'en suis sûr, dès que je saurai où sont les commerces.

— Wyckford n'est pas très étendu. On peut faire le tour du centre-ville à pied en vingt minutes un jour de grosse affluence. Vous les trouverez sans problème.

Le silence retomba entre eux, uniquement brisé par le bavardage occasionnel des femmes de ménage. Riley lui jetait des regards à la dérobée en mangeant ses pâtes.

— À propos du délit de fuite du début de soirée, déclara-t-il sans préambule, je viens d'avoir au téléphone les policiers dépêchés sur le lieu de l'accident. Grâce à un morceau de tissu coincé dans une clôture voisine, ils sont remontés jusqu'à un dénommé Tucker Larson. Ils ont aussi trouvé des débris de sa camionnette sur les lieux.

— Ça ne m'étonne pas, dit-elle. Les frères Larson sèment le trouble à Wyckford depuis des années. Tucker, l'aîné des deux, est le meneur, et Lance, le cadet, souffre de mucoviscidose. Il est petit, frêle, mais tout aussi perturbateur. Ils ont causé des problèmes en forêt il y a quelques mois et ont été attrapés par Mark Bates et des policiers.

Secouant la tête, elle piqua des pâtes avec sa fourchette.

— Jusqu'à maintenant, ils représentaient surtout un danger pour eux-mêmes. Il semble que ça ait changé ce soir.

La fureur l'envahit en songeant à la femme qu'elle avait vue aux urgences, qu'ils avaient renversée et abandonnée au bord de la route. Elle espérait que, cette fois, la police allait les mettre sous les verrous pour un bon moment

— Pourquoi les gens croient-ils pouvoir s'en tirer après de tels méfaits ?

— Aucune idée, dit Sam, s'essuyant la bouche avec sa serviette. Heureusement la victime devrait se rétablir complètement. Et la police recherche déjà les frères Larson, qui semblent dangereux.

— Ils le sont, confirma Riley. Et cet accident s'est produit près de l'école. Imaginez s'ils avaient renversé un enfant...

Sam frissonna.

— Je préfère éviter. S'il arrivait quelque chose à Ivy, je ne sais pas de quoi je serais capable.

Son visage avait changé sous l'effet de l'émotion, et la transformation était telle que Riley se força à détourner le regard pour ne pas le fixer. Ses yeux sombres brûlaient d'un feu troublant, et sa voix avait pris un timbre grave et rauque. Elle n'osait imaginer dans quelles autres circonstances il pouvait perdre le contrôle et… ouah, il faisait chaud tout à coup, non ? Elle se retint de s'éventer avec sa serviette.

— Que savez-vous des reptiles ? dit-il de but en blanc.

— Pardon ? demanda Riley, arrachée à ses fantasmes.

— Les reptiles. Ma fille s'est proposée pour garder la mascotte de sa classe durant les fêtes. J'ai appelé sa maîtresse pour tenter d'y échapper, mais il est trop tard. Alors je dois apprendre à me débrouiller avec un iguane.

— Oh ! d'accord, dit-elle, réprimant un sourire. Rassurez-vous. Fred est facile à gérer. Nous l'avons gardé l'an dernier, et il s'est contenté de manger, faire ses besoins, et profiter du soleil sur une branche de sa cage pendant toute la semaine.

Sam semblait intrigué.

— Que lui donniez-vous à manger ?

— C'est un herbivore, donc de la verdure et des fruits. Il a mangé du chou vert et du chou frisé. Et un peu de banane et de raisin comme friandise. Vous pouvez regarder sur Google.

— Je comptais le faire, après avoir parlé à quelqu'un qui connaît le sujet, dit-il avec un sourire en coin. Ivy est tout excitée à cette perspective.

— Elle est adorable, observa Riley en souriant. Je me réjouis que les filles s'entendent si bien.

— Moi aussi, répondit-il en terminant sa salade. C'est important, les amis.

— Oui, acquiesça-t-elle, se demandant ce qu'elle deviendrait sans Luna, Cassie, Madi et Daisy.

— Fred étant maintenant coché sur ma liste de tâches, je n'ai plus qu'à me soucier des cadeaux d'Ivy.

— Vous aimez bien les listes, n'est-ce pas ? déclara-t-elle sans réfléchir. Pardon… ça ne me regarde pas.

Il rit doucement, et elle ne put s'empêcher de frissonner.

— Vous avez raison, j'aime les listes. C'est ce qui permet à ma vie de se dérouler sans anicroche. Sinon c'est le chaos.

— Je comprends, répondit-elle en repoussant son assiette vide. Même si un peu de laisser-aller peut être agréable.

Elle avait à peine fini de parler qu'elle regretta ses propos équivoques, mais le regard de Sam était indéchiffrable.

D'accord. Il est temps de partir.

Gênée, Riley recula son fauteuil et alla déposer son assiette et ses couverts sur le tapis roulant en regrettant que le sol ne s'ouvre pas sous ses pieds pour l'engloutir.

Elle espérait s'esquiver rapidement mais n'eut pas cette chance.

— Alors, la confusion est davantage votre style ? demanda Sam, posant son plateau et quittant la cafétéria derrière elle. Je ne l'aurais jamais deviné d'après votre travail. Vous êtes plus maniaque que moi en matière de documentation.

— Il le faut, dit-elle en appelant l'ascenseur, contente qu'ils se séparent après cet humiliant épisode. (*Elle regagnait le troisième étage pendant qu'il retournait aux urgences de l'autre côté du bâtiment.*) Ça évite les erreurs médicales.

— C'est vrai. Merci, ajouta-t-il après un instant d'hésitation.

Elle fronça les sourcils, encore plus déconcertée. Il avait réussi à la déstabiliser sans qu'elle s'en aperçoive.

— Pourquoi ?

— Pour m'avoir permis de dîner avec vous ce soir, dit-il avec un sourire qui aurait fait fondre n'importe quelle femme, ce qu'elle n'était pas. Et pour les conseils au sujet de Fred. Et pour la liste, une fois encore.

— De rien, répliqua-t-elle comme l'ascenseur s'immobilisait enfin avec un tintement. À bientôt.

— Bien sûr.

Il se détourna comme elle pénétrait dans la cabine.

Elle venait de presser le bouton du troisième étage et les portes se refermaient quand une main se glissa à l'intérieur et les stoppa. Tentant maladroitement de les rouvrir, elle eut un choc en voyant Sam planté devant elle, mal à l'aise.

— Euh, pardon... Je... je n'ai pas beaucoup de temps libre,

comme vous savez. Et mon planning ne me permet pas de perdre plus d'une journée pour faire des emplettes, alors j'ai réfléchi à l'offre de votre frère l'autre soir et...

L'ascenseur lui coupa la parole en sonnant impatiemment pendant qu'il bloquait les portes.

— Qu'essayez-vous de me dire, docteur Perkins ?

— Je me demandais si vous seriez toujours d'accord pour me montrer le centre-ville ?

Interdite, elle ne sut que répondre. Elle n'avait vraiment pas besoin d'un tête-à-tête avec Sam alors qu'il chamboulait ses sens sans même le vouloir. Mais elle avait aussi pitié de lui.

C'est important, les amis.

Étant nouveau dans le coin, il n'en avait sûrement pas beaucoup. Elle accomplirait son devoir civique en lui faisant visiter la ville. Ce fut en tout cas l'excuse qu'elle se donna, consciente de commettre une erreur.

— D'accord.

— D'accord ? répéta-t-il, aussi surpris qu'elle.

Il toussota et sortit son téléphone, bloquant toujours les portes de l'ascenseur qui continuait à sonner.

— Très bien. Quels sont vos projets pour ce week-end ?

— J'ai mon samedi libre, mais je travaille dimanche.

Hochant la tête, il pianota sur son téléphone.

— Disons samedi alors ? Je demanderai à Hala de garder Ivy quelques heures. Et je conduirai.

— Non. C'est moi qui conduirai, répondit Riley. Envoyez-moi votre adresse. Et amenez Ivy. Adi sera ravie de passer un moment avec sa meilleure amie. Et ça vous donnera une idée de ce que vous pourrez lui faire comme cadeaux.

— Très bien, dit Sam en reculant, laissant se refermer les portes de l'ascenseur qui se tut enfin.

Riley resta seule avec ses pensées. Dans quel pétrin s'était-elle fourrée ?

Sam regagna les urgences dans une sorte de brouillard. Pourquoi avait-il fait ça ?

Une folie passagère, peut-être. Quelle autre raison aurait-il pu avoir de lui demander de lui servir de guide dans cette ville minuscule dont il pouvait faire le tour complet en à peine deux heures ?

Secouant la tête, il franchit les portes automatiques et fut immergé dans le brouhaha des urgences où il y avait toujours des gens en attente de soins. Des résidents et des infirmières fébriles s'agitaient en poussant des chariots transportant des patients, et une forte odeur de désinfectant imprégnait l'air ambiant. Peut-être aurait-il dû se faire examiner après ce qu'il venait de faire. Mais derrière la confusion et la culpabilité qui le tenaillaient, il éprouvait un sentiment d'anticipation qu'il n'avait pas connu depuis longtemps, et qui le dérangeait encore plus que l'idée de se ridiculiser devant Riley.

— Bonjour, docteur Perkins, l'interpella Madi Scott depuis le poste des infirmiers en le voyant passer. On a les résultats du labo pour la victime du délit de fuite.

Sam s'arrêta pour étudier le rapport, content de la diversion. Les constantes de la patiente s'amélioraient, ce qui était bon signe. Ils la garderaient en observation cette nuit, et avec de la chance, elle pourrait rentrer chez elle le lendemain.

— Voyez si vous pouvez lui trouver une chambre pour une admission de vingt-quatre heures, dit-il.

— Entendu, docteur, répondit Madi avec un grand sourire.

Elle faisait partie de ces personnes immuablement gaies qui l'étonnaient toujours. Natalia était ainsi. Sam ne les comprenait pas mais les appréciait beaucoup.

— Tout va bien, docteur ?

— Mais oui, répliqua-t-il, impatient de s'éloigner. Je suis juste fatigué.

Ce n'était pas faux. Il n'avait dormi que quatre heures. Il avait veillé tard la nuit précédente pour aider Ivy à terminer une expérience scientifique pour l'école. Et il n'aspirait plus qu'à une chose, trouver une salle de garde vide, se blottir sur le petit lit, et s'assoupir une heure ou deux.

Mais cela ne devait pas arriver. À la suite d'une bagarre dans un bar, le *Wicked Wayz*, deux personnes avaient été amenées aux urgences, dont l'une souffrait d'une grave commotion cérébrale après s'être cogné la tête contre une table de billard. Et son alcoolémie n'avait rien arrangé. Ils avaient dû le garder en observation pour le laisser cuver son vin avant de pouvoir réévaluer son état.

Enfin, Sam put gagner la salle de pause pour boire un café et faire un break. Il y trouva Brock Turner en train d'engloutir un sachet de chips arrosé d'une boisson énergisante.

— Salut.

— Salut, répondit Sam.

Il alla droit à la machine à café, y glissa une dosette, et remplit le réservoir d'eau avant d'appuyer sur le bouton.

— Grosse nuit.

— Toujours, rétorqua Brock, renversant la tête pour vider le sachet de chips avant de le jeter à la poubelle. Écoutez, je regrette ce qui s'est passé l'autre soir chez moi.

— De quoi parlez-vous ? demanda Sam, perplexe.

— Vous savez, la visite de la ville… Je ne voulais pas vous piéger, ma sœur et vous. Rien de tel. Je pensais juste que c'était une bonne idée. Désolé si je vous ai mis mal à l'aise.

Ne sachant que répondre, Sam hocha la tête.

— Tout va bien.

Brock s'approcha et lui tapa sur l'épaule.

— Si vous voulez parler, de travail ou d'autre chose, je suis là. Je sais ce que c'est d'élever seul un enfant après avoir perdu celle avec qui on pensait partager le reste de ses jours…

Sam soupira et contempla ses mains. Il avait toujours été réservé et ne voulait pas se décharger de ses problèmes personnels sur les autres. Mais, bon sang, il était claqué. Et dans ce cas-là, ses défenses cédaient. C'était probablement ce qui s'était passé avec Riley devant l'ascenseur. Il luttait contre son attirance pour elle depuis un moment et, ce soir, les choses avaient échappé à son contrôle. C'était si agréable d'avoir de la compagnie, quelqu'un à qui parler qui ne le plaignait pas, ne s'inquiétait pas pour lui, n'attendait rien de lui. Il n'avait pas compris combien cela lui avait manqué avant ce soir. Il aurait agi de la même façon avec n'importe qui. Puis il se rappela les beaux yeux bleus et le visage curieux de Riley et sut qu'il se leurrait. Il n'avait pas envie de parler à n'importe qui. Uniquement à elle. Elle était sarcastique mais ne ployait pas comme lui sous le fardeau de la culpabilité et du chagrin. C'était rafraîchissant d'être avec elle. Il sentait renaître l'espoir, et ce n'était pas rien. Encore une émotion qu'il avait cru ne plus jamais ressentir après avoir perdu Natalia.

La machine à café bipa. Prenant sa tasse, Sam se retourna et vit que Brock attendait une réponse.

— Euh, merci, dit-il. J'apprécie. Et ne vous tracassez pas. Riley et moi avons justement décidé de nous voir samedi pour faire un tour dans le centre-ville. Alors, il n'y a pas de mal.

— Vraiment ? Ouah.

Sam but une gorgée de café pour apaiser sa gorge nouée par l'excitation. C'était juste un tour en ville. Rien de plus.

— Je m'étonne que vous l'ayez convaincue d'accepter, observa Brock. Elle est un peu renfermée depuis son accident.

Sam avait appris ce qui s'était passé par le bouche-à-oreille de l'hôpital, mais il n'accordait aucun crédit aux ragots, et il aurait considéré comme une atteinte à la vie privée de Riley d'entendre les détails par quelqu'un d'autre, aussi ne questionna-t-il pas Brock. Si elle voulait qu'il sache, elle lui en parlerait elle-même.

— Elle a l'air d'aller bien, remarqua-t-il. Ce n'est qu'une petite visite du centre-ville qui ne devrait pas s'éterniser. Ivy sera là, et Adi est la bienvenue si ça la tente.

— Eh bien, bonne chance, mon ami, commenta Brock avec

un petit rire en lui assénant une nouvelle tape sur l'épaule. Il faut que je retourne travailler. Amusez-vous bien samedi.

S'asseyant à une petite table, Sam réfléchit aux paroles de Brock. Il n'avait jamais trouvé Riley renfermée, juste un peu caustique, mais cela ne le gênait pas. Il aimait les gens à l'esprit combatif. Il admirait l'intelligence de Riley, son audace. Il la revit assise en face de lui à la cafétéria, avec ses longs cheveux bruns tirés en arrière dévoilant son cou gracile, et le petit cœur en or qu'elle portait en pendentif plongeant dans l'encolure de sa tunique. Chaque fois qu'elle se penchait pour prendre une bouchée, son décolleté bâillait, montrant la naissance de ses seins, et le petit cœur brillait comme une invitation. Il se demanda ce qu'il éprouverait s'il la tenait contre lui, sentait ses courbes douces contre son torse, embrassait ses lèvres pleines, l'entendait soupirer de plaisir…

Stop.

Il perdait vraiment la tête ce soir, d'abord en lui courant après pour lui demander de lui servir de guide, et maintenant en fantasmant sur elle pendant sa pause. Il avait besoin de sommeil et d'une douche, voire d'une lobotomie. Pas nécessairement dans cet ordre.

— Docteur Perkins ? demanda Madi depuis l'embrasure de la porte. J'ai trouvé une chambre pour la patiente. J'ai besoin de votre signature.

— Très bien, merci.

Vidant sa tasse de café, il se leva et s'étira en s'efforçant de se recentrer sur son travail, pas sur Riley Turner qui le perturbait en lui inspirant un désir pour le moins déplacé.

Il quitta la pièce et suivit Madi en se demandant s'il était trop tard pour annuler la sortie de samedi. Mais il passerait pour un idiot s'il changeait encore d'avis. Il valait mieux s'en tenir à ce rencard qui n'en était pas un, et en finir une bonne fois avec ce tour de la ville.

Après tout, il s'agissait juste de quelques heures. Il pouvait contenir son désir pendant ce laps de temps. D'autant que les filles seraient présentes. Il ne ferait rien de stupide devant elles. Hors de question. Il était adulte. Une figure parentale. Un modèle pour sa fille, pas un adolescent en rut.

Il avait perdu Natalia avec qui il croyait passer le reste de sa vie, et il avait échoué à la sauver malgré sa formation médicale. Il n'avait pas été capable non plus d'aider sa mère lorsqu'il était enfant. Ils s'en sortaient toujours de justesse financièrement, et entre l'école, son travail à temps partiel, et ses efforts pour rester au niveau et décrocher une bourse universitaire, il n'avait pas pu l'aider à tenir la maison comme il aurait dû. Il n'avait pas été à la hauteur avec elles, tout simplement. Il n'y avait pas de raison pour qu'il en aille différemment avec Riley.

Cette pensée mit un coup de frein brutal à sa libido.

Il n'avait plus qu'à s'en souvenir samedi, et tout irait bien.

5

Sam et Ivy l'attendaient sous la véranda quand Riley passa les chercher tôt le samedi matin. Il avait neigé pendant la nuit, et tout était recouvert d'un fin manteau blanc. Ils montèrent dans le SUV spécialement aménagé de Riley, Sam à l'avant sur le siège passager, et Ivy à l'arrière avec Adi.

— On va bien s'amuser, papa, hein ?

— Bien sûr, répondit Sam sans enthousiasme.

Malgré un nouvel auto-encouragement matinal, revoir Riley l'avait refroidi, et il n'était plus sûr de vouloir passer du temps avec elle en dehors du travail. Des images d'elle dans son pyjama ridicule lui venaient à l'esprit aux moments les plus inopportuns, et il l'imaginait le retirer et dévoiler son corps nu, ce qui l'avait tenu éveillé une grande partie de la nuit et complètement déboussolé.

Riley n'y était pour rien. Elle ne s'attendait pas à de la visite ce soir-là chez son frère et s'était mise à son aise. C'était lui qui était à blâmer, pour avoir accepté la suggestion de Brock. Il ne comprenait pas pourquoi il n'avait pas refusé, mais à un moment – quelques secondes à peine – il avait plongé son regard dans les yeux de Riley et ressenti de la douleur, de la passion, et un étrange sentiment de fatalité.

Sam ne croyait pas au destin. Il croyait à la logique, aux faits, au travail acharné.

Il se concentra sur le bouclage de sa ceinture en se demandant s'il ne souffrait pas de démence précoce. Il se passait forcément quelque chose pour qu'il déraille et s'enflamme ainsi pour une femme qu'il s'était juré d'ignorer. Il ne se faisait pas confiance et savait qu'il pouvait encore décevoir, comme il avait déçu sa mère et Natalia. C'était déjà assez dur de suivre Ivy ces temps-ci. Il devait s'en tenir à son travail et à sa tranquille petite vie de famille à la maison. Et il ne perdrait plus personne.

Cela signifiait qu'il ne devrait pas dévier de sa ligne de conduite avec Riley Turner. Ils avaient eu une agréable conversation à la cafétéria, et elle avait peut-être un peu flirté avec lui. Mais ce n'était pas une raison pour perdre les pédales chaque fois qu'il la croisait. Ils passeraient un bon moment en ville, puis chacun irait de son côté. C'était mieux ainsi.

Et pendant qu'ils roulaient vers le centre de Wyckford, Sam jugea préférable de contempler le paysage au lieu des joues roses de Riley, fraîche comme une fleur à peine éclose. Après Thanksgiving, les dindes et les citrouilles avaient cédé la place aux guirlandes, sapins, et bonshommes de neige gonflables, et partout, la ville avait revêtu sa parure de fête. Et la dernière chute de neige lui donnait un petit air désuet de carte de vœux d'antan.

Ils se garèrent près d'une grande place, où des barrières entouraient un énorme camion sur le plateau duquel était sanglé un gigantesque conifère.

— C'est là que le sapin sera illuminé pendant le festival, dit Riley en passant du siège conducteur à son fauteuil roulant. On vide la fontaine, et on pose des supports à l'intérieur pour y installer l'arbre en toute sécurité.

Elle descendit la rampe et sortit par les portes arrière du véhicule qui s'étaient ouvertes automatiquement quand elle avait actionné une commande sur son porte-clés. La femme de Sam avait un équipement similaire dans sa voiture.

Il sortit de la voiture et fit descendre les filles, puis Riley verrouilla les portes. On avait déneigé les trottoirs et les routes un peu plus tôt, rendant les déplacements plus faciles.

— Salut, toi ! s'écria un homme près du camion, s'approchant pour tapoter l'épaule de Riley. Comment tu vas ?

Riley rit, et son joli sourire, si rare, fit oublier à Sam le ciel plombé. Il se ressaisit. Il n'était pas là pour admirer Riley, mais pour trouver des idées de cadeaux de Noël pour sa fille.

— Sam, je vous présente Eric Barnes, dit-elle. Nous sommes allés à l'école ensemble.

Les deux hommes se serrèrent la main.

— Tout le monde connaît tout le monde ici.

— C'est vrai, admit Eric en riant de bon cœur. Qui naît à Wyckford reste à Wyckford.

— Pour le meilleur ou pour le pire, grommela Riley, les yeux au ciel. Comment ça se passe avec le sapin ?

— Bien. Le grutier ne devrait plus tarder, et on n'aura plus qu'à le soulever et l'installer avant de le décorer pour le festival de Noël.

— C'est quand déjà ? demanda-t-elle innocemment.

— Bien essayé, doc. Tu sais que je ne peux pas te le dire.

— Et le Père Noël ? interrompit Ivy. Il va venir aussi ?

— Il sera là pour Noël, répliqua Adi en lui donnant un coup de coude. Il est trop tôt, nigaude.

Sam ne connaissait rien aux sapins, mais il admira comme il convenait l'énorme conifère, puis ils se mirent en route et descendirent la rue principale de Wyckford. En chemin, Riley lui désignait les endroits où se tiendraient les événements du festival, et les boutiques où il pourrait trouver des cadeaux pour Ivy et Hala. Les fillettes marchaient devant eux en chuchotant, tout excitées. De temps à autre, elles se tournaient vers eux en gloussant, avant de reprendre leurs conciliabules.

— Qu'est-ce qu'elles mijotent, d'après vous ? demanda Sam, soupçonneux.

— Qui sait, rétorqua Riley avec un haussement d'épaules. Arrêtons-nous à la quincaillerie.

— Je doute qu'on y trouve un cadeau pour ma fille.

— On ne sait jamais.

Riley arrêta son fauteuil près d'un vieil homme coiffé d'un chapeau de Père Noël, juché sur une échelle devant la porte d'entrée où il installait des guirlandes lumineuses.

— Faites attention, Arthur. Je ne veux pas vous voir dans mon service pour des radios.

M. Schmidt, le propriétaire du magasin, baissa les yeux vers la jeune femme. Sam le connaissait pour être venu acheter du matériel chez lui plusieurs fois depuis son installation.

— Laisse-moi donc tranquille, petite. Je vais bien. J'ai vécu quatre-vingt-douze ans sans tes conseils et je peux continuer.

L'échelle vacilla légèrement, et le vieil homme s'agrippa au chambranle, affolé.

— Retiens-moi, tu veux ?

Riley stabilisa l'échelle d'une main.

— Vous connaissez le Dr Perkins, Arthur ?

— Bien sûr, dit M. Schmidt, grimaçant un sourire à Sam avant de reporter son attention sur sa guirlande. Il vient ici presque tous les week-ends. Un sacré bricoleur. Comment ça va, Sam ? Où est Ivy ?

— Devant nous, répondit Sam, tenant l'échelle et jetant un coup d'œil aux fillettes en arrêt devant la vitrine d'un magasin de bonbons. Ça va, merci. Vous voulez un coup de main avec cette guirlande, monsieur Schmidt ?

— Non, j'ai fini, dit le vieil homme, posant la dernière agrafe avant de descendre de l'échelle, agile pour son âge. Qu'est-ce qui vous amène en ville aujourd'hui ? Vous voulez tenter votre chance au bingo ?

— Non. Je fais découvrir le centre-ville au nouveau résident de Wyckford.

— Ah, c'est gentil à toi, commenta Arthur avant de se pencher vers Sam en murmurant. Prenez garde, docteur Perkins. Elle est du genre impétueux.

— Hé, j'ai entendu ! D'accord, je ne suis pas commode, mais il n'y a pas de mal à avoir du caractère.

— Personnellement, j'aime les femmes exaltées, admit le vieil Arthur avec un grand sourire.

— Vous aimez les femmes tout court, rétorqua Riley, moqueuse. Sam, vous saviez que M. Schmidt avait eu les offres les plus élevées à la vente aux enchères caritative de l'automne dernier ? Il y a eu un crêpage de chignons en règle pour gagner un rencard avec le célibataire le plus convoité de la ville, ici présent.

Elle adressa un clin d'œil au vieillard qui se rengorgea.

— C'est vrai, dit-il fièrement. Ces dames de la maison de retraite sont insatiables, je vous le dis !

Sam sourit poliment, mais il se sentait un peu étranger à cet échange. Ces gens avaient vécu toute leur vie ensemble. Ils formaient comme une famille. De nouveau, sa solitude lui serra le cœur. Il avait grandi seul, sans parents. Puis il avait épousé Natalia, et ils avaient eu Ivy mais, maintenant, il n'y avait plus que lui et leur fille. Il soupira. Voir Riley échanger avec les habitants de Wyckford lui donnait secrètement envie d'appartenir à leur cercle. Si Ivy grandissait ici et qu'il rencontrait du monde, peut-être finirait-il par se sentir mieux. Il s'imagina descendant cette même rue, riant et bavardant avec une compagne ressemblant furieusement à Riley Turner. Ils rentreraient à la maison, et elle enfilerait son pyjama caniche rose qu'il lui ôterait lentement en embrassant chaque centimètre de son corps, jusqu'à ce qu'ils se retrouvent au lit, les membres emmêlés et le cœur battant...

Sam releva vivement la tête, le corps en feu. Il s'était juré de ne pas avoir ce genre de pensée aujourd'hui. Il aurait dû être capable de se contrôler, mais il suffisait d'un sourire ou d'un clin d'œil de Riley pour qu'il perde la tête. Il consulta sa montre pour se donner une contenance.

— Euh... on devrait continuer, Riley. Vous avez encore beaucoup à me montrer.

Ils prirent congé d'Arthur et poursuivirent leur déambulation, précédés par les fillettes. Une odeur de pop-corn flottait dans l'air et, perchés sur des nacelles, des employés municipaux installaient des décorations lumineuses au-dessus de la rue. À part ça, la petite ville semblait étrangement calme pour un samedi matin. La température avait encore baissé après la chute de neige de la veille, et l'air était frisquet, mais Sam s'était attendu à voir beaucoup plus de monde.

— Où sont passés les gens ? demanda-t-il comme ils traversaient la rue.

— Au bingo. C'est la grande distraction du samedi matin. On y gagne des lots.

Les fillettes s'étaient arrêtées pour admirer de beaux objets exposés dans la devanture d'un artisan local.

— Vous voulez entrer jeter un coup d'œil ? demanda Riley.

— Oui ! s'écrièrent-elles en chœur.

Quand elles furent dans la boutique, Riley chuchota à Sam :

— Observez ce qui plaît à Ivy, et demandez qu'on vous le mette de côté. Vous reviendrez le chercher plus tard.

Hochant la tête, Sam la suivit dans l'échoppe. Les parquets encaustiqués luisaient sous les ornements scintillants des sapins disposés un peu partout, et de la musique de Noël jaillissait d'enceintes invisibles. De l'encens au parfum de pin se consumait quelque part, et il flottait dans l'air une délicieuse odeur qu'il associait aux doux rêves de l'enfance.

Laissant les enfants parcourir le rayon des jouets, Riley commença à bavarder avec les propriétaires. Il échangea quelques mots polis avec elles avant de s'intéresser à un présentoir de bonnets pour chiens tricotés à la main, certains ornés de bois de renne. Trouvant l'idée amusante, il en choisit un pour son chien Spork. Quand il se retourna vers Riley, il vit qu'elle se dirigeait vers la cabine d'essayage avec une vendeuse, un costume d'elfe sur les genoux.

— Où allez-vous ?

— Je reviens tout de suite. Je vais essayer ça.

Il aurait dû être plus attentif. Il n'arrivait pas à trouver un juste équilibre avec elle. Ou il brûlait de désir ou il se focalisait sur tout autre chose. Se détournant avec un soupir, il se trouva face à face avec Louise Dalton, une des propriétaires, dont il avait opéré le frère d'un anévrisme un an plus tôt.

— Comment va Robbie ? demanda-t-il. Il progresse bien ?

— Très bien. Vous lui avez sauvé la vie, docteur. Merci.

Après tant d'années de neurochirurgie, il était toujours heureux d'aider les gens. Il les voyait aux pires moments de leur vie, et se félicitait de pouvoir améliorer leur existence.

— J'en suis ravi. Saluez-le de ma part.

— Je n'y manquerai pas, docteur, dit Louise avant d'aller conseiller un client.

Sam déambula un moment et trouva Ivy et Adi au fond de la boutique, en contemplation devant un village hivernal miniature avec un petit train qui tournait autour d'un mini-sapin de Noël en crachant de la vapeur.

— Regarde, papa ! s'écria Ivy. C'est trop cool ! On peut en acheter un ? S'il te plaît ! J'adore les trains !

— On en a un de *Star Wars* à la maison, déclara Adi. Il y a tous les personnages du film. Cette année, papa a dit qu'on pourrait acheter un nouveau Luke Skywalker parce que Winnie a mangé l'ancien. Vous savez que les droïdes n'aiment pas la glace ? demanda-t-elle à Sam.

— Non, je l'ignorais, répondit Sam qui avait du mal à suivre.

— Je ne l'aime pas non plus, reprit Adi. C'est la glace qui a tué ma maman et mes grands-parents et a gravement blessé tante Riley.

Ces nouvelles informations sur le passé de Riley attisèrent encore la curiosité de Sam mais ne l'aidèrent en rien. Surtout quand le rideau de la cabine d'essayage s'écarta devant Riley vêtue du costume d'elfe le plus sexy qu'il ait jamais vu, avec une petite robe verte épousant son corps à la perfection. Un corps qu'il n'avait vu qu'en tenue médicale ou en ridicule pyjama rose, mais là…

Dieu du ciel.

Avec un sourire hésitant, Riley lui désigna son déguisement comme pour avoir son avis, pendant que la vendeuse regagnait la caisse. Sam aurait voulu dire quelque chose, mais il était sans voix, sidéré par le spectacle. Elle dut mal interpréter son silence, car son sourire s'effaça et, pivotant dans son fauteuil, elle repartit vers la cabine d'essayage.

— Je vais me changer.

— Attendez ! cria-t-il.

Il secoua la tête pour chasser l'image de Riley jetée en travers de son épaule, tel le sac de jouets du Père Noël, et emportée à l'écart où il lui arrachait sa robe sexy et savourait chaque centimètre de sa peau jusqu'à ce qu'elle crie grâce.

Elle s'arrêta et se retourna, l'air méfiant.

Dis quelque chose, imbécile !

— Vous êtes…

Magnifique ? Adorable ? Incroyablement désirable ?

L'esprit habituellement bien ordonné de Sam butait sur les mots, et ce qu'il lâcha le surprit lui-même :

— Verte.

— Verte ? répéta-t-elle, perplexe. C'est un compliment ou une critique ?

— Un compliment ! s'écrièrent les fillettes à l'unisson.

Sam hocha la tête.

— Mieux que ça, murmura-t-il.

Riley retrouva le sourire et revint vers lui, ses vêtements et son manteau soigneusement pliés sur ses genoux.

— Très bien. Allons-y.

Il fallut un moment à Sam pour revenir à la réalité et, récupérant les filles, il courut après elle et la rejoignit dehors.

— Aller où ? Vous êtes sûre de ne pas vouloir vous changer d'abord ? Vous n'aurez pas froid dans cette tenue ?

— Non. Nous allons juste au bout de la rue. Louise m'a dit qu'une animatrice du bingo était malade, et ils ont besoin qu'on la remplace jusqu'à midi. Et comme nous sommes là, j'ai dit que j'irais. Depuis que la saison des fêtes a commencé, les animateurs du jeu doivent être costumés. J'animerai le jeu sur la scène pendant que les filles et vous jouerez au bingo. Profitez de toute l'expérience Wyckford. Ce sera amusant.

— Au bingo, marmonna-t-il, leur emboîtant le pas en direction d'un immeuble en brique à l'angle de la rue.

La perspective de passer des heures dans une salle remplie d'inconnus lui était une torture. Comme baver devant Riley dans ce déguisement. Il s'efforça de se rappeler les raisons pour lesquelles il ne voulait pas la désirer, qui tenaient en quelques mots. Collègues. Échec. Chagrin. Culpabilité. Mais rien ne marchait. Il était en danger.

— Mais je croyais qu'on allait voir d'autres magasins...

— Je vous ai pratiquement tout montré. C'est une petite ville. La sélection est limitée si vous voulez acheter local. Mais il y aura peut-être d'autres vendeurs au festival. Allez Sam. Ayez un peu l'esprit d'aventure.

L'aventure et Sam étaient deux notions incompatibles et il se sentait dépassé, mais comme les autres arrivaient déjà devant l'immeuble, il n'eut d'autre choix que les suivre, d'autant qu'ils étaient venus dans la voiture de Riley.

Il s'était toujours cru capable d'affronter n'importe quoi, mais là, maintenant, il ne se sentait pas de taille, pas prêt pour tout ça. Ni pour le bingo. Ni pour l'attirance soudaine, incontrôlable et croissante, que Riley exerçait sur lui.

Elle ouvrit la porte, et dans le mouvement, ses seins pointèrent sous la petite robe moulante. Abandonnant toute résistance dans un soupir, Sam suivit les deux fillettes à l'intérieur.

6

Les habitants de Wyckford prenaient leur bingo très au sérieux. Mais Riley n'avait pas anticipé l'effet que Sam le père célibataire aurait sur la gent féminine présente. Elles surgirent de partout pour lui apporter un verre ou un sandwich, lui proposer leur aide, ou le féliciter pour son excellent travail d'éducateur avec Ivy. Comme si un papa solo était le plus grand aphrodisiaque du monde. Mais peut-être l'était-il, car même Riley admit qu'il était adorable avec les deux petites filles, leur montrant comment noter les numéros sur leurs cartons en utilisant les marqueurs scintillants qu'elles avaient voulu prendre à la table d'inscription. À en juger par son air sérieux, il s'efforçait de suivre toutes les règles et le *fair-play* du jeu, méthodique et compassé, comme toujours.

Elle aurait aimé voir se fissurer sa façade lisse. Ce serait si sexy...

Non, non, non. Elle refusait de craquer pour lui. Elle ne craquait pas pour les hommes. Jamais.

Puis il leva les yeux et rencontra son regard, le reste du monde disparut, et il n'y eut plus qu'eux deux...

C'était quoi, ça ?

Bon, d'accord. Elle craquait peut-être un peu.

Elle se secoua, se rappelant qu'elle n'avait que faire d'un homme pour le moment. Elle avait travaillé dur pour gagner son indépendance, pas question d'y renoncer pour qui que ce soit. Surtout pas pour un homme qui ne lui montrait pas le moindre intérêt. Sam était calme, confiant, compétent, maître de lui. Tout ce que devait être un neurochirurgien.

Puis elle se remémora comment il avait bloqué l'ascenseur l'autre jour à l'hôpital, cherchant ses mots pour lui demander de l'accompagner en ville. Et aujourd'hui, il avait paru sidéré quand elle était sortie de la cabine d'essayage déguisée en elfe. Sidéré et appréciateur. Il y avait longtemps qu'elle n'avait pas éveillé un tel intérêt chez un homme. Sam l'avait désirée à cet instant, elle l'aurait juré. Les deux fois, il avait laissé entrevoir celui qui se cachait derrière son apparence impassible, un homme légèrement maladroit en société, qui rougissait sous un regard un peu trop insistant mais soutenait l'artisanat local de la ville qui l'avait accueilli. Cela suffisait presque pour faire fondre le mur de glace qu'elle avait érigé autour de son cœur pour se protéger.

Jetant un coup d'œil dans sa direction, elle vit Lucille et sa petite clique aux cheveux bleus de la maison de retraite se rassembler autour de sa table. Pauvre garçon. Depuis la table des animateurs, Riley leva le pouce pour lui indiquer que tout allait bien, et il lui sourit avec gratitude, la faisant chavirer.

Oh ! Seigneur.

À cet instant, Ben Murphy, président du comité de bingo et présentateur ce matin-là, vint s'asseoir à côté d'elle. Il lui tapota le bras en souriant.

— Merci d'être venue. Cela nous aide énormément.

— Avec plaisir, répondit Riley, ravie de la distraction. Que voulez-vous que je fasse ?

— C'est vous qui annoncerez les numéros, dit-il. L'ordinateur les choisit, et quand ils apparaissent sur l'écran, vous les nommez dans le micro. Et n'oubliez pas d'en rajouter pour le public. Plus il s'amuse, plus il achète de cartons, et plus l'association caritative gagne d'argent.

Elle positionna son fauteuil près du boulier et anima le jeu durant trois heures, au cours desquelles ils offrirent cinq cents dollars en liquide, deux fours à micro-ondes, et un week-end pour deux au casino de Boston. Le groupe des octogénaires chahutait beaucoup, même pour Riley habituée aux frasques des résidents de la maison de retraite de Sunny Village.

— Je croyais qu'ils finiraient par se fatiguer au bout d'un moment, chuchota-t-elle à Ben.

— Pas avec de l'argent et des lots à gagner, dit-il en riant. Ils peuvent tenir toute la journée pour rafler quelque chose.

Riley comprenait. Elle-même était prête à tout pour remarcher. Et elle y parviendrait, quoi qu'il arrive.

Quand le tirage prit fin, il était midi, et elle mourait de faim. Elle avait grignoté un toast et bu un café chez Brock avant de partir, mais n'avait rien avalé depuis. Des plateaux de petits pains et de viennoiseries avaient circulé parmi les tables de jeu, mais elle n'avait pas eu le temps de se servir.

Laissant la foule quitter la salle, elle alla rejoindre Sam et les fillettes et rafla une viennoiserie danoise pour calmer son estomac affamé. À la cerise. Son parfum préféré.

— Ça s'est bien passé ? demanda-t-elle aux fillettes comme ils sortaient de la salle de bingo.

Dans la rue, elle frissonna sous la bise glaciale. Toujours galant, Sam l'aida à enfiler son manteau pendant qu'ils attendaient que le feu passe au rouge pour traverser. Elle n'en prit pas ombrage.

— Vous avez gagné quelque chose ? interrogea-t-elle.

— On m'a permis de garder mon marqueur ! s'écria Ivy en brandissant un tube d'encre pailletée rose fluo.

Ne voulant pas être en reste, Adi exhiba son propre marqueur, mauve à paillettes.

— Bingo ! Bingo ! s'écrièrent-elles dans une surenchère de cris stridents, chacune voulant surpasser l'autre.

Sam sourit avec indulgence.

— Vous vous en êtes bien sortie, Riley, remarqua-t-il. Vous avez manqué votre vocation, vous auriez pu être animatrice.

— Ah ? J'y songerai peut-être comme activité secondaire. Ça me ferait un petit pécule pour arranger mon nouveau logement.

Le feu passa au rouge, et ils s'engagèrent sur la chaussée avec les autres piétons. Le ciel s'était un peu dégagé, mais le vent s'était levé. À mi-chemin, une bourrasque arracha une mèche de sa queue-de-cheval et la plaqua sur son visage, lui couvrant les yeux. Aveuglée, Riley s'arrêta pour l'écarter avant que le feu repasse au vert, mais Sam fut plus rapide.

— Permettez, dit-il, et ses doigts tièdes s'attardèrent sur sa peau, lui coupant le souffle.

Le temps s'arrêta, le monde s'effaça. Elle ne vit plus que ses lèvres, ses yeux sombres, et n'eut plus qu'une envie, qu'il l'embrasse et...

Un coup de klaxon impatient les arracha à leur bulle. Ils bloquaient la circulation. Retour à la réalité. Le temps reprit son cours normal.

Riley s'empressa de rouler jusqu'au trottoir opposé, suivie de Sam. Un Sam embarrassé qui n'osait plus la regarder. Ce qui lui allait très bien, car elle était morte de honte. Pourquoi se comportait-elle ainsi ? Elle ne voulait pas le fréquenter, même s'il l'attirait beaucoup. Le trajet jusqu'à sa voiture garée à deux pâtés de maison lui parut durer une éternité. Enfin, ils arrivèrent au SUV, et Sam aida les fillettes à s'asseoir à l'arrière pendant que Riley s'installait au volant. Elle mit le contact et tripota la radio pendant qu'il s'asseyait à côté d'elle.

Elle démarra et ils prirent la direction de la maison de Sam.

— Merci d'avoir été beau joueur et d'avoir accepté de m'accompagner au bingo, dit-elle pour meubler le silence.

— Merci à vous de m'avoir montré la ville, répondit-il en regardant obstinément par la fenêtre. Nous sommes à Wyckford depuis plus d'un an, mais je ne l'avais jamais vue comme aujourd'hui. Je vous suis reconnaissant de me l'avoir fait découvrir.

Malgré le froid persistant dans la voiture, ses paroles réchauffèrent le cœur de Riley. Elle ressentait des choses qu'elle n'avait pas éprouvées depuis l'accident. Des choses grisantes. Effrayantes aussi, et elle ne savait pas comment réagir. Étrangement – et c'était dangereux – elle oubliait tout le reste, l'accident, le froid, les filles, son vœu de remarcher, tout, pour ne plus voir que lui, quand ils se regardaient ou qu'il la touchait. Elle avait l'habitude d'être celle qui séduit, pas l'inverse. Tourmentée par ces pensées, elle effectua le trajet de retour sur pilote automatique et s'arrêta dans l'allée de Sam sans même s'apercevoir qu'ils étaient arrivés.

Ivy et Adi jaillirent de la voiture et s'engouffrèrent dans la maison après avoir tapé le code de l'alarme, sous les yeux de Riley et Sam restés dans le SUV. Ces derniers gardèrent le silence, jusqu'à ce que Riley n'en puisse plus.

— Je pense qu'on se verr…

Sans la laisser finir sa phrase, Sam l'embrassa. Doucement, tendrement. Abasourdie, elle se figea, puis se détendit peu à peu. Sam était chaud, solide, d'une douceur infinie, et dans le cœur pétrifié de Riley, quelque chose se dénoua, s'apaisa. La chaleur de Sam, la tendresse de ses lèvres, ses mains qui tenaient son visage comme si elle était précieuse et désirable, lui donnaient envie de s'enfouir en lui et d'y rester toujours…

Au bout d'un long moment, il s'écarta, l'air aussi choqué qu'elle. Le regard insondable, il murmura :

— Je ne sais pas pourquoi j'ai fait ça. Je… il y a quelque chose en vous… je n'arrive pas à…

Marmonnant toujours, il descendit de voiture, entra dans la maison, et lui renvoya Adi quelques instants plus tard.

Déconcertée, Riley reprit le chemin du retour en silence, pendant que sa pipelette de nièce babillait, intarissable, sur les joies ineffables du bingo.

C'était officiel, Sam avait perdu l'esprit. C'était la seule explication possible à ce baiser surgi de nulle part. Il se répétait consciencieusement toutes les raisons qu'il avait d'ignorer Riley quand sa libido avait pris le dessus. Plus rien n'avait compté, sauf sa petite robe verte et ses grands yeux bleus, et son envie de glisser sa main le long de sa cuisse pour la faire rougir…

Il avait un très gros problème.

Perplexe, il suspendit les manteaux et alla dans la cuisine sortir un plat du congélateur pendant que sa fille montait jouer dans sa chambre. Il s'efforçait de secouer le brouillard sensuel qui lui embrumait le cerveau. C'était étrange, ce soudain désir charnel qui semblait triompher de son bon sens chaque fois qu'il était près de Riley, ces temps-ci. Qu'est-ce qui avait changé ? Pour quelle raison inexplicable déviait-il du chemin solitaire qu'il avait choisi, entre son travail et sa fille ? Il ne voulait pas désirer Riley. Et pourtant c'était le cas.

Le plus contrariant, c'était que son attirance pour elle ne se limitait pas au seul physique. Il se souciait de ce qu'elle pensait, il aimait lui parler, il admirait son intelligence et sa vivacité d'esprit. Et il ne contrôlait rien, ce qui était grave. Par principe, il ne sortait pas avec des collègues, surtout celles qui étaient aussi fascinantes. Mais il ne pouvait nier l'alchimie entre eux. Il sentait encore le goût de sa bouche sur ses lèvres. Une saveur sucrée, mentholée, avec un soupçon de cerise…

Seigneur ! Il fallait qu'il arrête. Tout de suite.

Il ne pouvait pas accueillir Riley dans sa vie. Il était incapable de la protéger, surtout pas de lui-même.

Perdu dans ses pensées, il se servit un verre d'eau et alluma son ordinateur pour consulter ses mails. La meilleure façon de mettre fin à tout ça était d'arrêter net. Il n'y aurait pas d'autre baiser. Il ne recherchait pas de relation autre que professionnelle. Il était déjà passé par là et avait lamentablement échoué, avec le cœur en miettes.

Cependant, sa curiosité envers Riley restait intacte. Il avait envie d'en savoir plus. De tout connaître d'elle.

C'était impossible puisqu'ils ne se verraient plus en dehors du travail. Il décida de lui parler lundi à l'hôpital et d'aborder la question de front, en expliquant que ce baiser avait été une erreur et ne se reproduirait pas. Elle ne protesterait pas, car il ne doutait pas qu'elle partageait son opinion.

Certes, elle lui avait merveilleusement rendu son baiser, mais elle devait être sous le choc de cette situation inédite.

Irrité, Sam pénétra dans le salon, décidé à en finir une fois pour toutes avec cette histoire. C'était juste impossible. Personne n'avait le coup de foudre en dehors des comédies romantiques à l'eau de rose. Les fêtes de fin d'année étaient toujours une période stressante, et Riley et lui étaient surmenés. Ils cherchaient probablement un exutoire à toute cette tension. Avec l'arrivée de janvier, tout ça se dissiperait, quoi que ce soit. D'ici là, ils s'éviteraient autant que possible en dehors du travail. Problème résolu.

Spork bondit sur le canapé et déposa sa pieuvre en peluche sur les genoux de Sam avant de rouler sur le dos, pattes en l'air et langue pendante, attendant qu'il lui gratte le ventre.

Sam secoua la tête en grognant. Ah, être un chien pour qui l'essentiel était d'avoir un jouet et de délicieuses friandises... Spork voulait de l'affection, et il la demandait. Simple.

C'étaient les sentiments qui causaient les problèmes et transformaient les diversions mineures en crises majeures.

Cela confortait sa théorie selon laquelle il valait mieux rester à l'écart pour ne pas provoquer d'histoires.

Mais compartimenter se révélait plus facile à dire qu'à faire, car chaque fois qu'il fermait les yeux, Sam croyait encore respirer l'odeur de cannelle de Riley, sentir la douceur de sa peau quand il avait écarté ses cheveux de son visage, entendre son souffle s'accélérer lorsqu'il l'avait embrassée...

Il se passa la main sur le visage. Le plus inquiétant était qu'il croyait avoir enterré depuis longtemps les émotions troublantes qui le tourmentaient. L'envie d'intimité, les élans passionnés, la connexion, le souci de l'autre. Il n'avait plus le temps ni l'énergie pour ça.

Poussant un soupir, il fixa le mur en face de lui. Heureusement, il avait son dimanche pour récupérer. Il pourrait se reposer, se ressourcer, régler une bonne fois ces problèmes. Mettre les choses en perspective avant de parler à Riley lundi.

Il commença à se détendre. Tout irait bien.

Puis son téléphone bourdonna, et il regarda l'écran, s'attendant à une alerte ou une mise à jour de l'hôpital concernant un patient. C'était un message de Riley.

Il faut qu'on parle.

Elle avait raison, mais cela n'empêcha pas Sam de se raidir.

Il ouvrit l'application Message et vit trois points de suspension, puis un nouveau message.

Vous avez le temps demain ?

Il avait prévu d'avoir cette conversation lundi, mais il valait peut-être mieux en finir maintenant. Il répondit donc en lui demandant quand et où.

13 h 30, demain. Radiologie.

Sam prit une grande inspiration et confirma le rendez-vous.

Il envoya ensuite un message à Hala pour lui demander si elle pouvait garder Ivy quelques heures le lendemain. Après quoi il s'enfonça dans les coussins du canapé, partagé entre le fou rire et l'envie de s'enfermer à double tour jusqu'à ce que ses ennuis aient disparu comme par magie.

Il aimait profondément la petite vie tranquille et ordonnée qu'il avait construite pour sa fille et lui. Ivy y était parfaitement en sécurité.

La confusion anarchique que Riley faisait naître en lui était incompatible avec tout ça.

7

À l'heure dite le dimanche après-midi, assise en face de Sam, Riley s'efforçait désespérément d'ignorer ses biceps avantageux moulés par son pull-over noir. Un petit muscle tressaillait près de sa mâchoire, un tic qu'elle avait déjà vu quand il était irrité, stressé, ou les deux à la fois. Quand avait-elle remarqué ces détails ? Peu importait. Le principal, c'était qu'après aujourd'hui elle n'y ferait plus attention. Il devait aussi avoir des doutes concernant leur baiser. Elle aurait dû être soulagée qu'ils soient sur la même longueur d'onde. Mais bizarrement, ce n'était pas le cas.

Elle était sûre d'une chose, cette situation la stressait terriblement, et elle voulait en finir une fois pour toutes.

Elle avait envie de retrouver sa petite vie indépendante, où elle ne pensait qu'à elle sept jours sur sept. Au lieu de ça, Sam s'était infiltré dans chaque instant de ses journées. Et de ses nuits, à en juger par son réveil en sueur après un rêve érotique où elle avait vu leurs corps nus enlacés dans un lit…

Elle était dans de sales draps, c'était le cas de le dire.

— Écoutez, je regrette ce qui s'est passé hier, ce baiser, finit-il par déclarer. Je n'aurais jamais dû faire ça.

Haussant les épaules, Riley inclina la tête.

— C'était pour le moins inattendu.

— Je ne m'explique même pas pourquoi c'est arrivé, dit-il en se frottant la nuque. Je m'apprêtais à vous dire au revoir… et… qu'importe la raison. C'était inapproprié, je suis désolé.

— D'accord, répondit-elle d'un ton égal alors qu'elle se sentait glacée, perdue.

Il leva la tête, les yeux rétrécis.

— C'est tout ce que vous avez à dire ? D'accord ?

Elle fronça les sourcils, perplexe.

— Vous voulez qu'on se dispute ?

— Non. Je veux juste m'assurer que ça ne se reproduira pas.

— C'était un baiser, Sam, rien de sorcier. Il arrive parfois qu'on ait des réactions spontanées.

Il avait l'air chamboulé, et elle se dit qu'il n'avait peut-être jamais rien fait d'inattendu dans la vie. Bien sûr que ce baiser avait été une erreur, mais ça ne voulait pas dire qu'il n'avait pas été agréable. Mieux que ça. Il l'avait bouleversée comme elle ne l'avait pas été depuis des années, mais pas au point de perdre la tête pour autant.

— Ça peut être amusant de sortir de sa routine.

— Ça peut aussi être dangereux. Non merci. J'aime le contrôle, l'ordre, la logique.

— Je sais, dit-elle.

— Comme si c'était une mauvaise chose, grommela-t-il. Le contrôle est une façon de se protéger.

— Il nous enferme aussi dans une cage. Et c'est triste.

— Triste comment ? demanda-t-il, les sourcils froncés. D'après mon expérience, un comportement imprudent met plutôt les gens en danger.

Elle ne pouvait guère prétendre le contraire, clouée comme elle l'était dans son fauteuil.

En fait, elle était furieuse. Elle ne voulait pas avoir des sentiments pour Sam Perkins, ni fantasmer sur lui et ses biceps. Elle ne fantasmait pas sur les hommes. Depuis ses seize ans, elle était sortie avec des rebelles, des mauvais garçons, des beaux, des types cool, mignons, intellos, et même un criminel. Mais c'était toujours elle qui avait fait les choix, elle qui avait eu le pouvoir dans la relation.

Sa stupide attirance pour Sam avait inversé les rôles. Il était séduisant et cochait beaucoup de cases avec son intelligence et sa force. Mais elle sentait aussi en lui un abîme de douleur et d'émotion qui l'attirait et lui donnait envie de l'aider, de le guérir, et c'était dangereux pour sa liberté. Plus la situation s'éterniserait, plus elle risquait de s'attacher à lui – elle avait toujours craqué pour les héros meurtris – elle finirait par avoir besoin de lui, et alors...

— On est d'accord pour oublier complètement cet incident et n'être plus que collègues, et rien d'autre ? proposa-t-elle.

La solution parut satisfaire Sam, mais avant qu'il puisse répondre, l'alarme d'un code bleu se déclencha dans le couloir, indiquant qu'un patient était en situation d'urgence vitale. Ce n'était pas rare en radiologie où les urgences envoyaient de nombreux patients pour trouver l'origine de problèmes graves au pronostic vital souvent engagé. Tout le personnel était formé pour réagir, y compris Riley et Sam. Sans hésiter, ils sortirent en courant et foncèrent vers une salle de soins au-dessus de laquelle clignotait une lumière bleue. À l'intérieur, un sexagénaire était étendu sur une table d'examen, le haut de sa blouse d'hôpital ouverte, et on lui faisait une réanimation cardiorespiratoire. Roulant jusqu'à lui, Riley vérifia ses voies aériennes et attrapa un ballon de ventilation pour lui administrer de l'oxygène, pendant que Sam prenait le relais de l'infirmière et continuait le massage cardiaque.

— Situation du patient ? demanda-t-il.

Plantée devant l'écran affichant le dossier numérique du patient, la responsable répondit :

— Homme de soixante-deux ans, admis hier soir pour une chirurgie par laparoscopie programmée aujourd'hui. Amené ici il y a une heure pour une échographie préliminaire, il a commencé à avoir du mal à respirer. Sa tension artérielle est tombée à quatre-vingts. Pas d'antécédent de pathologie cardiaque. Nous l'avons choqué à un cinquante pour une fibrillation ventriculaire il y a une minute et demie, avant votre arrivée. Le patient est toujours en fibrillation ventriculaire.

— Merci, dit Sam. Il a reçu une médication ?

— Non. Mais on lui a posé une voie intraveineuse.

— Alors, donnons-lui de l'adrénaline.

Riley n'intervint pas, la communication en circuit fermé étant critique pendant un code bleu. Trop d'ordres ne faisaient que rendre la situation confuse et risquer davantage la vie du patient. Au contrôle suivant, ils alternèrent les rôles. L'infirmière relaya Riley pour ballonner le patient, et celle-ci vint se poster devant l'écran de contrôle pendant qu'un manipulateur radio remplaçait Sam au massage cardiaque.

Sam alla consulter les moniteurs et le défibrillateur en train de recharger.

— Un milligramme d'adrénaline, annonça la responsable.

— Bon, commenta Sam, s'approchant de Riley pour revérifier les constantes. Voies aériennes et ventilation correctes, mais il est toujours en FV. Choquons-le de nouveau. Chargement à deux cents joules... on s'écarte.

Tout le monde recula, et il pressa le gros bouton rouge sur la machine. Le corps du patient se souleva.

— Choc délivré. On reprend la réa.

— Reprise du massage, dit le manipulateur radio. Dix secondes avant le nouveau contrôle.

Dix secondes après, Sam vérifia la carotide du patient.

— Il a un pouls.

— On arrête le massage, déclara la responsable.

— Bon travail, tout le monde, dit Sam. Sécurisons les voies aériennes et prévenons les soins intensifs.

Quand l'équipe des soins intensifs eut pris le relais, Riley et Sam quittèrent la salle. Mais au lieu de retourner en radiologie, elle appela l'ascenseur.

— Je ne sais pas pour vous, mais j'ai besoin d'air frais.

— Moi aussi, répondit-il.

En silence, ils descendirent au rez-de-chaussée et, traversant le grand hall, ils sortirent par une porte latérale donnant dans une cour. On était mi-décembre, et les tables remisées pour l'hiver étaient empilées contre le mur, attendant le retour d'un temps plus clément. Leurs souffles se condensaient dans l'air froid, mais Riley était bien couverte avec son pull et son pantalon épais sous sa blouse. Sam ne portait que son jean et son cashmere à col roulé, ayant laissé sa veste à l'étage. Il ne cessait de penser au petit costume d'elfe vert qu'il rêvait d'arracher à Riley, et il espérait que la température glaciale et l'adrénaline du code bleu allaient chasser ces fantasmes tandis qu'ils approchaient de la fontaine au centre de la cour.

— Vous savez qu'il y a une légende autour de cette fontaine ? dit-elle. On prétend que si on la regarde en souhaitant trouver le véritable amour d'un cœur sincère, notre vœu se réalise.

Sam grogna. Il ne l'aurait jamais prise pour une romantique, sentimentale et mièvre.

— Elle est vide à présent. Qu'est-ce que ça veut dire ?

— Aucune idée, répondit-elle d'un ton sec. Probablement que nous sommes tous deux des *losers*.

— Parfait, dit-il, glissant les mains dans ses poches pour les réchauffer. Je n'imaginais pas que vous étiez du genre à croire aux légendes et aux mythes.

— Vous pensez que l'amour est un mythe ? demanda-t-elle en lui jetant un regard en coin. Vous avez pourtant été marié.

Sam eut un pincement au cœur.

— Oui. J'aimais Natalia plus que ma vie. Et elle est partie.

Riley soupira.

— Je suis désolée pour vous.

— Merci.

— C'est pour ça que vous êtes aussi fermé aux autres ? demanda-t-elle, les yeux fixés sur la fontaine pétrifiée.

— Oui. Je me protège ainsi que mes proches, ce qui est impossible en étant vulnérable. Alors je me suis conditionné à ne pas m'investir émotionnellement. Comme vous.

Riley lui lança un regard incrédule.

— Comment ça, comme moi ?

— Vous aussi vous êtes solitaire. Nous travaillons occasionnellement ensemble depuis un an, et je ne vous ai jamais vue avec personne. Ne le niez pas.

Elle s'en voulait visiblement d'avoir été aussi transparente. Plusieurs secondes s'écoulèrent dans un silence tendu.

— Non, admit-elle à voix basse. Vous ne vous trompez pas.

— Eh, Riley ! la héla quelqu'un.

C'était Luna Norton, kinésithérapeute à l'hôpital. Sam l'avait croisée plusieurs fois au restaurant de ses parents. Elle les aidait à l'occasion. Il n'y avait que deux restaurants à Wyckford dont un bar, et quand Ivy et lui sortaient dîner en ville, ils allaient toujours au Buzzy Bird.

Luna était avec Mark Bates. Sam l'avait rencontré au restaurant. Plutôt gentil, il semblait complètement fou de Luna, le pauvre homme...

— Bonjour, docteur Perkins, dit Luna en s'approchant, les yeux fixés sur son amie. Tu travailles aujourd'hui, Riley ?

— Oui. On vient d'avoir un code bleu et je suis descendue faire une pause. Pourquoi ?

— Sans raison particulière, répliqua Luna, et son regard passa de l'un à l'autre avant de s'attarder sur Sam, porteur d'un avertissement qu'il n'eut aucun mal à déchiffrer.

Si vous la faites souffrir, vous aurez affaire à moi.

Message compris. Sam tapa des pieds pour faire circuler le sang dans ses orteils gelés, se demandant pourquoi Luna éprouvait le besoin de le mettre en garde. Il ne sortait pas avec Riley, et ça n'arriverait pas.

Quand Luna et Mark eurent regagné l'hôpital, il se retrouva seul avec Riley et refoula un pincement de regret.

— J'accepte votre proposition, dit-il.

— Hein ?

— Ce que vous avez dit tout à l'heure. Oublions le baiser et comportons-nous uniquement en collègues. C'est le mieux.

— Oh ! murmura-t-elle, les yeux sur la fontaine. D'accord.

Et voilà, c'était fini. Il aurait dû être heureux. Excité même. Mais il se sentait… déçu.

Il s'efforça de comprendre pourquoi pendant que son cerveau analytique inventoriait les faits. Un, il avait embrassé Riley. Deux, elle lui avait rendu son baiser. Trois, ce baiser avait été la meilleure chose qui lui était arrivée ces temps-ci, et il ne pensait plus qu'à recommencer, alors que c'était la pire idée de l'histoire.

Voilà pourquoi il devait s'en tenir à ses résolutions, pour le meilleur ou le pire.

Il soupira pendant qu'ils regagnaient l'étage. Dans la salle de repos, Riley lui tourna le dos et s'absorba dans l'étude d'un dossier. Tant mieux, car il ne supportait pas de sentir ses beaux yeux bleus qui l'observaient. Il aurait dû partir. Il voulait partir. Mais il s'assit et demanda :

— Pourquoi êtes-vous en fauteuil roulant ?

— Parce que j'aime son esthétique, répliqua-t-elle d'un ton mordant. Pourquoi d'après vous ?

Il avait mal formulé sa question et se traita d'idiot.

— Excusez-moi.

Elle lui lança un regard acerbe.

— Pourquoi êtes-vous encore là ? Nous avons passé un marché. Le baiser est oublié, d'accord ? Laissez-moi tranquille. Tout va bien. Je vais bien.

— Vous n'allez clairement pas bien, dit-il sans réfléchir.

Elle ouvrit la bouche, la ferma, puis la rouvrit.

— Ce n'est pas votre problème. Vous ne me changerez pas.

Sam passa les mains sur son visage.

— Je ne veux pas vous changer, Riley. Je vous trouve parfaite comme vous êtes. Mieux que parfaite. Extraordinaire.

Dans le silence qui suivit, elle finit par se retourner, le visage impénétrable.

— J'ai eu un accident, murmura-t-elle en baissant les yeux. La voiture a dérapé sur le verglas et atterri dans le fossé. Mes parents sont morts sur le coup. Je me suis fracturé la colonne vertébrale en trois endroits et j'ai eu des lésions à la moelle épinière. C'est pour ça que je suis en fauteuil. L'accident était de ma faute. On était sortis ce soir-là à cause de moi.

— Je suis tellement désolé, murmura-t-il doucement. Merci d'avoir partagé ça avec moi.

Riley consentit enfin à le regarder.

— Comment est morte votre femme ?

— On lui a diagnostiqué une SLA à trente-quatre ans, et elle est décédée il y a deux ans, avant que j'aie pu lui trouver un traitement. Je n'ai pas été à la hauteur. Mais ça n'arrivera pas avec mes patients.

Ils se faisaient face en silence, comme s'ils se comprenaient mieux. Il était content que Riley se soit enfin confiée à lui, mais au lieu d'apaiser sa curiosité à son égard, cela l'avait encore attisée. Pourquoi se sentait-elle responsable de l'accident ? Avant qu'il ait pu la questionner davantage, son téléphone vibra. Il regarda l'écran et grimaça.

— Je dois rentrer retrouver Ivy. Hala doit bientôt partir.

— Très bien, dit-elle en lui tournant le dos, les yeux noyés de larmes. J'imagine qu'on se reverra pour un prochain cas.

Sam se leva, répugnant à partir après ce qu'ils avaient partagé, malgré leur pacte. Il enfila sa veste et se dirigea vers la porte, ne sachant que dire pour apaiser les choses.

Elle l'interpella avant qu'il atteigne le couloir.

— Et... Sam ? Merci de m'avoir parlé de votre femme.

Il inclina lentement la tête.

— Merci à vous de m'avoir parlé de votre accident.

Et il s'en alla avec dans la poitrine une chaleur troublante qui confirmait que Riley avait toujours le pouvoir de l'émouvoir, en dépit de l'accord qu'ils avaient conclu. Cela présageait de gros, gros problèmes, car si son cœur était impliqué, tout pouvait arriver.

8

— C'est une très belle maison, Riley. Une de mes préférées dans le quartier. Et elle est proche de celle de votre frère, déclara Lynette Thomson, l'agent immobilier, la précédant dans la jolie demeure de style ranch. Elle a été rénovée ces trois dernières années, même s'il y a encore quelques problèmes d'accessibilité pour vous. L'entrée principale, par exemple, de même que l'îlot central et les comptoirs de la cuisine, un peu trop hauts pour une personne en fauteuil. Mais tout ça sera facile à adapter pour un entrepreneur agréé.

Riley regarda autour d'elle, appréciant les plinthes blanches et les beaux parquets. Elle aimait le style contemporain et les rénovations apportées, comme les plans de travail en granit de la cuisine.

— Pouvons-nous voir le reste ?

— Bien sûr.

Lynette lui tendit une fiche détaillée sur le bien, avant de lui faire visiter l'ensemble des pièces, terminant par la grande chambre principale et sa salle de bains. La maison était charmante, même si elle avait été construite à une époque où on ne se souciait pas des problèmes de mobilité des occupants. Cependant, Riley arrivait à se projeter, et elle savait qu'elle lui conviendrait parfaitement après quelques aménagements.

— Il y a quatre chambres, deux salles de bains et un cabinet de toilette, donc toute la place pour recevoir des invités. La maison a été construite en 1958 sur un terrain en front de mer de mille cinq cents mètres carrés. Proche de la plage privée, elle bénéficie toute l'année d'une vue imprenable depuis la terrasse de derrière. Une passerelle en planches permet même d'accéder à l'eau depuis la terrasse. Et avec toutes les fenêtres et les baies vitrées qui donnent sur Buzzards Bay, on a l'impression de vivre dehors. Avec les modifications nécessaires, je crois qu'elle serait parfaite pour vous.

Riley effectuait déjà mentalement des calculs. Elle remplissait les conditions requises pour bénéficier d'un prêt hypothécaire par sa banque dans un marché immobilier actuellement tendu, mais elle voulait faire appel à un entrepreneur avant de signer, pour s'assurer que tous les aménagements entreraient dans son budget. Elle était si prise en ce moment qu'elle n'avait pas le temps de s'en occuper.

— Je le crois aussi, mais j'aimerais avoir un second avis avant de m'engager. Quand vous faut-il une réponse ?

— Dès que possible, malheureusement, répondit Lynette. Les propriétés de ce quartier partent très vite. Je ferai patienter les autres acheteurs autant que je pourrai, mais il me faut impérativement une réponse avant Noël, ce qui vous laisse deux semaines. Les propriétaires veulent que la transaction se fasse rapidement pour profiter de leur retraite en Floride.

— Bien, dit Riley, sortant son téléphone pour prendre des notes. Je vais contacter un entrepreneur dès que possible et je programmerai une nouvelle visite avec lui. Merci Lynette.

L'agent immobilier la raccompagna, et elles sortirent sur le trottoir. La voiture de Riley était garée dans la charmante allée longeant la maison, devant le grand garage. Les voisins étaient en train de déblayer la neige devant chez eux, éclairés par la lune, les réverbères, et les guirlandes lumineuses qui ornaient les façades, alors qu'il n'était que 5 heures du soir.

— On se reparle bientôt, dit Lynette.

Riley monta dans sa voiture et rentra chercher Adi. Aujourd'hui avait lieu l'inauguration du festival annuel, et elle avait pu avoir sa soirée. Elle avait promis à sa nièce de l'y emmener, Brock et Cassie étant retenus à l'hôpital. En traversant la ville, elle vit que la foule envahissait déjà les rues, surtout autour de la grande place affectée aux échoppes et à la patinoire. Pour la première fois de l'année, on sentait Noël approcher à grands pas.

Mais comme elle passait devant l'immeuble où s'était tenu le bingo, son cœur sombra. Sam et elle s'étaient peu vus depuis leur conversation dans la salle de repos. Ils n'avaient même pas travaillé ensemble cette semaine, ce qui était inhabituel. Elle ne savait pas s'il l'évitait délibérément ou si c'était le hasard, mais peu importait. Ils avaient pris la bonne décision en mettant fin à leur relation après ce baiser. Ils n'avaient pas besoin de cette complication. Tous deux reprenaient leur vie en main après un traumatisme. Ils n'allaient pas tout gâcher maintenant avec une relation qui pouvait n'être qu'un feu de paille et entraîner des complications sentimentales.

Adi l'attendait avec impatience quand elle arriva chez son frère. Elle eut juste le temps de troquer sa tenue médicale contre des vêtements appropriés avant que sa nièce l'entraîne vers la porte. Riley veilla quand même à ce que Winnie fasse ses besoins dehors et l'enferma dans son enclos avec de la nourriture et de l'eau avant de repartir en ville.

Sam n'avait aucune envie d'être là.

Mais en se frayant un chemin avec sa fille parmi la foule qui se pressait sur la place en direction de la patinoire, il savait qu'il ne pouvait pas faire marche arrière. Ivy ne parlait que de ça depuis des semaines, et il ne pouvait pas la décevoir, même s'il avait dormi moins de dix heures au total cette semaine, étant de garde en plus de son emploi du temps chargé habituel. Il avait à peine pris le temps de manger, encore moins de dormir une nuit complète.

— J'ai hâte de faire du patin, papa ! s'écria-t-elle, en sautillant d'excitation devant lui. Tu patineras avec moi ?

Sam n'avait pas chaussé de patins depuis ses neuf ans, participant alors à une sortie scolaire qui avait mal tourné. Ils avaient rencontré des joueurs de hockey, et il avait bêtement voulu impressionner une fille de sa classe qu'il aimait bien. Malheureusement, il ne savait pas ce qu'il faisait, et il s'était ridiculisé en public en tombant sur la glace la tête la première devant la fille. Il n'avait pas très envie de renouveler l'expérience avec Ivy, mais son cerveau épuisé n'avait pas pu trouver une bonne excuse pour refuser.

L'entrée de la patinoire était drapée de guirlandes lumineuses multicolores et entourée de barils en métal où crépitaient des feux. Ivy s'arrêta près d'une fillette coiffée d'un curieux bonnet d'une hauteur démesurée.

— Salut Nic ! cria-t-elle, vibrante d'énergie. J'ai hâte de patiner ! Ce sera la première fois !

— Tu n'as jamais fait de patin ? demanda Nic, incrédule.

— Non, rétorqua Ivy avec un haussement d'épaules. Ils sont où, tes parents ?

La fillette désigna des stands un peu plus loin.

— Mon père n'est pas là, mais ma mère et mes sœurs sont parties chercher du chocolat chaud.

— Oh ! j'adore ça ! s'écria-t-elle en se tournant vers Sam. Papa, on peut en acheter ? S'te plaît !

Tenté de répondre qu'ils devaient d'abord louer les patins à glace avant qu'il n'y en ait plus, il céda devant le sourire suppliant de sa fille. Il ne l'avait pas vue aussi heureuse depuis la mort de sa mère, et il n'avait pas le cœur de refuser.

— Bien sûr. Allons chercher du chocolat chaud, puis on fera la queue pour louer les patins.

Ils se dirigèrent vers l'échoppe des boissons chaudes, une

minuscule caravane ressemblant à un jouet. Une femme avec des bois de renne sur la tête et un top rayé rouge et blanc prenait les commandes des clients. Sam et Ivy rejoignirent la file de six ou sept personnes qui attendaient leur tour.

Alors qu'ils patientaient, des clients se glissèrent derrière eux dans la queue, et Sam ne se retourna pas, jusqu'à ce qu'on lui tape sur la jambe. Jetant un coup d'œil par-dessus son épaule, il vit Adi Turner qui lui souriait de toutes ses dents.

— Bonjour, docteur Perkins ! dit-elle, le contournant pour rejoindre son amie Ivy.

Riley était là, et elle lui sourit depuis son fauteuil.

— C'est drôle de vous voir ici.

— Oui, répondit-il, se forçant à respirer normalement.

Il ne l'avait pas vue depuis des jours et s'était convaincu qu'il avait imaginé son désir pour elle. Mais il avait suffi qu'il la rencontre pour que son cœur s'emballe et que sa gorge se serre à nouveau. Il se retourna vers le stand pour cacher son trouble.

— Ivy est tout excitée de patiner pour la première fois.

— Adi aussi, mais elle l'a déjà fait, dit Riley, impassible. Elle prend des cours. Ce festival est toujours un très bon moment. L'esprit de Noël gagne toute la ville. Pour moi, ça sent vraiment les fêtes quand la patinoire est ouverte.

Sam devait avouer que le spectacle était joyeux, avec toutes les lumières de couleur, les musiques de Noël jouées par un orchestre, et les flammes des barils dansant dans la nuit.

La file avança, et les personnes devant Sam commandèrent dix chocolats chauds. Ou ils avaient une sérieuse addiction au cacao, ou ils étaient venus en groupe. Cela allait prendre un moment. C'était bien sa chance.

— Quelles traditions de Noël aviez-vous en Californie ? demanda Riley, prenant apparemment son mal en patience.

— C'était toujours Natalia qui s'en occupait, dit-il, notant que le pincement au cœur familier s'était un peu atténué à l'évocation de sa défunte épouse. La plupart du temps, nous prenions la semaine entre Noël et le jour de l'an pour passer quelques jours au bord de la mer avec Ivy.

— Sympa, répliqua-t-elle avec une tristesse qui émut Sam. Les fêtes de Noël sont difficiles quand il vous manque quelqu'un.

— C'est vrai, admit Sam, ramenant les filles devant lui pour les avoir à l'œil. Mais je suis décidé à rendre ce Noël inoubliable pour Ivy. Un nouveau lieu de vie. De nouvelles traditions. De nouveaux souvenirs.

— Vous avez bien commencé, en tout cas.

Surpris, il se retourna pour la regarder. Ses yeux bleus pétillaient, et il sentit son pouls accélérer. Il tenta de se convaincre que c'était à cause du froid et de la fatigue, mais il dut reconnaître qu'avec les flocons qui voletaient légèrement et la joie ambiante, la nuit semblait magique tout à coup.

— Suivant ! cria la femme coiffée de bois, invitant Sam à s'avancer. Je peux vous aider ?

— Quatre chocolats chauds, s'il vous plaît, avec des marshmallows et un supplément crème fouettée.

— Tout de suite, monsieur.

— Vous n'êtes pas obligé de nous offrir nos boissons, observa Riley.

— Vous êtes mes invitées, dit-il en tendant sa carte de crédit à la femme-renne.

Une employée s'affaira derrière elle pour préparer les boissons, insérant les gobelets pleins sur un support en carton qu'elle glissa vers Sam. Il remit sa carte dans son portefeuille, prit le plateau et des serviettes en papier et se tourna vers Riley et les filles.

— Trouvons une table où nous asseoir avant que je renverse ça sur quelqu'un.

Ils fendirent la foule en direction de la patinoire, passant sur des trottoirs inégaux et verglacés. Ce ne devait pas être facile pour Riley, même sans neige, et il était impressionné par l'habileté avec laquelle elle dirigeait son fauteuil. Il le lui dit.

Elle le regarda en souriant.

— Merci. L'an dernier, je l'ai changé pour un modèle plus moderne, tout-terrain, équipé d'un moteur à assistance électrique pour m'aider à rouler sur l'herbe et le gravier.

— Que vous êtes probablement trop têtue pour utiliser, dit-il sans la regarder.

Il ne flirtait pas, non. Il se contentait de banalités, même s'il aimait plaisanter avec elle. Curieusement, il n'avait plus envie de partir. Au contraire, il voulait rester ici le plus longtemps possible, avec le délicieux parfum du chocolat qui flottait autour de lui et cette belle femme à son côté.

— Vous me connaissez si bien, répliqua-t-elle en lui décochant un clin d'œil malicieux.

Sam se figea, assailli par une brusque envie de balancer le plateau dans la neige et d'attirer Riley dans ses bras pour l'embrasser à perdre haleine, en violation directe de leur accord. Alors, il se détourna et fonça vers la première table libre en les invitant à le suivre.

Riley ne savait pas exactement ce qui se passait, le soudain changement d'humeur de Sam la tracassait. Ils avaient conclu un marché, mais cela ne voulait pas dire qu'ils ne pouvaient pas être cordiaux l'un avec l'autre, au moins en public. Quand ils patientaient devant l'échoppe, il s'était montré charmant et leur avait même offert leurs boissons.

Mais cela ne signifiait rien. Sam lui avait clairement précisé qu'il n'était pas en quête d'une aventure sentimentale, et elle non plus, du reste. Elle avait déjà suffisamment à faire entre son travail et sa recherche de logement.

Il les entraîna vers une table en bordure de l'espace restauration, où ils s'installèrent et se partagèrent les gobelets de chocolat chaud. Refroidie par le revirement de Sam, Riley était irritée. Elle n'agressait pas délibérément les autres, mais c'était devenu un système de défense depuis son accident. Et en présence de Sam, son cœur avait besoin de toutes les défenses possibles.

— Merci, tante Riley, dit Adi en portant son gobelet à ses lèvres. C'est chaud !

— C'est pour ça que ça s'appelle un chocolat chaud, rétorqua Riley.

— On devrait aller louer les patins, observa Sam en voyant la queue s'allonger à l'entrée de la patinoire. Il ne faudrait pas qu'ils soient en rupture.

— J'ai les miens, dit fièrement Adi en tapotant son sac à dos *Star Wars*. Mais il faut en prendre pour Ivy.

— Je m'en charge, répondit-il en se levant, évitant de regarder Riley. Restez ici, pour qu'on ne perde pas la table.

— À vos ordres, monsieur, dit Riley avec un salut moqueur qui fit glousser les filles.

Vingt minutes plus tard, Sam revint avec une paire de patins roses pour sa fille, et une autre noire plus grande pour lui. Il aida Ivy à les chausser avant de mettre les siens. Les fillettes avaient bu la moitié de leur chocolat, mais elles avaient hâte de patiner.

— On peut y aller maintenant, tante Riley ? demanda Adi.

— Demande à Sam, c'est le roi de la glace, et il vous accompagne, répondit Riley, pince-sans-rire.

Elle soutint sans sourciller le regard de Sam. C'était vrai, non ? N'arrivait-il pas à étouffer ses émotions à la demande ?

— Le Dr Perkins est roi ? demanda Adi, sourcils froncés.

— Alors je suis princesse ? ajouta Ivy. J'ai toujours voulu être princesse ! Comme Elsa !

Cette nouvelle allusion à la glace arracha un ricanement à Riley. Sam la foudroya du regard.

— Tu es toujours une princesse pour moi, *yeobo*, murmura-t-il en posant tendrement la main sur l'épaule de sa fille.

— Je suis prête ! s'écria Adi en se levant d'un coup, manquant tomber en marchant sur le sol inégal.

Sam et Ivy se levèrent à leur tour, aussi chancelants que

des poulains nouveau-nés. Le cœur de Riley bondit malgré ses résolutions. Sam pouvait être adorable quand il voulait. Comme lorsqu'il avait écarté ses cheveux de son visage, ou écouté l'histoire de son accident sans balancer les platitudes habituelles, la remerciant même de l'avoir partagée avec lui...

Elle sentit son cœur se réchauffer malgré elle.

— Tenez-vous bien à moi pour qu'on reste ensemble, dit-il, prenant les fillettes par la main pour couvrir la courte distance jusqu'à l'entrée de la patinoire.

Ils s'arrêtèrent un instant pour retirer la protection des lames, et Riley les interpella.

— Je vous encouragerai d'ici ! cria-t-elle, sa colère envolée.

Adi et Ivy lui répondirent en levant le pouce pendant que Sam lui jetait un regard méfiant, et tous trois gagnèrent la piste de glace en se tenant les uns aux autres pour garder l'équilibre. Riley avait souvent patiné avant son accident, et elle éprouvait un sentiment doux-amer en voyant les autres faire ce qui lui était désormais interdit.

Un jour je pourrai, se promit-elle en silence.

Elle dégusta son chocolat, la gorge serrée de tristesse et de détermination. Elle referait du patin à glace un jour, quoi qu'il arrive. Quand elle décidait quelque chose, elle le réalisait. Malgré elle, elle s'imagina patinant avec Sam et les filles, main dans la main, riant et se taquinant comme n'importe quelle famille. L'image était si nette qu'elle battit des cils pour refouler ses larmes. D'où sortait cette idée saugrenue ? Oui, son ancienne vie et ses vieux rêves lui manquaient, mais ça ne voulait pas dire que Sam devait les remplacer.

Si... ?

Elle s'empressa de sécher ses larmes. C'était ridicule. Tout ce qu'elle avait perdu lui manquait, bien sûr. La camaraderie et l'amusement. La complicité et le soutien. Et peut-être ses rencontres avec Sam lui avaient-elles manqué ces derniers jours. Elle s'était habituée à son excentricité et ressentait un grand vide. La présence d'Ivy lui manquait aussi, toujours à glousser avec Adi du haut de leurs sept ans. Elle connaissait Sam et sa fille depuis peu, mais ils avaient fini par faire partie de sa vie sans qu'elle s'en aperçoive. Et Sam était un homme bien, même s'il n'était pas pour elle.

J'aurais aimé qu'il le soit.

Riley se figea à cette pensée, les yeux fixés sur le trio qui terminait son deuxième tour de piste. Sam regarda dans sa direction et agita la main en souriant, et elle se surprit à rêver qu'elle était aimée de lui.

Quoi ?

Non, son attirance pour lui se limitait à ça. Point. Ils avaient à peine échangé deux mots cette semaine et ils avaient conclu un accord. Plus de baisers. Plus d'idylle. Uniquement du professionnel. C'était ce qu'elle voulait.

Mais son cœur semblait voir les choses autrement...

Elle en était là de ses pensées quand les filles revinrent, suivies de près par Sam.

Adi se précipita vers Riley et l'étreignit maladroitement.

— C'était trop cool ! Je ne suis même pas tombée une fois !

— Bravo, ma puce ! s'écria Riley, les yeux fixés sur Sam par-dessus la tête de sa nièce.

Qu'allait-elle lui dire ? Comment allait-elle gérer tout ça ? Elle n'avait assurément pas besoin d'un petit ami possessif qui se sentirait obligé de l'aider, voire de la guérir, comme il l'avait fait avec sa femme. Elle n'avait jamais voulu ça. Prise de panique, elle repoussa doucement Adi.

— J'aimerais tant que tu viennes avec nous, tante Riley, dit sa nièce, l'arrachant à ses pensées.

— Moi aussi, marmonna Riley en détournant les yeux du regard trop perspicace de Sam. Peut-être l'année prochaine.

— Mon chocolat est encore chaud ? demanda Ivy qui claquait des dents. Je suis gelée.

— Oui, dit Riley en lui tendant son gobelet. Bois, mon chou.

— Quand vous aurez fini, il faudra rentrer, déclara Sam, s'asseyant à côté de sa fille pour retirer ses patins et remettre ses chaussures. Vous avez école demain, les filles.

— On est obligées de partir ? protestèrent les fillettes.

— J'en ai peur, répondit Sam d'un air désenchanté, comme s'il déplorait que la soirée s'achève.

Riley le comprenait. Mais il fallait qu'elle rentre chez elle pour réfléchir à tout ça. Quel gâchis. Elle croyait qu'ils avaient éteint le feu qui couvait entre eux en décidant de s'en tenir à des rapports strictement professionnels. Qu'elle ne risquait plus de tomber amoureuse de lui en le cataloguant comme ami. Mais elle s'était trompée. Il menaçait maintenant d'abattre ses défenses et de compromettre l'avenir auquel elle aspirait. C'était à la fois écrasant, déroutant, et terriblement tentant, ouvrant de nouvelles perspectives qu'elle n'attendait pas.

— Remets tes bottes aussi, dit-elle distraitement à Adi, puis on se dépêchera de regagner la voiture.

9

— Parfait, monsieur Langston, vos scans sont finis, annonça Riley au vieil homme allongé sur la table. Le technicien va vous aider à vous relever et, quand vous vous serez changé, l'orthopédiste s'entretiendra avec vous dans son bureau.

Harry Langston, commissaire-priseur de son état, s'empêtra dans sa chemise d'hôpital en se redressant.

— Il est toujours en retard, grommela-t-il. Pas comme vous. Vous êtes beaucoup plus rigoureuse.

— Le Dr Warner est très occupé, répondit-elle en dissimulant un sourire, consciente que sous ses airs revêches, Harry était un tendre. Alors, prenez tout votre temps.

Les sourcils froncés, Harry se leva avec l'aide du technicien et alla se rhabiller. Malgré le compliment du vieux monsieur sur sa ponctualité, Riley avait pris du retard aujourd'hui. Son planning avait été bouleversé par plusieurs urgences, notamment M. Langston qui s'était fait mal au dos en décorant le fronton de la salle des ventes. Il prétendait avoir voulu la rendre accueillante pour les visiteurs de passage en ville pour le festival, mais Riley le soupçonnait d'avoir voulu rivaliser avec Arthur, le quincaillier, chacun essayant toujours de supplanter l'autre.

Quand Harry fut rhabillé, elle le rejoignit dans le couloir.

— Vous voilà prêt, parfait, dit-elle en souriant. À présent, descendez en orthopédie, au deuxième niveau. Je les ai appelés, l'infirmière vous attend.

Il lui lança un regard contrit.

— Pardonnez ma mauvaise humeur. Mon stupide téléphone ne fonctionne pas bien, alors qu'il est pratiquement neuf. Il n'enregistre rien, sous prétexte que ma mémoire est pleine.

Riley fronça les sourcils. Elle savait qu'il avait acheté l'appareil l'année précédente car elle se trouvait dans la boutique ce jour-là pour changer son portable. Elle lui demanda de le déverrouiller, et il le lui tendit. Elle scrolla un moment, vérifiant différents paramètres jusqu'à ce qu'elle ait trouvé le problème.

— Il y a douze mille photos de votre chien là-dedans, Harry. Comment avez-vous pu en prendre autant en si peu de temps ?

Il haussa les épaules.

— Bandit aime qu'on le photographie.

— Eh bien, ça mange toute votre mémoire, dit-elle en lui rendant le téléphone. Je vous suggère de sauvegarder les photos dans le cloud puis de les effacer de votre portable pour libérer de l'espace. Si vous avez besoin d'aide pour la sauvegarde, appelez la boutique de téléphonie.

— D'accord, répliqua Harry en grognant pendant qu'elle le raccompagnait jusqu'à l'ascenseur en peinant à garder son sérieux.

Elle était attachée aux habitants de Wyckford et aimait leur rendre service quand elle le pouvait. Elle appuya sur le bouton de l'ascenseur et, quand les portes s'ouvrirent dans un chuintement feutré, elle se retrouva face à face avec Sam.

Elle eut un hoquet de surprise. Il était toujours aussi beau, alors qu'elle se sentait exténuée et mal fagotée après sa matinée de folie. Elle passa la main dans ses cheveux pour s'assurer qu'ils ne partaient pas dans tous les sens.

Normalement, elle ne se souciait guère de son apparence, mais les choses avaient changé depuis le soir du festival, quand elle avait compris que son attirance pour Sam avait peut-être évolué. Elle remarquait tout chez lui maintenant. Les minuscules paillettes dorées dans ses iris marron, la perfection de ses dents quand il souriait, la façon dont son pantalon de bloc épousait ses cuisses musclées et son fessier…

Elle se rendit compte qu'elle le dévorait des yeux en entendant M. Langston toussoter discrètement.

Oups.

— Excusez-moi, jeunes gens, déclara Harry en passant devant eux pour monter dans l'ascenseur. Je dois descendre.

Troublée, elle déplaça son fauteuil sur le côté, heurtant involontairement la jambe de Sam.

— Pardon…

— C'est ma faute, répliqua Sam en reculant vivement.

Puis les portes de la cabine se refermèrent sur Harry qui secouait la tête en grommelant :

— Le ciel me préserve d'être amoureux…

Riley se détourna avec gêne pour regagner la radiologie, se maudissant d'avoir oublié que sa patiente suivante lui avait été envoyée par Sam pour des migraines récurrentes.

Comme il lui emboîtait le pas pour gagner la salle d'IRM, elle demanda :

— Vous allez bien ?

— Oui. Ça fait longtemps qu'on ne m'a pas qualifié de « jeune », fit-il remarquer avec une amabilité inattendue.

Dans la cabine d'observation, il s'assit à côté d'elle devant la console et désigna la vitre les séparant de la machine.

— On peut commencer quand vous serez prête.

Parfait. Se concentrant sur la patiente, Riley parcourut son dossier pour s'assurer de réaliser le bon examen. Il s'agissait d'effectuer une série d'IRM du cerveau pour chercher des changements vasculaires ou structurels ou des lésions susceptibles de causer les migraines de la patiente. À travers la vitre, elle fit signe au technicien de bien positionner la patiente à l'intérieur de la machine. En attendant, elle échangea des banalités avec Sam pour détourner son attention de son comportement étrange.

Comme quand elle se penchait vers lui sans le vouloir, attirée par une force invisible. Il fallait vraiment qu'elle se maîtrise.

— Ivy s'est bien amusée au festival ?

— Elle ne parle plus que de ça depuis des jours. Et maintenant, elle veut prendre des cours de patinage.

— Ce n'est pas une mauvaise idée, dit Riley. J'ai pris des leçons quand j'étais petite. C'est un bon exercice, et ça vous fera un cadeau de moins à prévoir pour Noël, non ?

— C'est vrai, admit-il en la regardant avec douceur. C'était sympa de vous avoir avec nous, toutes les deux. Je me réjouis que les filles s'entendent si bien. Ça permet à Ivy de sortir un peu de sa coquille.

Émue par sa tendre bienveillance, Riley garda les yeux baissés pour qu'il ne lise pas dans ses pensées.

— Ça a aussi été profitable à Adi. Après la mort de sa mère, nous étions inquiets pour elle. Elle n'a pas parlé pendant des mois, se contentant d'onomatopées imitant un robot de *La Guerre des étoiles*. Brock l'a même emmenée voir un orthophoniste qui a attribué son mutisme au traumatisme et a dit que tout rentrerait dans l'ordre avec le temps.

— Pauvre petite, murmura Sam avec compassion. À l'évidence il avait raison, car elle parle bien maintenant.

— Oui. Certaines choses demandent du temps et de la patience, acquiesça Riley. Le retour de Cassie à Wyckford a aussi joué un rôle important. Je crois qu'Adi avait besoin d'une présence féminine. Sa mère lui manquait.

Sam garda le silence, les lèvres pincées. Elle avait remarqué qu'il avait ce tic quand il réfléchissait. Elle devait cesser de noter tous ces détails chez lui, ça devenait problématique.

Le technicien signala que la patiente était prête, et ils commencèrent les clichés. Cela prit environ une heure en tout, après qu'on avait administré à la patiente un produit de contraste en intraveineuse pour mettre en évidence les vaisseaux sanguins de son cerveau. Quand ce fut terminé, Riley et Sam étudièrent ensemble les résultats pendant que le technicien aidait la patiente à sortir de la machine et lui retirait le cathéter.

— Le point positif, c'est qu'il n'y a pas de micro-saignements, de lésions, ni de changement dans le volume de la matière blanche ou de la matière grise, déclara Riley en scrutant les images sur l'écran de son ordinateur.

— En effet, acquiesça Sam par-dessus son épaule. Mais j'ignore toujours la cause des migraines de ma patiente.

Il s'adossa à son siège en soupirant et se frotta les yeux, visiblement éreinté.

— Vous semblez avoir besoin de sommeil, observa-t-elle, ignorant les grondements de son estomac affamé. Quand finissez-vous votre garde ?

— Elle s'est achevée il y a une heure. Mais mon remplaçant n'était pas encore arrivé, et cette dame avait besoin de moi, alors je suis resté.

— La relève est peut-être là maintenant ?

Sam consulta son téléphone et sourit, ébouriffé, ridiculement sexy. Elle détourna les yeux, le visage en feu.

— Oui, Dieu merci. Je n'ai plus qu'à regagner ma maison déserte pour finir mes restes.

Il n'avait pas l'air trop déçu, mais elle avait perçu sa solitude derrière son apparente désinvolture.

— Ou vous pouvez rentrer avec moi manger nos restes, dit-elle sans réfléchir. Brock et Cassie travaillent tous les deux, et Adi et son petit frère passent la nuit chez la nounou.

Sam parut un peu surpris, et elle prit conscience qu'elle n'aurait jamais dû faire cette suggestion après leur accord. Ils l'avaient un peu transgressé l'autre soir au festival, mais c'était différent. Ils n'avaient rien prévu et s'étaient rencontrés par hasard. La suggestion qu'elle venait de faire lui avait sans doute été dictée par son côté obscur. Mais au fond il n'y avait pas de quoi en faire un plat. Deux collègues allaient simplement partager un repas. Ils parleraient travail en dînant, puis iraient se coucher.

Fin de l'histoire. Qu'importait si Sam hantait souvent ses rêves fiévreux ces temps-ci...

— Oh ! euh... commenta-t-il, agité, en triturant des papiers. Je ne veux pas m'imposer.

Il lui offrait une porte de sortie. Elle aurait dû s'y engouffrer. Elle ne le fit pas.

— Vous ne vous imposez pas. Je vous ai invité. À moins que vous préfériez retrouver la solitude de votre maison.

Le silence se prolongeant, le malaise devint palpable, et Riley se retourna vers son ordinateur, sentant le poids de son regard sur sa nuque.

Finalement, il poussa un long soupir, comme s'il capitulait devant l'inévitable.

— D'accord.

Riley déglutit et le regarda par-dessus son épaule.

— Très bien. Rejoignez-moi chez Brock quand vous aurez fini. Ma garde est terminée.

Hochant la tête, Sam redescendit à l'étage inférieur pour briefer son remplaçant sur le cas de la patiente migraineuse.

Riley mit à jour de la documentation envoyée à la dernière minute, rangea son bureau et partit.

Sur le parking, elle prit une grande bouffée d'air vif et piquant avant d'actionner la télécommande qui démarrait le moteur et ouvrait les portières du véhicule. Il avait recommencé à neiger et, après avoir monté le chauffage, elle consulta ses mails en attendant que les vitres soient dégivrées. Lynette lui avait laissé un message concernant la maison de la baie. D'autres acheteurs potentiels devaient la visiter le lendemain, et elle voulait savoir si Riley avait trouvé un entrepreneur pour lui donner une estimation des travaux d'aménagement à prévoir, afin qu'elle puisse faire une offre. La réponse, courte, était non. Riley n'avait pas eu le temps de s'en occuper. Elle devait réagir vite si elle ne voulait pas que la maison lui passe sous le nez.

Rangeant son téléphone, elle alluma la radio, trouva sa version préférée de *Have Yourself a Merry Little Christmas* et, quittant le parking du personnel, elle regagna son domicile.

À la maison, elle libéra d'abord Winnie pour lui faire faire ses besoins, puis elle alla à la cuisine réchauffer les restes de la veille. Le temps que Sam arrive, le repas était au four, et elle s'était changée, enfilant un jean confortable et un sweat-shirt rouge orné d'un renne et d'un grand sucre d'orge portant l'inscription Pole Danseur.

Quand Sam frappa à la porte, Winnie fut pris d'une excitation frénétique et se mit à bondir partout, ses griffes claquant sur les lattes du parquet.

— Ça sent bon, remarqua Sam, accrochant son manteau à la patère de l'entrée et retirant ses bottes maculées de neige. Je peux faire quelque chose pour vous aider ?

— Les *mostaccioli* maison et les gressins seront bientôt prêts, mais vous pouvez mettre le couvert, si vous voulez, dit-elle, l'entraînant dans la cuisine pour lui montrer où trouver le nécessaire. On peut s'installer autour de l'îlot central où c'est plus intime, ou dans la salle à manger plus spacieuse.

— L'îlot sera parfait, répondit-il avec un sourire qui lui arracha des frissons. Merci encore de m'avoir invité. Ça ne me dérange pas de dîner seul quand je rentre tard, mais on finit par s'en lasser.

— Vous êtes le bienvenu. Vous avez parlé de restes chez vous. Votre nounou fait aussi la cuisine ?

— Non, c'est mon domaine. Ça me détend. Entre les plats italiens que j'ai appris à cuisiner avec ma femme et les recettes coréennes héritées de ma mère, je me défends aux fourneaux.

Riley sourit, l'imaginant en chef.

— Personnellement je n'ai jamais été bonne cuisinière. Après l'accident, je n'ai plus eu à m'en soucier, car je n'aurais pas été capable d'atteindre le matériel, de toute façon. Mais Brock a fait aménager la cuisine avec des plans de travail à hauteur modulable et d'autres équipements accessibles et, maintenant, je n'ai plus d'excuses.

Riant doucement, Sam regarda autour de lui.

— Eh bien, cette cuisine est fantastique.

— Oui. Elle sera difficile à reproduire quand j'aurai ma propre maison.

— Peut-être pas. Selon ce que vous trouverez au départ, les travaux pourraient être plus limités que vous ne pensez. J'ai rénové moi-même notre maison de San Diego pour faciliter le quotidien de Natalia quand son état s'est dégradé. La cuisine, les salles de bains, le hall d'entrée. Tout.

Le minuteur sonna, et Riley se munit de maniques pour sortir du four les plats qu'elle posa sur l'îlot central, tout en rassemblant ses pensées. Elle ignorait que Sam possédait aussi des talents de bricoleur. Il était déjà très occupé par ailleurs, et cela l'intriguait. Il y avait tant d'aspects de lui qu'elle avait encore à découvrir. Elle prit des couverts de service dans un tiroir, et s'assit à côté de lui pour dîner.

— J'ai visité une maison qui me plaît beaucoup, mais il y a pas mal de travaux à faire pour l'adapter à mes besoins, dit-elle en se servant. Je dois trouver un entrepreneur qui la visitera avec moi afin de me donner une estimation, pour que je puisse faire une offre si les aménagements entrent dans mon budget. Mais d'autres personnes s'intéressent à ce bien, et je n'ai pas encore eu le temps de chercher quelqu'un.

Sam avala une bouchée de pâtes avant de répondre.

— Je peux y jeter un coup d'œil, si vous voulez.

Elle fronça les sourcils.

— Vraiment ? Vous êtes sûr ? Votre planning est pire que le mien.

— Ça ne devrait pas prendre trop de temps. Et j'aime faire ça. J'ai appris très jeune à réparer des choses à la maison pour économiser de l'argent et je me suis perfectionné avec les années. Je ne suis pas encore accrédité mais je compte l'être bientôt, avant de m'occuper de votre projet. Toutefois je comprendrais que vous vous adressiez à quelqu'un d'autre compte tenu de notre accord...

— Non, non. Ce sera parfait. Je vous connais et j'aurai confiance en votre jugement. Et d'après ce que vous venez de dire, vous saurez ce qu'il faut faire.

— Eh bien, c'est entendu.

Sam sourit en croquant dans un gressin, et la gêne entre eux se dissipa comme par magie.

— Honnêtement, vous me rendrez service. J'aime travailler de mes mains et je n'ai guère eu l'occasion de le faire depuis mon installation ici. Rénover des choses me procure une sensation d'accomplissement. De travail bien fait. Un peu comme la chirurgie, sauf que la maison est mon patient.

— C'est très gentil à vous, dit-elle, soulagée d'un poids.

Elle voulait un logement à elle depuis longtemps, mais ce n'était jamais le bon moment, d'autres projets ayant la priorité. Sam lui offrait sur un plateau tout ce qu'elle désirait, et elle allait enfin pouvoir réaliser son rêve. Résistant à l'envie de lui sauter au cou pour le remercier, elle prit son téléphone.

— J'appelle l'agent immobilier pour voir quand elle peut nous faire visiter la maison.

Sam ne pouvait pas croire qu'il s'était proposé pour aider Riley dans ses rénovations. Pire, il n'arrivait pas à le regretter. Depuis le festival, elle occupait souvent ses pensées, alors pourquoi ne pas continuer à traîner avec elle, même si cela transgressait clairement leur accord ? Cela ne semblait pas trop les déranger, et il se demanda ce qu'elle en pensait.

Elle avait proposé de lui faire visiter la demeure de Brock pour lui donner une idée de ses besoins dans son nouveau logis. Ils étaient maintenant devant sa chambre, et il ne pouvait s'empêcher d'imaginer que dans d'autres circonstances, ils auraient pu vivre ensemble. Troublé, tourmenté, il aurait voulu s'éclipser discrètement, mais le fauteuil de Riley bloquait le passage, et c'était impossible.

Il se força à se concentrer sur les aménagements réalisés, la large entrée de la pièce avec sa porte coulissante qui s'ouvrait et se fermait en pressant un bouton, les grandes fenêtres avec vue imprenable sur Buzzards Bay, et l'immense dressing muni d'étagères réglables en hauteur par un système ingénieux.

Ils descendirent ensuite une rampe pour gagner le sous-sol de la maison, qui abritait une salle de gymnastique accessible en fauteuil roulant. Un bain à remous était installé dans un angle et, en le voyant, Sam imagina malgré lui le corps nu de Riley barbotant dans l'eau, avant de chasser ce fantasme inopportun. Il ne pouvait pas avoir ce genre de pensée. Il ne voulait pas ouvrir son cœur au risque d'être encore abandonné. Pourtant, c'était apparemment ce qui était en train de se passer.

La poitrine oppressée, il avait le front en sueur.

— Je me rends compte que ça fait beaucoup, observa Riley, l'arrachant à ses réflexions angoissantes.

Malgré ses efforts pour l'éviter, elle avait réussi à le rendre vulnérable. À lui donner envie d'oublier toute prudence et de perdre le contrôle. Et c'était... effrayant, stupide, et diablement tentant. Elle poursuivit tandis qu'il sentait son pouls palpiter dans ses tempes :

— Je n'ai pas vraiment besoin de tout ça. Les installations de l'étage seront suffisantes pour commencer... mais vous tremblez, lui fit-elle remarquer, fixant ses mains. Vous allez bien ?

Leurs yeux se rencontrèrent et, s'il ne sut lire dans son regard, son corps, lui, comprit immédiatement ce qui se passait quand un désir soudain, brûlant, s'empara de lui, une faim avide qui lui coupa le souffle. Il avait tenté de l'ignorer, de le nier. Mais ce n'était plus possible. Il n'était pas prêt, mais il ne le serait peut-être plus jamais. Riley s'était révélée loyale, sincère, courageuse. Il devait trouver ces qualités en lui, et cesser d'utiliser son chagrin et sa peur de souffrir pour tenir les gens à distance.

Les gens comme Riley.

La tête penchée, elle ne le quittait pas des yeux, dans une posture qui l'emplit de tendresse. Elle prétendait qu'Adi avait besoin d'une figure maternelle. Mais Ivy aussi avait besoin d'une mère, elle méritait bien plus que ce qu'il pouvait lui offrir. C'était un fardeau lourd à porter, surtout pour quelqu'un qui chérissait son indépendance comme Riley. Il n'osait pas lui poser la question. Pas encore. Peut-être jamais.

— On peut prendre l'ascenseur pour remonter à l'étage, dit-elle après un long silence, l'entraînant vers une grande porte dans le mur. Vous n'aurez pas à vous soucier de ça, car la maison qui m'intéresse est de plain-pied.

— Ah, génial.

Il essaya de masquer sa déconfiture comme la porte de l'ascenseur s'ouvrait. Ils avaient aussi fait installer un ascenseur dans leur demeure de San Diego, mais celui-ci était beaucoup plus petit. En tendant les bras dans son fauteuil, Riley aurait pu toucher les deux côtés. Ils allaient être serrés...

Ils montèrent dans la cabine, et Riley pressa le bouton, à la hauteur parfaite pour elle. La porte se referma, et il sentit sa température monter d'un cran. Heureusement Riley n'arrêtait pas de parler, le forçant à se concentrer sur autre chose que leur proximité et l'envie qu'il avait de l'enlacer et de l'embrasser jusqu'à ce qu'ils en oublient leur maudit accord.

— Je vous le répète, ma préoccupation majeure est ce que j'utilise au quotidien. Comptoirs, lavabos, douches, fenêtres, placards. Ce qui devra être installé en priorité quand j'emménagerai dans la maison.

— Bien sûr, grommela-t-il tandis que la cabine les montait à l'étage. C'est juste une question de temps et d'argent.

— Tout est une question de temps et d'argent, dit-elle.

— Pas tout, non, répliqua-t-il en soutenant son regard.

— Peut-être pas, murmura-t-elle, les joues empourprées,

comme la porte de l'ascenseur s'ouvrait, apportant une bouffée d'air frais bienvenue. Pas tout.

Il tint la porte pour la laisser passer et la suivit dans le couloir. La visite était terminée. Sam éclaircit sa gorge nouée.

— Je dois y aller. Merci pour le dîner. Et la visite. Prévenez-moi quand l'agent immobilier pourra nous montrer la maison.

— Entendu, dit-elle en souriant, apparemment plus heureuse et détendue avec lui, ce dont il se réjouit. Ce sera dur de quitter cette demeure que j'adore. Même si mon frère me tape parfois sur les nerfs.

Sam enfila son manteau et se rechaussa, impatient de sortir dans le froid pour rafraîchir les ardeurs de son corps en feu.

— On se parle bientôt, dit-il, sa main gantée sur la poignée de la porte.

— D'accord. Soyez prudent en rentrant.

Elle se tenait derrière lui, et en se retournant, il vit qu'elle avait abandonné son fauteuil dans le couloir pour une paire de béquilles. Elle rit en voyant son expression choquée. Depuis qu'il la connaissait, il ne l'avait jamais vue qu'en fauteuil.

— J'ai fait beaucoup de séances de kiné cette année, dit-elle en guise d'explication. J'espère remarcher seule un jour, sans béquilles.

Tendant le bras pour lui tenir la porte, elle chancela légèrement, et Sam posa machinalement la main sur son bras pour la stabiliser, mais elle s'empressa de reculer.

— Tout va bien. Je n'ai pas besoin d'aide.

Sam se figea, gêné. Bien sûr qu'elle était capable de se débrouiller seule, comme sa femme. Il serra les poings.

— Désolé. Je n'aurais pas dû... pardon.

— Arrêtez de vous excuser, je vous en prie, murmura-t-elle dans un soupir. Moi aussi je suis désolée. Je sais qu'on dit que mon état me rend amère. Mais après l'accident Brock m'a traitée comme une porcelaine fragile. J'ai mis longtemps à le faire changer d'attitude, à apprendre à survivre par moi-même. Quand j'aurai déménagé, je n'aurai plus personne pour m'ouvrir les portes ou ramasser une de mes béquilles si elle m'échappe, n'est-ce pas ?

Interrompue par le bourdonnement de son téléphone, elle s'en empara, en équilibre sur une béquille.

— C'est un texto de l'agent immobilier. Elle a un créneau demain après-midi. Ça vous irait ?

— Quelle heure ? demanda-t-il en consultant son planning sur son smartphone.

— Vers 2 heures ?

— C'est bon pour moi, dit-il en notant le rendez-vous.

— Parfait.

Elle envoya un SMS à l'agent immobilier et sourit à Sam.

— Merci pour votre aide précieuse, surtout si près de Noël. Cette période de l'année est tellement chargée.

— C'est vrai. Mais j'aime être occupé. Ça permet de tenir les fantômes à distance.

Le silence retomba entre eux, qu'elle finit par rompre d'une voix rauque :

— Mes parents me manquent toujours, d'autant plus que c'est ma faute s'ils ne sont plus là. Si je n'étais pas sortie ce soir-là, si je les avais écoutés quand ils me disaient que le garçon avec qui je sortais n'était pas un type bien...

C'était la deuxième fois qu'il l'entendait se reprocher la mort de ses parents.

— Vous n'êtes pas responsable de l'accident, Riley.

— Comment pouvez-vous le savoir ? Vous n'étiez pas là. Ils sont sortis pour venir me chercher après que ce type m'a larguée. Pendant une tempête de neige. Si ce n'est pas ma faute, je ne sais pas ce que c'est. Et j'ai appris à vivre avec.

— Non, je n'étais pas là, dit-il fermement. Je ne connais pas tous les détails. Mais je sais sans le moindre doute que vous n'êtes pas responsable de ce qui leur est arrivé, Riley. On fait tous des choix, et on vit avec les conséquences. Ils auraient pu vous envoyer un taxi, vous dire de rentrer avec quelqu'un d'autre.

Ils n'étaient pas obligés de venir eux-mêmes, ils l'ont choisi. Et ils n'auraient sûrement pas regretté leur décision. Je ne l'aurais pas fait si j'avais dû aller chercher Ivy.

Elle battit des paupières, les yeux noyés de larmes. Elle tendit sa main libre, comme pour le toucher, il se pencha vers elle et…

La porte de derrière s'ouvrit, et Adi s'engouffra dans la maison, les ramenant brutalement à la réalité.

— Tante Riley, pourquoi tu gardes la porte ouverte ? Je me fais gronder quand je fais ça !

Riley inspira pour se ressaisir.

— Le Dr Perkins s'en allait. Qu'est-ce que tu fais là ? Je croyais que tu passais la nuit chez Lois.

Brock entra et referma la porte derrière lui.

— Pour une fois, les urgences n'étaient pas débordées, et on était en sureffectif, alors j'ai décidé de rentrer. Salut, Sam.

— Salut, répondit Sam en levant une main gênée.

— Devinez quoi ! s'écria Adi. Ivy et moi on est les chefs des poissons rouges ! Ça veut dire qu'on va nager devant tout le monde sur scène en agitant nos nageoires !

— Cool, commenta Riley en refermant la porte d'entrée.

Sam s'accroupit pour être au niveau de la fillette.

— Ivy doit être aussi excitée que toi. Elle travaille avec Hala sur son costume. Mais si vous êtes chefs des poissons rouges, vous devez répéter encore plus, car vous serez sous les projecteurs. Le spectacle a lieu dans une semaine.

— La maîtresse dit qu'on n'a pas de texte à apprendre, alors c'est plus facile. Elle veut qu'on apprivoise.

Les adultes échangèrent un regard amusé.

— Tu veux dire « improvise ».

— C'est ce que j'ai dit. Apprivoise.

— C'est presque ça, pouffa Sam en se redressant. Qui aurait cru qu'il y avait des poissons rouges dans la crèche ?

Adi repartit dans la cuisine où Brock inventoriait le contenu du réfrigérateur.

— Papa, je peux avoir un *go-gurt* ?

— Sur ce, je dois vraiment partir, dit Sam. À plus tard.

— À bientôt, dit Riley, lui tenant la porte.

Il s'enfuit, soulagé de ne pas s'être ridiculisé davantage en l'embrassant. Si Brock les avait surpris, la nouvelle aurait fait le tour de l'hôpital, et les bonnes langues s'en seraient donné à cœur joie.

Regagnant son véhicule, il vit Riley qui l'observait devant la porte, belle et lumineuse comme une étoile de Noël. Et il songea que si les gens pensaient qu'ils étaient en couple, ce ne serait peut-être pas si terrible, après tout.

10

Le lendemain, Sam se tenait sur le *deck* derrière la maison et contemplait la splendeur gelée de Buzzards Bay figée dans l'hiver. La terrasse était un bel espace extérieur, meublé de fauteuils Adirondack et d'une petite table compris dans la propriété. Sur le côté, un cabanon était rempli de matériel divers utile à l'entretien du domaine : tondeuse, désherbant, outils, clous, vis, rallonges, corde... Sam y avait même trouvé des jouets gonflables pour les baignades estivales. En refermant la porte, il prit conscience que vivre près de l'eau lui manquait. Il aspirait de plus en plus à passer du temps ici, à regarder la mer gris foncé s'éclaircir et se métamorphoser à l'approche du printemps, à apprendre à Ivy quels animaux vivaient près du rivage, à courir le long de la plage au lever du soleil. À marcher main dans la main avec Riley en béquilles sur la passerelle en bois, s'arrêtant pour l'embrasser au bord de l'eau, la prendre dans ses bras et...

Il se raidit. Il ne savait pas d'où sortait cette pensée ni pourquoi, mais il n'arrivait pas à la chasser. L'idée d'être de nouveau avec quelqu'un dans une relation intime aurait dû l'effrayer. Cela impliquait d'accueillir une autre personne dans sa vie, son cœur, son avenir. Il serait exposé, vulnérable, affaibli, il ne maîtriserait plus rien, ce qu'il refusait catégoriquement un mois plus tôt, mais maintenant...

— Alors, qu'en dites-vous ? demanda Riley, le rejoignant sur la terrasse. Tous les aménagements entreront dans mon budget ?

— D'après ma première estimation, je pense, oui, répondit-il, content d'être détourné des pensées qui le tourmentaient.

Il avait cru qu'en la connaissant mieux son intérêt pour elle s'estomperait. Mais c'était le contraire. Plus il passait du temps avec elle, plus il voulait la voir. Elle était brillante dans son travail, passionnée avec ses patients, et vouait un amour sincère à sa famille et sa communauté. Elle répandait sa chaleur, son humour et sa bienveillance sur ceux qui gravitaient autour d'elle, Ivy et lui compris. S'il avait foi en la providence, il aurait pu croire que leurs chemins étaient destinés à se croiser.

Il s'aperçut qu'elle attendait qu'il développe et s'éclaircit la gorge.

— Il faut encore que les détaillants confirment les coûts des fournitures, mais tout devrait entrer largement dans votre enveloppe.

— Parfait ! s'écria-t-elle en battant des mains. Je vais dire à Lynette que j'achète la maison !

Sam la regarda s'éloigner, conscient que la demeure était idéale pour elle. Créative et astucieuse, sa conception brillante réussissait l'exploit de combiner harmonieusement la nature extérieure et l'intérieur chaleureux et confortable. Il y avait même des chambres d'amis pour que les fillettes aient chacune la leur quand elles séjourneraient chez elle. Ou si Riley décidait de fonder une famille un jour.

Cette pensée éveilla en lui un sentiment de possession qui lui coupa les jambes. D'où diable cela sortait-il ? Riley ne lui appartenait pas, et il ne lui appartenait pas non plus.

Mais tu aimerais bien que ce soit le cas…

Perplexe, Sam chassa cette étrange idée. Il ne voulait pas d'une relation amoureuse. Il ne voulait pas risquer de se retrouver encore avec le cœur en lambeaux.

Si ?

Un mois plus tôt, il aurait répondu non sans hésiter. Mais aujourd'hui, il n'en était plus aussi sûr.

Sa relation avec Riley avait changé récemment, et il s'efforçait encore de la comprendre, mais il savait que ces changements n'étaient pas tous mauvais. Il se sentait désormais lié à la ville, à Riley. Il éprouvait un sentiment d'appartenance qu'il n'avait pas connu depuis la mort de Natalia. Toutes ces choses lui avaient manqué, alors qu'il les avait crues à jamais perdues.

Jusqu'à maintenant.

Tout à ses pensées, il regagna la maison et se joignit à la discussion entre Riley et Lynette sur le montant de l'offre, en tenant compte des rénovations à effectuer. Quand elles furent parvenues à un accord en s'appuyant sur les estimations de Sam, Lynette appela le propriétaire et lui présenta l'offre qu'il accepta sans discuter.

Riley était folle de joie.

— Félicitations, dit Lynette. Je vais préparer les papiers et on pourra avancer.

— Vous avez une idée du délai pour finaliser le projet ?

— Ça devrait se faire après le 1er janvier, étant donné qu'on n'est qu'à deux semaines de Noël.

Ils sortirent par la porte principale cette fois, et Lynette se dirigea vers sa voiture, se retournant pour leur lancer :

— Joyeuses fêtes à tous les deux. Vous formez un couple adorable !

Sam battit des paupières, trop sidéré pour réagir.

Riley garda le silence jusqu'à ce que Lynette ait disparu.

— J'ignore pourquoi elle pense que nous sommes ensemble, déclara-t-elle comme ils revenaient vers la maison.

Il faisait un peu plus doux aujourd'hui, et une brise légère soufflait du sud. Elle faisait voler les cheveux de Riley autour de son visage, et il dut se faire violence pour ne pas caresser sa joue douce. Son parfum de cannelle lui titillait les narines, comme une invitation. Mais il ne s'agissait plus seulement d'attirance sexuelle, même si c'était aussi fort.

Un klaxon se fit entendre au loin, ramenant Sam au présent, et il prit conscience qu'ils se contemplaient depuis un moment, absorbés l'un par l'autre.

Sans réfléchir, il se pencha vers elle et l'embrassa. Elle émit un petit son rauque qui porta son excitation à son comble. Il l'enlaça et, la soulevant de son fauteuil pour la plaquer contre lui, il mêla sa bouche à la sienne tandis qu'ils retrouvaient la magie de leur premier baiser. Leurs souffles ne faisaient qu'un, les lèvres de Riley étaient douces et chaudes sous les siennes. S'ils n'avaient pas été dehors, à la vue des passants, il aurait pu continuer longtemps. Mais il s'écarta lentement, avec l'impression que leur baiser avait duré une éternité, pas quelques délicieuses secondes.

Était-ce une erreur ? Probablement.

Mais Sam ne voulait plus s'en soucier.

Il avait essayé de fuir, de garder ses distances avec Riley, de nier ses sentiments, et cela l'avait épuisé. Chaque fois qu'il la voyait, leur connexion était plus forte, et les souvenirs affluaient : la sensation de sa bouche sous la sienne, de ses cheveux soyeux sous ses doigts, de ses seins frôlant sa poitrine. Son odeur, son goût… Il ne pouvait plus résister. Il voulait savourer l'afflux de sang dans ses veines, la poussée d'adrénaline, autant de rappels qu'il était encore bien vivant et terriblement homme.

Il n'avait plus qu'à trouver comment avancer maintenant.

Le lendemain, Riley était distraite pendant sa séance hebdomadaire au cabinet de physiothérapie de son amie Luna. Elle s'efforçait de comprendre Sam Perkins. Il l'avait embrassée deux fois, et la façon dont il la dévorait des yeux lui enflammait le sang, mais il semblait se contenir. Chaque fois qu'elle croyait qu'ils allaient passer à l'étape suivante, il faisait deux pas en arrière. Cela n'avait pas de sens. Elle savait qu'il gérait encore la mort de sa femme, mais c'était ridicule. Ou il la désirait, ou il ne la désirait pas. Il fallait qu'il soit clair.

— La terre à Riley, dit Luna, taquine.

Elles effectuaient des mouvements d'amplitude passifs pour échauffer les articulations des hanches, des genoux, et des chevilles de Riley afin de leur conserver leur flexibilité. Au cours de l'année, elle avait travaillé dur, pas seulement pour empêcher les muscles de ses jambes de s'atrophier, mais aussi pour augmenter sa masse musculaire dans l'espoir d'adopter définitivement les béquilles et d'abandonner le fauteuil.

— Il est temps de passer au vélo.

— Excuse-moi, murmura Riley, essuyant son visage en sueur pour cacher sa rougeur. J'étais distraite.

— Tout va bien ? demanda Luna comme Riley se hissait à la force des bras sur le vélo couché à côté d'elle.

Spécialement conçu pour les paraplégiques, l'appareil avait été commandé par l'hôpital en début d'année. Pour que Riley remarche, sa circulation sanguine jouait un rôle essentiel dans le processus. Elle s'exerçait donc sur le vélo à chaque séance. Luna sangla sa jambe droite au support et son pied à la pédale, et procéda de même pour la gauche. Elle fixa ensuite des électrodes à la cuisse droite et au muscle grand fessier.

— Prête, annonça-t-elle en reculant.

Riley actionna l'interrupteur sur le panneau de contrôle et choisit le mode haute intensité, consistant en quatre minutes d'exercice intense suivies d'un intervalle égal de moindre effort pour augmenter son débit sanguin et son pouls, en accélérant sa consommation d'oxygène et renforçant le volume de pompage de son cœur. Quand elle fut lancée, Luna s'assit pour garder l'œil sur elle et s'assurer qu'elle n'en faisait pas trop, en continuant à la faire parler.

— Qu'est-ce qui te distrait ? Dis-moi que c'est un truc salace. On n'a plus de ragots juteux à l'hôpital depuis des mois.

— J'ai fait une offre sur une maison, répondit Riley en soufflant.

Ce n'était pas un mensonge. Et elle pensait aussi à Sam et à leur baiser la veille. Mais pas question de le dire à Luna si elle ne voulait pas qu'on en parle dans toute la ville.

— Lynette dit que l'affaire devrait être conclue après le premier de l'an.

— C'est fantastique ! Félicitations. Où est-elle située ?

Riley lui donna tous les détails en haletant légèrement, sans toutefois être essoufflée.

— Mais elle a besoin d'aménagements... Tu savais que Sam Perkins rénovait des bâtisses ? demanda-t-elle nonchalamment. Il a proposé de réaliser les travaux pour moi.

— Je l'ignorais, répondit Luna, se penchant vers elle avec un sourire malicieux. Alors, vous passez pas mal de temps ensemble ?

— Ce n'est pas ce que tu crois.

Menteuse. L'accélération soudaine de son pouls fit biper le moniteur cardiaque avant que Riley retrouve son calme. Maudit vélo. Jetant un regard agacé à Luna, elle but une gorgée d'eau sans cesser de pédaler.

— Il m'aide avec la maison. C'est tout.

— Bien sûr. Et il est ton collègue.

— Et alors ?

— Et sa fille et Adi sont amies.

— Où veux-tu en venir ?

— Nulle part, répliqua Luna en haussant les épaules. Je trouve ça super que vous vous soyez trouvés. Lucille dit qu'elle vous a vus au festival, et que vous allez bien ensemble.

Riley se retint de justesse de lui dire ce que Lucille pouvait faire de ses remarques, préférant scruter l'écran qui affichait sa progression dans sa randonnée fictive.

— Nous sommes seulement amis. Et Lucille ferait mieux de se mêler de ses affaires. Après la façon dont elle a dénoncé Brock et Cassie sur la page Facebook de la ville et dont elle vous a harcelés toi et Mark, et Madi et Tate, je croyais que tu cesserais d'ajouter foi à ses commérages.

— Tu as raison. Comme je t'ai dit, on s'ennuie un peu ici. Pardon, dit Luna en lui tapotant la jambe. Je suis vraiment heureuse pour toi, Riley. Tu mérites de trouver l'âme sœur, toi aussi. Que ce soit Sam ou un autre, tu as besoin d'amour.

— Je n'ai besoin de rien, rétorqua-t-elle.

Mais depuis qu'elle s'était rapprochée de Sam, ce n'était plus vrai. Malgré sa détermination à préserver son indépendance et prouver qu'elle pouvait se débrouiller seule, il lui avait mis en tête que la solitude n'était peut-être pas le meilleur des choix. Elle pédala plus fort, regrettant de ne pouvoir se débarrasser de sa peur viscérale de l'engagement.

— Sam est un type bien.

— J'en suis sûre, acquiesça Luna. Il a l'air parfait pour toi.

— Je ne vois pas de quoi tu parles... Bon, d'accord. On s'est embrassés. Deux fois. Mais c'est tout.

— Ça fait du bien de s'embrasser, observa Luna en souriant.

— C'était bien, concéda Riley. Mais maintenant je n'en suis plus si sûre...

Elle s'efforça de trouver les mots pour décrire ce qui se passait entre Sam et elle, et ce qu'elle en pensait.

— Je ne sais pas ce qu'il ressent et j'ai peur de perdre la liberté pour laquelle je me suis tant battue, bref, c'est compliqué, d'accord ? Alors, je t'en prie, ne dis rien à personne pour l'instant.

— Promis, répondit Luna en baissant la voix, bien qu'elles fussent seules dans la salle. Tu crois que Sam est le bon ?

Si Riley n'avait pas été sanglée sur le vélo, elle serait tombée sous l'effet de la surprise. Oui, Sam possédait bon nombre des qualités qu'elle recherchait chez un partenaire. Il était intelligent, adorable, drôle, prévenant... et serviable à l'extrême. Et il tempérait son côté impulsif par une approche plus logique des choses. Mais elle ne voulait pas encore se projeter trop dans le futur, pas quand son pronostic changeait presque quotidiennement. À ce stade, elle prenait les choses une semaine après l'autre.

— Il me plaît. Beaucoup. Mais je ne suis sûre de rien d'autre.

— Pourquoi ?

Parce que l'avenir était compliqué, avec leurs passés, leurs relations de travail, sa fille. Ni l'un ni l'autre ne semblait prêt pour une nouvelle relation, et Riley n'avait ni le temps ni l'énergie pour des chimères. Elle s'était trop battue pour arriver où elle en était maintenant pour renoncer à tout au profit d'un homme qui ne voudrait pas lui laisser sa liberté. Elle appréciait la compagnie de Sam, elle aimait le respect qu'il avait pour les gens quels qu'ils soient, et le désir évident qu'il éprouvait pour elle. Mais parfois cela ne suffisait pas. Elle ne pouvait pas se permettre de tomber amoureuse de lui sans être certaine qu'il serait là pour elle.

Luna attendait visiblement sa réponse.

— Je te l'ai dit, c'est compliqué, dit-elle.

— L'amour l'est toujours, remarqua Luna, compréhensive. Il faut que vous parliez ensemble. Que vous cessiez de fuir sous prétexte que vous avez peur. Crois-moi, je sais comment ça marche.

— Nous sommes juste réalistes. Nous menons des vies très différentes.

— La différence peut être une bonne chose.

— À condition d'être sur la même longueur d'onde, argumenta Riley. Sam et moi ne le sommes pas toujours.

Le programme de pédalage arriva à son terme et s'éteignit. Luna l'aida à défaire les sangles qui l'attachaient à la machine et lui tendit une serviette.

— En tout cas, n'abandonne pas avant de savoir ce que tu as en main, d'accord ? Fais-moi confiance, les meilleures choses peuvent arriver quand on s'y attend le moins. Et l'avenir qu'il te faut n'est pas toujours celui que tu espères.

11

Ce soir-là, Sam était à cran en roulant vers la maison des Turner sous la neige légère qui voletait doucement dans le crépuscule. En rentrant de l'école, Ivy avait encore demandé à passer la nuit chez Adi afin qu'elles puissent continuer à s'exercer ensemble pour leur pièce de Noël. Sam se demandait combien de répétitions il fallait pour incarner un poisson rouge mais, apparemment, c'était beaucoup.

— Pourquoi tu es en colère, papa ? demanda Ivy depuis le siège passager.

— Je ne suis pas en colère, *yeobo*.

Les nombreuses réunions auxquelles il avait dû assister aujourd'hui l'avaient stressé. Quand vous acceptiez un poste de chef de service, on se gardait de préciser la tonne de paperasserie et autres tracasseries administratives qui allaient avec. C'était une fonction prestigieuse assortie d'un complément de salaire non négligeable, mais il y avait des jours où le travail était vraiment assommant.

Il inspira profondément, remua ses épaules tendues et se concentra sur la route jusqu'à ce qu'il se gare devant le porche de la maison des Turner. Ivy jaillit de la voiture pendant qu'il coupait le contact, et il la rejoignit devant la porte.

— Je vais leur dire qu'ils n'ont pas besoin de te prendre à l'école demain.

Et il espérait aussi revoir Riley, même brièvement.

Oui, il était le dernier des imbéciles.

— D'accord, dit Ivy, le vieux téléphone à clapet qu'il lui avait donné dans une main, son petit sac dans l'autre.

Sam pressa la sonnette et attendit, le cœur battant, jusqu'à ce que Riley ouvre la porte appuyée sur ses béquilles, les cheveux relevés en un chignon souple. Son tablier aux couleurs de Noël maculé de farine attira son attention sur ses seins, lui rappelant leur baiser de la veille.

Elle rougit en le voyant.

— Bonsoir. Entrez... Je ne m'attendais pas à vous voir ce soir, chuchota-t-elle.

— Ivy ! cria Adi en déboulant dans l'entrée.

— Je... hum... je ne reste pas, bredouilla Sam. Je... voulais juste vous prévenir que j'irai chercher Ivy à l'école demain pour l'emmener à la fête de l'hôpital. Elle m'enverra un message quand elle sera prête.

— Très bien, répondit Riley, la tête penchée en une posture adorable. Mais ça ne pose pas de problème pour Cassie, si vous avez une urgence ou autre chose...

Hochant la tête, il remarqua pour la première fois l'appétissante odeur de pâtisserie.

— On prépare des sablés pour la fête de Noël de l'hôpital dit-elle en désignant son tablier souillé. Vous pouvez rester nous aider, si vous voulez. Il n'y a que moi et les filles ce soir. Madi et Tate gardent bébé Ben, et Brock et Cassie travaillent.

— Oh...

Il n'avait pas prévu d'assister à la fête. Trop de monde. Mais il avait très envie de passer du temps avec Riley, et il savait que cette envie ne ferait qu'augmenter durant la soirée.

— Je ne sais pas.

Les deux fillettes vinrent les rejoindre en courant.

— Allez, viens, papa, le pria Ivy. S'il te plaît ! Ce sera tellement amusant !

Incapable de résister aux trois visages suppliants tournés vers lui, Sam entra dans la maison et referma derrière lui.

Il se sentit immédiatement plus détendu.

— D'accord, je suis tout à vous.

Les filles poussèrent des cris de joie et se ruèrent dans la chambre d'Adi pour y déposer le sac d'Ivy.

— J'ai apporté mes nouveaux patins à glace. Ils sont tellement cool !

Riley sourit à Sam.

— Alors vous l'avez inscrite à des cours ?

— Oui, répondit-il, retirant son manteau et ses bottes. Vous avez dit que c'était une bonne idée et je vous ai fait confiance. Les patins sont les mêmes que ceux qu'elle portait au festival, blancs avec des licornes pailletées sur le côté. Je n'ai jamais rien vu d'aussi hideux, mais elle les adore. Elle fréquentera la même patinoire qu'Adi mais ne commencera les cours qu'après le 1er janvier.

— Vous êtes un bon papa, dit-elle en l'entraînant dans la cuisine.

— J'essaie, répondit-il, ridiculement flatté par le compliment, s'arrêtant pour caresser le chien qui sautait autour de lui, déchaîné. Comment va Winnie ce soir ?

L'animal gémit de bonheur quand il le gratta derrière les oreilles.

— Je sais, murmura Sam en souriant. Il faut que vous vous rencontriez, toi et Spock.

— Qui est Spock ? demanda Riley.

— Notre sympathique corniaud.

— On est prêtes pour les biscuits ! s'écrièrent les fillettes, fonçant dans la cuisine en chaussettes.

Par la fenêtre, Sam vit qu'il neigeait plus fort à présent, et les gros flocons duveteux contribuaient à donner à la soirée une atmosphère particulière. Dans son enfance, sa famille n'avait pas beaucoup d'argent pour les cadeaux. Et après la mort de

Natalia, Noël était devenu pour lui un jour comme un autre. Mais ce soir il se sentait excité à la perspective des fêtes à venir comme il ne l'avait pas été depuis des années.

Ils installèrent quatre postes autour de l'îlot central, chacun disposant de sa propre fournée de biscuits et d'ustensiles, avec au milieu des bols de glaçage de couleurs différentes et de pépites à partager. Pendant qu'ils s'affairaient avec les étoiles, cloches, rennes et autres flocons, Sam remarqua qu'il y avait davantage de glaçage dans les estomacs des filles et sur leurs frimousses que sur les biscuits. Même Winnie en avait sa part quand d'épaisses gouttes sucrées tombaient par terre. Sam avait les doigts tachés de colorant alimentaire, de même que les poignets de son élégante chemise, mais il passait un bon moment et s'en moquait.

Quand ils eurent fini, les filles se préparèrent à aller au lit pendant que Sam et Riley procédaient ensemble au rangement de la cuisine. Après quoi, Riley fit du thé à la menthe qu'ils allèrent boire dans le salon.

— C'était sympa, remarqua-t-elle, s'asseyant sur le canapé et posant ses béquilles sur le côté. Merci pour votre aide.

— Avec plaisir. Je n'avais pas fait ça depuis des années.

— Quand j'étais petite, la préparation de sablés de Noël était une tradition ici. C'était chouette de la faire revivre.

— On va se coucher, tante Riley, dit Adi en sautant sur ses genoux pour lui donner un baiser. À demain matin !

— Bonne nuit, ma puce, répondit-elle en l'embrassant.

— Bonne nuit, papa, dit Ivy en serrant son père dans ses bras. Je t'aime.

— Je t'aime aussi, *yeobo*, dit-il en l'étreignant. Dormez bien, les filles.

Adi et Ivy s'y engagèrent en chœur et détalèrent vers la chambre d'Adi au bout du couloir. La porte claqua derrière elles, étouffant leurs chuchotements et leurs gloussements. Sam se dit qu'ils auraient de la chance si elles fermaient l'œil quelques heures. C'était beau d'être jeune.

Restés seuls, Riley et Sam dégustèrent leur thé pendant que la neige continuait à tomber au-dehors. Les pensées de Sam tournaient dans sa tête. Il fallait qu'il lui parle, qu'il lui dise ce qu'il éprouvait. Mais si ce n'était pas réciproque ? Comme un adolescent empoté, il bredouilla :

— À propos du baiser, hier...

— Il faut qu'on parle, dit-elle en même temps.

Ils posèrent leurs tasses sur la table et se firent face sur le canapé.

— Vous d'abord, dit Sam.

— D'accord, répondit Riley avec un soupir. Vous me plaisez, Sam. Beaucoup. Mais nous avons conclu un accord, que nous avons déjà violé à plusieurs reprises. Vous m'avez embrassée deux fois, et j'en déduis que je vous plais aussi, mais je n'arrive pas à lire en vous. Et j'ai besoin de savoir ce que nous faisons ici, car je ne veux plus souffrir.

Le cerveau de Sam était resté bloqué sur la partie « Vous me plaisez, Sam. Beaucoup », pendant qu'elle continuait à parler.

— Je ne veux plus souffrir non plus, dit-il. La mort de ma femme a failli me détruire. Nous étions partenaires dans tous les sens du terme. J'ai perdu la moitié de moi en la perdant. J'ai eu du mal à fonctionner pendant des mois, j'étais sur pilote automatique, et ce n'est pas une façon de vivre. Je dois être présent, pour ma fille, mes patients. Pour y parvenir, la seule façon que j'avais trouvée était de bloquer mes émotions. Et je me suis plutôt bien débrouillé. Jusqu'à notre rencontre.

Riley le considéra un moment en se mordillant la lèvre.

— Qu'est-ce qui vous a fait changer ?

— Vous. Ne me demandez pas comment ni pourquoi, mais je suis différent de celui que j'étais il y a un mois. Je ressens de nouveau tout à cause de vous, et je ne sais pas comment revenir en arrière. Je ne suis même pas sûr de le vouloir.

Elle étudia ses mains sur ses genoux, les sourcils froncés.

— Ça ne répond pas à ma question.

Il soupira.

— Vous me plaisez aussi, Riley. Vous me plaisez tellement que ça m'effraye.

Elle leva la tête, et leurs regards se soudèrent.

— J'ai peur moi aussi, avoua-t-elle, et il crut voir une lueur d'espoir dans ses yeux bleus. J'essaie d'être indépendante depuis si longtemps maintenant. Y renoncer m'est difficile.

— Je ne veux pas que vous y renonciez, protesta-t-il, le cœur battant. Vous me plaisez telle que vous êtes, Riley.

Son envie irrépressible de la tenir dans ses bras eut raison de son sang-froid. Il l'attira à lui et enfouit son visage dans ses cheveux, incapable de lutter davantage.

— J'ignore aussi ce que nous sommes en train de faire, mais je sais que je ne veux pas que ça se termine.

Elle dévorait son visage des yeux, prenant conscience qu'il lui était devenu infiniment cher : ses doux yeux noirs, ses lèvres fermes, sa peau d'un brun doré, son menton avec une petite fossette au milieu. Elle promena les doigts sur ses sourcils, l'arête de son nez, sa bouche. Ils allaient devoir être discrets. Et cela rendait la situation encore plus excitante.

Brûlante de désir, Riley aspirait à ne faire qu'un avec lui. Depuis l'accident, elle craignait de ne plus connaître ça, de ne jamais trouver quelqu'un qui l'accepterait telle qu'elle était, avec le bon, le mauvais, et tout ce qui était cassé. Et voilà que Sam lui disait qu'il la désirait. Il la voyait, la voyait vraiment, et c'était une chose rare et précieuse. Ils ignoraient peut-être comment ça se terminerait, mais elle ne reculerait pas maintenant. Pas ce soir. Ni jamais peut-être.

— Allons dans ma chambre.

Sam se redressa et la souleva dans ses bras si vite qu'elle étouffa un petit cri. Elle aimait les hommes audacieux. Il l'emporta dans le couloir, et elle enfouit son visage au creux de son cou en respirant son odeur de pin et de savon, sa fraîche senteur hivernale.

Après avoir fermé la porte de la chambre, il la laissa glisser contre lui jusqu'à ce que ses pieds touchent le sol, ses grandes mains posées sur sa taille. Sa chaleur l'enveloppa, la rendant folle de désir.

Il promena ses lèvres sur son front, ses pommettes, derrière son oreille. Des ondes de plaisir la parcoururent pendant qu'il titillait le creux sensible de son cou.

— J'ai tellement envie de vous que j'ai mal, murmura-t-il contre sa peau, la plaquant contre lui pour lui prouver ses dires. Je n'arrive plus à penser à autre chose depuis que vous êtes sortie de cette cabine d'essayage habillée en elfe.

— C'est vrai ? dit-elle d'une voix rauque, cambrée contre lui. Et qu'allez-vous faire ?

— Ceci...

Il l'embrassa lentement, goulûment, empoignant ses fesses pour la frotter doucement contre lui et lutiner son entrejambe. Elle gémit et s'agrippa à lui pour prolonger le plaisir.

Au bout d'un moment, il la souleva et l'assit au bord du lit. Ils se débarrassèrent de leurs vêtements. Elle se retrouva en sous-vêtements et Sam en jean. Elle passa sa langue sur ses lèvres à la vue de son torse souple et tonique, impatiente d'en explorer la moindre parcelle.

Mais il semblait avoir d'autres idées et, se plaçant entre ses jambes, il glissa les mains le long de ses cuisses jusqu'à son sexe. Étouffant un cri contre sa bouche, elle enfouit ses doigts dans ses cheveux drus. Il écarta un peu ses cuisses, et ses pouces trouvèrent le petit bouton sensible à travers son slip en dentelle. Il le caressa lentement, délicatement, variant la pression pour la satisfaire au mieux.

Elle laissa échapper un grondement sourd quand il se pencha

vers elle pour mordiller son oreille, son souffle brûlant contre sa joue.

— Tu es si désirable...

S'agenouillant devant elle, il arracha son slip, la révélant dans toute sa nudité. Sa langue explora la peau sensible de son clitoris, et elle agrippa le couvre-lit, l'incitant tacitement à poursuivre, étouffant des cris de plaisir.

Soudain elle jouit, et tout son corps vibra sous l'orgasme qui l'emportait dans un tourbillon de volupté.

Quand elle reprit ses esprits, le souffle court, elle leva les yeux vers lui. Planté devant le lit, il la contemplait en se débarrassant de son jean et de son boxer.

— Tu as des préservatifs ?

— Dans la table de nuit.

Il en enfila un et s'allongea à côté d'elle. Elle sentit son érection contre sa hanche. Lasse d'attendre, elle l'enlaça et l'attira sur elle. Il s'appuya sur les coudes de chaque côté de sa tête et se positionna entre ses jambes, et elle glissa la main entre eux, prenant tout son temps pour caresser son membre dur pendant qu'il caressait voluptueusement ses seins.

Puis il se planta entre ses jambes et la taquina de la pointe de son sexe jusqu'à ce qu'elle crie grâce.

— Dépêche-toi...

Il rit.

— J'aime quand tu exiges.

Pour toute réponse, elle l'attira à elle pour l'embrasser pendant qu'il la pénétrait avec douceur.

— J'aime te sentir, haleta-t-il, remuant en elle.

Elle n'était plus que sensation, agrippant si fort ses épaules que ses ongles s'enfonçaient dans sa chair, et l'aspirant au plus profond d'elle. Elle ne sentait peut-être pas ses jambes, mais le reste fonctionnait très bien.

Sam enfouit son visage dans son cou, et la nuit s'emplit de doux gémissements et de soupirs.

— Oui... chuchota-t-elle, le guidant dans ses caresses.

Il l'observait, ses yeux noirs luisant de chaleur et de désir. Et soudain, elle sentit son corps se tendre sous une onde de jouissance indicible, entraînant Sam avec elle dans un tourbillon de plaisir. Il se raidit, ferma les yeux et s'effondra sur elle avant de rouler sur le côté, le cœur battant à l'unisson du sien. Elle lui embrassa l'oreille, épuisée. Elle attendit qu'il s'écarte, mais il se blottit plus étroitement contre elle, et elle posa la tête au creux de son épaule.

— C'était merveilleux, murmura-t-il d'une voix endormie. Mais on doit avancer doucement. Ça te va ?

Elle soupira, soulagée.

— Oui. C'est ce que je veux aussi.

Il se leva pour aller dans la salle de bains, et elle le regarda s'éloigner, ravie de le voir aussi joyeux.

Et s'ils savaient s'y prendre, peut-être pourraient-ils tous les deux être heureux, ensemble.

Sam se réveilla quelques heures plus tard, et il lui fallut un moment pour comprendre qu'il avait de la compagnie et qu'il n'était pas dans son lit. Il se sentait un peu groggy. Entre son travail, Riley, et l'approche des fêtes, les derniers jours s'étaient déroulés dans un brouillard un peu flou. Avec un soupir, il se remémora les dernières heures. La décoration des sablés. Leurs ébats amoureux.

Riley soupira dans son sommeil et colla son corps chaud contre le sien, lui portant un coup en plein cœur. Leur étreinte avait été une révélation – douce, choquante, bouleversante.

Il prit une profonde inspiration et se pencha pour la regarder. Nue, elle était enroulée dans la couverture d'où émergeait une mèche de cheveux bruns. Il eut envie de l'embrasser pour la réveiller et revivre leurs merveilleux ébats, avec peut-être quelques nouvelles variations.

Sauf que...

Il se redressa et jeta un coup d'œil au réveil sur la table de chevet. Les filles n'allaient pas tarder à se lever, et il fallait qu'il parte avant. Pour lui « avancer doucement » signifiait garder le secret sur leur relation, du moins pour le moment. Il allait rentrer chez lui prendre une douche et partir travailler pour que personne ne sache qu'il avait dormi ici. Avec Riley.

Retenant son souffle, Sam glissa prudemment jusqu'au bord du lit et fut soulagé de voir que Riley n'avait pas bougé. Il retourna dans la salle de bains, remit ses vêtements de la veille, puis se faufila hors de la chambre pour récupérer ses bottes et son manteau dans le salon plongé dans l'obscurité. Jusqu'ici, tout allait bien. Il n'avait vraiment pas envie d'expliquer à Brock ce qu'il faisait avec sa sœur. D'autant qu'il n'en était pas encore très sûr lui-même.

Était-ce une liaison ? Une aventure d'un soir ? Un plan cul ? Il n'en avait aucune idée. Il savait juste qu'ils avaient partagé un moment fabuleux qu'il préférait garder pour lui pour l'instant. Riley lui avait dit qu'elle ne voulait pas souffrir ni perdre sa liberté, et il en déduisait qu'ils étaient sur la même longueur d'onde. Parfait.

Il gratta sa barbe naissante. Les aventures d'un soir et les plans cul se résumaient généralement au sexe sans attache ni engagement sentimental. Mais ce n'était pas ce qu'il avait partagé avec Riley la veille. Il emporta ses bottes jusqu'au canapé et les enfila à la clarté de la lune qui se déversait par les fenêtres, faisant scintiller la pléthore de guirlandes lumineuses et autres ornements disséminés dans la pièce.

D'après Riley, Adi avait eu carte blanche pour les décorations de Noël, et ça se voyait. Sam avait le même problème chez lui avec Ivy. Pour les fillettes de sept ans apparemment, décorer voulait dire recouvrir chaque surface visible de babioles brillantes et autres paillettes.

Ce qui le fit penser à la nouvelle maison de Riley. Il se représenta la jeune femme la décorant pour les fêtes de fin d'année, drapant des guirlandes sur un sapin et préparant des sablés de Noël dans sa nouvelle cuisine. Peut-être Ivy et Adi l'aideraient-elles. Et peut-être serait-il invité aussi quand il aurait terminé les travaux d'aménagement. Peut-être...

Un instant, il s'autorisa à imaginer ce que serait la vie avec Riley, une nouvelle existence, un nouveau futur avec elle. Il vit leur trio assis dans le salon de la nouvelle maison avec Spork près d'un sapin de Noël scintillant de mille feux, contemplant par la fenêtre le spectacle de Buzzards Bay assoupie dans l'hiver, jouant à des jeux de société, lisant des histoires ou regardant de vieux films de Noël à la télévision.

Et c'était merveilleux.

Avec un soupir, Sam ouvrit les yeux et revint à la réalité. Il ne devait pas s'emballer. Ils avaient encore beaucoup à régler. Leurs passés. Le besoin d'indépendance de Riley. Son propre désir de contrôle. De plus, il était impliqué émotionnellement maintenant – inutile de le nier – et cela l'effrayait. Il se sentait perdu, déchiré, incontrôlable.

Se levant pour enfiler ses gants, il vit Riley qui l'observait depuis son fauteuil roulant. Elle s'était approchée à son insu, toujours enveloppée dans la couverture, les cheveux emmêlés.

— Je croyais que tu étais parti.

Il se pencha pour lui donner un baiser rapide et se dirigea vers la porte, ignorant les battements précipités de son cœur.

— Je m'en vais maintenant, dit-il, sortant calmement ses clés de sa poche alors que tout son être lui hurlait de retourner au lit avec elle. Je ne veux pas que les filles me voient.

— Voient quoi ? demanda la voix ensommeillée d'Ivy qui surgit en se frottant les yeux, le pyjama en tire-bouchon. Qu'est-ce que tu fais là, papa ? C'est l'heure de rentrer à la maison ?

Sam se figea, son regard allant de l'une à l'autre.

Riley fut la plus prompte à réagir.

— Non, mon chou. Ton papa a oublié quelque chose hier soir, et il est passé le chercher en allant à l'hôpital.

Ivy plissa les yeux.

— Tu as oublié quoi, papa ?

— Hum...

Ma santé mentale.

Il agita les doigts, se détestant de mentir à sa fille.

— Mes gants. Il fait froid, et j'en avais besoin.

Adi ne tarda pas à les rejoindre, et elle grimpa sur les genoux de Riley.

— Pourquoi tout le monde est debout ? C'est l'heure de dormir.

— Je sais, ma puce, dit Riley en l'embrassant sur le crâne. Sam avait besoin de quelque chose.

— Et maintenant je file, déclara-t-il, et il ouvrit la porte en priant pour que la bouffée d'air glacial le réveille de ce cauchemar. Je te verrai après l'école, Ivy.

Il se précipita dehors et fonça vers sa voiture, conscient qu'ils allaient droit à la catastrophe. Les fillettes étaient bavardes. Il suffirait d'un mot à la mauvaise personne pour lancer la machine à potins que plus rien n'arrêterait. Tout le monde saurait qu'il couchait avec Riley. Il mit le moteur en marche et le laissa tourner pendant qu'il nettoyait les vitres.

Il devait reprendre le contrôle et empêcher la situation de lui échapper. Se protéger. Protéger Riley. Et surtout, protéger Ivy.

Il ignorait encore comment s'y prendre, mais il trouverait. Il trouvait toujours.

12

— Ne me dis pas que tu as ouvert ton cadeau de Noël secret en avance et que tu as trouvé le Dr Perkins à l'intérieur, car si c'est le cas, je connais beaucoup de célibataires de l'hôpital qui changeront leur liste au Père Noël !

L'infirmière urgentiste Madi Scott avait pris Riley en aparté à la soirée de Noël du personnel du Wyckford General et lui souriait avec malice.

Riley jeta un coup d'œil vers la salle bondée, où Sam bavardait avec d'autres médecins. Elle ne savait pas comment réagir à son départ précipité le matin, comme s'il était gêné ou se sentait coupable d'avoir couché avec elle. Deux options aussi peu flatteuses l'une que l'autre. Depuis, ils n'avaient pas eu l'occasion de parler mais, chaque fois qu'elle avait croisé son regard, son souffle s'était accéléré. Merveilleux amant, Sam avait su comment la satisfaire avant qu'elle le sache elle-même. Des souvenirs de leurs ébats passionnés ne cessaient de lui revenir aux moments les plus inopportuns. Comme maintenant. Et elle était tendue comme un arc.

Madi la scrutait. Et à en juger par son sourire, elle n'était pas dupe de sa petite comédie concernant Sam. Mais elle ne pouvait pas encore savoir qu'ils avaient couché ensemble. Les commérages allaient bon train à Wyckford, mais quand même.

— Sérieusement, reprit Madi, je vois bien que quelque chose

te tracasse. Autant me le dire tout de suite, ça m'évitera de te gaver de gâteau au chocolat au dîner pour te faire parler.

— Je vais bien, dit Riley.

Et c'était vrai. Elle allait bien avant que Sam fasse irruption dans sa vie, et elle irait bien s'il partait. Même si elle sentait son cœur se fendre à cette pensée. D'ailleurs, que dire à Madi ? Qu'ils avaient fait l'amour, mais qu'elle n'avait aucune idée de la suite ? Il y avait mieux comme compte rendu. Elle ignorait même si leur nuit allait déboucher sur une relation, ce qui semblait improbable à en juger par la réserve de Sam.

— Bien sûr, répliqua Madi sans conviction.

Riley soupira. Elle avait des fourmillements dans le corps depuis leurs ébats, ce qui la changeait agréablement de son engourdissement habituel. Ce qu'ils avaient partagé était bien plus que du sexe pour elle. Une renaissance. C'était la première fois depuis son accident qu'elle retrouvait la magie de l'intimité qui lui avait tant manqué. Elle avait eu des rapports sexuels et des orgasmes ces deux dernières années. Elle était humaine, après tout. Mais ça n'avait jamais été aussi simple, insouciant, merveilleux, qu'avec Sam. Il avait semblé y prendre le même plaisir qu'elle, et si elle ignorait encore les détails de sa vie, elle savait qu'il n'était pas homme à se satisfaire de rencontres d'un soir.

Elle refoula l'incertitude qui l'avait tourmentée toute la journée.

Elle était forte, indépendante. Elle n'avait pas besoin d'un homme pour être heureuse ou pleinement femme.

Et si elle arrivait à en convaincre son cœur, tout irait bien.

Malgré elle, Riley regarda de nouveau vers Sam, et ce simple coup d'œil lui fit perdre les pédales, ranimant son anxiété. Elle n'était pas amoureuse de lui. Absolument pas. Elle ne voulait pas être amoureuse.

— Brock sait que tu as rencontré quelqu'un ? demanda Madi.

— Je n'ai rencontré personne, rétorqua-t-elle d'un ton sec. Ce n'est pas parce que Tate et toi roucoulez comme deux tourtereaux que les autres veulent en faire autant, d'accord ?

Elle croisa les bras, se sentant vulnérable. Pourquoi les gens ne pouvaient-ils pas se mêler de leurs affaires ? Ne s'étaient-ils pas suffisamment intéressés à elle après l'accident ?

Observant discrètement Sam, elle le vit s'excuser et quitter la salle derrière Lucille Manson par une porte du fond. Elle grignota distraitement un biscuit au fromage en maudissant son bonnet de Père Noël qui lui irritait le cuir chevelu. D'habitude elle appréciait ces fêtes, mais ce soir elle n'était pas d'humeur. Elle restait seulement parce que Sam devait jouer les Père Noël pour les enfants du personnel et qu'Adi serait là, ainsi qu'Ivy.

Madi se méprit sur son silence.

— Excuse-moi. Je ne voulais pas être indiscrète. J'espère vraiment que tu retrouveras le bonheur, Riley. Tu le mérites.

Riley eut mauvaise conscience. Madi était la personne la plus gentille, la plus adorable, qu'elle connaissait. Elle savait qu'elle se faisait du souci pour elle. Comme Brock, et la plupart des habitants de Wyckford. Mais cela ne rendait pas leur sollicitude moins étouffante. Et Riley voulait que tout le monde cesse de s'inquiéter pour elle et son avenir et la laisse vivre en paix.

Elle se surprit à fixer la porte par laquelle Sam avait disparu, se demandant s'il avait un problème avec son costume de Père Noël. Elle devait peut-être aller voir…

— Psst… docteur Turner ?

Tournant la tête vers l'entrée, elle vit Daisy Randall qui lui faisait signe depuis son fauteuil roulant.

— Comment vous allez ? demanda-t-elle en la rejoignant.

— Bien, merci.

Daisy avait meilleure mine que lors de son dernier rendez-vous. Les résultats de son PET scan n'avaient montré aucun changement, ce qui était une bonne chose avec une SLA. Cela signifiait qu'elle avait plus de temps. Combien ? Nul ne pouvait le dire, mais personne ne savait combien de temps il lui restait à vivre. Riley l'avait appris à ses dépens.

— Ma mère est allée chercher la voiture. Nous sommes venues

faire des analyses et chercher des médicaments à la pharmacie de l'hôpital. Mais je voulais vous souhaiter de bonnes fêtes, car je ne vous reverrai pas avant Noël.

Riley l'enlaça, et leurs fauteuils se heurtèrent avec un claquement métallique.

— Joyeux Noël à vous aussi, Daisy. Vous avez des projets avec votre famille ?

— Non, nous resterons chez nous pour le moment. À profiter du calme.

— Bonne idée. Je vais en faire autant, dit Riley en souriant. Je vous ai dit que j'avais trouvé une maison ?

— Formidable ! Dites-moi tout.

Riley s'exécuta, précisant que Sam allait l'aider à réaliser les aménagements nécessaires. Cela lui rappela qu'elle devait appeler Lynette pour lui demander un trousseau de clés, car ils devaient aller prendre des mesures.

— Je suis excitée comme une puce et j'ai hâte de vous y accueillir quand les travaux seront finis.

— Moi aussi ! Ça m'encouragera à tenir jusque-là.

— Hé, on découvre chaque jour de nouveaux traitements. Il est encore trop tôt pour baisser les bras.

— Jamais, affirma Daisy. Je suis juste réaliste. Mais je jure que je verrai votre maison, docteur. Ce sera un nouveau but à ajouter à ma liste d'objectifs.

— Une liste d'objectifs ? Je devrais peut-être essayer ça.

— Peut-être. Bon, je vous laisse retourner à votre fête, dit Daisy en jetant un coup d'œil par la porte. On a l'air de bien s'amuser.

— Vous voulez venir ? Il y a surtout les membres du personnel de l'hôpital et leurs enfants, mais Sam tient le rôle du Père Noël.

— Le Dr Perkins ? Vraiment ? s'écria Daisy, surprise. Je viendrais volontiers, mais maman m'attend. Je vous verrai à mon prochain rendez-vous.

Elle lui fit signe en s'éloignant puis immobilisa son fauteuil et se retourna.

— Et bonne année à vous, docteur !

Riley retourna à sa place contre le mur au moment où Adi et Ivy arrivaient avec Brock. Sa nièce courut vers elle et lui sauta au cou.

— Tante Riley, le Père Noël est là ?

— Pas encore, ma puce, répondit Riley en lui ébouriffant les cheveux. Bientôt.

Brock s'adossa au mur. Il avait dû donner des consultations à l'ancien cabinet médical de leur père, car il portait une chemise et une cravate sous sa blouse. Son stéthoscope pendait encore à son cou, signe qu'il était parti en hâte.

— On a manqué quelque chose ?

— Juste des sandwichs médiocres et du lait de poule tiède, répondit Riley avec un haussement d'épaules, tandis que sa nièce courait rejoindre Ivy en contemplation devant un homme qui façonnait des rennes avec des ballons. Où est Cassie ?

— En consultation pour un cas de reconstruction faciale. Elle ne pourra sûrement pas venir.

— Quelle chance...

— Je vois que ton esprit de Noël est au top, dit-il en riant.

— Mon esprit de Noël va très bien, grommela-t-elle, consciente qu'elle devait lui parler de la maison. J'ai quelque chose à te dire, Brock.

Il éclata de rire.

— Quoi ? Que tu sors avec Sam ?

— Comment ! s'écria-t-elle, tournant vivement la tête vers lui. Pourquoi dis-tu une chose pareille ?

Si les commérages se mettaient à précéder les événements, ça promettait. Elle ne se sentait pas la force d'être de nouveau au centre de l'attention générale.

Son frère haussa les épaules.

— J'ai des yeux, petite sœur. Vous échangez des œillades énamourées depuis des semaines.

— Pas du tout ! protesta-t-elle, furieuse de ces allusions à sa vie privée. Et en quoi ça te regarde d'ailleurs ?

— Calme-toi, reine de la grogne, dit-il comme la porte du fond s'ouvrait pour laisser entrer le Père Noël. Quoi ? C'est Sam le Père Noël cette année ? s'écria-t-il, hilare.

— Oui… il faut que je te dise que…

Brock s'écarta du mur tandis qu'Adi et Ivy se ruaient vers le petit groupe entourant le grand bonhomme en rouge.

— Désolé, ça devra attendre. Je dois empêcher ma fille d'escalader ton nouveau petit ami comme un sapin de Noël.

— Il n'est pas mon petit ami ! Nous travaillons ensemble, c'est tout ! hurla Riley derrière lui, trop fort à en juger par les regards qui convergèrent vers elle.

Y compris celui de Sam. Elle ne put voir sa réaction sous sa grande barbe blanche, mais peu importait.

— J'ai acheté une maison, annonça-t-elle sans préambule à son frère. Les transactions devraient être finalisées après le 1er janvier, et je déménagerai peu après.

Brock la regarda fixement.

— Quoi ?

— J'ai acheté une maison, répéta-t-elle, un peu gênée de lui apprendre la nouvelle de cette façon. Elle donne sur la baie, non loin de chez toi ; je pourrai toujours garder Adi si ça t'arrange, et on continuera à se voir souvent. J'ai vraiment besoin d'un logement à moi, pour mon intimité, et Cassie et toi aurez plus d'espace.

— Mais ça se passe très bien maintenant. Je croyais que tu étais heureuse de vivre avec nous, objecta Brock, à la fois surpris et blessé. Tu es sûre d'être prête à vivre seule ?

— Je suis heureuse chez toi, Brock, et je te serai toujours reconnaissante de m'avoir accueillie après l'accident, mais oui, je suis prête à vivre seule. C'est mieux comme ça.

— Tu crois ? dit-il, les bras croisés. Ta nouvelle demeure est d'accès facile pour toi ? Dans le cas contraire, comment vas-tu te déplacer et te débrouiller au quotidien ? Tu y as pensé ?

Elle s'empourpra, offensée.

— Je ne suis pas idiote. Bien sûr que j'y ai pensé. J'ai tout prévu. Un entrepreneur fera les aménagements nécessaires avant mon installation. Ta maison me servira de modèle car tu y as fait de l'excellent travail. Arrête de t'inquiéter pour moi.

— Je ne peux pas, grommela Brock. Tu es ma sœur.

— Exactement. Tu es mon frère, pas mon gardien ni mon patron. Je vais déménager, il faudra t'y faire, répondit-elle, aussi têtue que lui. C'est idiot de se disputer pour ça. Nous sommes adultes tous les deux, nous pouvons faire ce que nous voulons. Je peux prendre soin de moi. Je l'ai toujours fait et je continuerai.

— Qui va te faire les travaux ? demanda-t-il. Un entrepreneur agréé, j'espère ?

— Qu'est-ce que tu ne comprends pas dans « je ne suis pas idiote » ? demanda-t-elle en haussant le ton, agacée. Crois-le ou non, frérot, tu n'es pas le seul à savoir comment gérer ce genre de problème.

Elle envisagea un instant de lui mentir sur l'identité de l'entrepreneur en question, mais il découvrirait la vérité tôt ou tard, de toute façon.

— C'est Sam qui va se charger des restaurations.

— Sam Perkins ? répliqua Brock, incrédule. Qu'est-ce qu'il connaît en rénovation de maisons ?

— Il a entièrement retapé sa demeure de Californie. Il fait ça depuis des années. C'est son hobby. Et il a une certaine expérience en matière d'accessibilité. Il est parfait pour le job.

— Vraiment ? répondit son frère, grognon et sceptique. Je n'en crois rien.

— Je me moque de ce que tu crois.

Elle savait que son déménagement serait un problème. Brock avait toujours été bien trop autoritaire à son goût, et son statut d'enfant chéri de la ville lui était monté à la tête. Elle avait cru que l'accident le calmerait, mais ce n'était visiblement pas le cas. Combinés au stress de sa relation ambiguë avec Sam, ses trente-deux ans de rancœur refoulée firent éclater la fureur de Riley.

— Pourquoi me refuser ça, Brock ? Depuis trente ans, je vis dans ton ombre, malgré mes efforts pour en sortir. Et maintenant que je vais enfin obtenir quelque chose par moi-même, tu es incapable de te réjouir pour moi. Tu veux seulement me contrôler et me garder sous ta coupe. Eh bien, c'est terminé. J'en ai assez !

— Papa ! s'écria Adi en courant vers eux. Le Père Noël dit qu'il m'apportera un Dark Vador de deux mètres pour Noël !

Les yeux bleus de Brock flambaient de colère, et Riley comprit que la discussion n'était pas close. Fort bien. Elle était contente d'avoir percé l'abcès. Il était grand temps. Elle ravalait son ressentiment depuis trop longtemps.

— On parlera du Père Noël plus tard, dit-il à sa fille. Tu peux aller me chercher une tasse de lait de poule ?

— D'accord ! répondit Adi en détalant, inconsciente de la tension entre son père et sa tante.

— Avant tout, dit Brock, reprenant son échange houleux avec sa sœur, je ne comprends pas de quoi tu parles. Vivre dans mon ombre ? Tu es le bébé de la famille et tu as toujours été le centre de l'attention sans avoir à lever le petit doigt ! Je devais me plier en quatre pour seulement exister...

— Qu'importe, coupa-t-elle, cassante. Tout le monde en ville t'adorait ! Toi, le héros !

— Moi, un héros ? répéta-t-il, sidéré. Après la mort de Kaede, j'étais une épave. Tu le sais. Je n'ai pas pu quitter mon lit pendant des jours. Et quand je l'ai fait, c'était pour m'assurer qu'Adi allait bien. Qu'est-ce que ça a d'héroïque ?

Elle ouvrit la bouche pour répondre mais il couvrit sa voix, portant son exaspération à son comble. Un cri strident leur parvint de l'estrade où Sam était assis, un enfant sur les genoux, mais aucun des deux n'y prêta attention. Ils n'avaient pas eu une telle dispute depuis l'enfance.

— Tu pouvais tout te permettre en grandissant, Riley. Tout. Sortir la nuit, enfreindre le couvre-feu, fréquenter des voyous. N'importe qui aurait été un modèle comparé à toi. Et si je faisais le contraire pour avoir un peu d'attention, peux-tu m'en blâmer ? Après tout ce que j'ai fait pour toi ensuite ?

— Je ne t'ai jamais rien demandé. Je t'ai témoigné maintes et maintes fois ma gratitude pour m'avoir accueillie chez toi, et j'étais sincère. Mais je ne t'ai pas demandé de le faire.

— J'étais censé te laisser te débrouiller toute seule ?

— Oui ! Peut-être que si tu l'avais fait, je ne serais plus dans ce fauteuil, par la force des choses.

— Oh ! ne me mets pas ça sur le dos ! Si tu dois blâmer quelqu'un de ce qui t'est arrivé, alors...

— Je dois m'en prendre à moi-même ? Je le fais, crois-moi ! Je sais que je suis responsable de l'accident, Brock. Je n'ai pas besoin que tu me le dises. Chaque jour que Dieu fait, je vis avec la pensée que nos parents sont morts à cause de moi !

Quand Sam émergea de l'arrière-salle dans son costume, il se demanda pour la énième fois comment il avait pu se laisser convaincre de participer à cette mascarade. Mais il le savait déjà : quelqu'un avait besoin de son aide et c'était son devoir d'accepter. Et voilà qu'il était sur cette estrade dans ce costume étouffant, avec une fausse barbe blanche collée au cou et au menton, à jouer le Père Noël au pied levé.

Scrutant la foule, il repéra Riley qui bavardait avec Daisy Randall à l'entrée. Avant d'aller mettre son costume, il avait évité de la regarder de peur qu'on lise ses sentiments sur son visage. La nuit dernière avait été une révélation pour lui. Sa réaction à ses caresses, ses murmures de plaisir, le goût de sa bouche... Il avait cru que coucher avec elle briserait le charme, mais c'était l'inverse. Plus elle lui donnait, plus il en voulait. Elle lui faisait de nouveau croire en la magie de Noël. Avec elle il se sentait mieux, moins seul. Il oubliait tout ce qui n'était pas elle. Même maintenant.

Déguisée en assistante du Père Noël, Lucille Manson s'éclaircit la gorge pour lui signaler que la parole était à lui.

Le spectacle commençait.

Il balança le gros sac de jouets sur le sol à ses pieds et lança un vigoureux *ho, ho, ho !*

— Bienvenue, les petits, et vous qui avez gardé votre âme d'enfant ! Qui est prêt à venir chercher un cadeau et me dire ce qu'il désire pour Noël ?

En file indienne, les bambins sautaient, battaient des mains et criaient de joie. Le Père Noël était une légende pour eux, et aujourd'hui Sam le représentait. Il déglutit et fit signe à Lucille de faire monter le premier gamin. Cette soirée était un peu trop pour lui, mais l'hôpital donnait tout pour les membres de son personnel et leurs familles, et il ne pouvait pas les décevoir.

Les premiers enfants demandèrent les cadeaux habituels, jouets, équipements sportifs, gadgets électroniques. Puis arriva Adi. Elle monta sur ses genoux en l'appelant Dr Perkins et lui demanda un truc géant de *La Guerre des étoiles*. Ignorant de quoi elle parlait, il promit de faire de son mieux pour le lui trouver. Il en parlerait à Brock plus tard, au cas où.

Tout se passa bien avec Ivy. Il avait noté tout ce qu'elle voulait, et il espérait la satisfaire en trouvant les cadeaux en ville ou en ligne. Il avait déjà acheté le train électrique pour lequel elle avait craqué le jour du bingo, et il n'avait plus qu'à trouver le temps d'aller le chercher au magasin.

Les enfants continuaient à défiler devant lui, et il avait un mot gentil pour chacun. Les fêtes de Noël étaient devenues douces-amères pour lui après la mort de sa femme, mais il aimait toujours voir l'émerveillement sur les frimousses des bambins, et il appréciait les efforts des gens pour se montrer bienveillants les uns avec les autres. Ces derniers temps, il sentait revivre en lui l'esprit de Noël. Et il pouvait toujours essayer de se leurrer sur la cause de cette renaissance, la vérité tenait en un prénom, Riley.

Il regarda dans sa direction et vit qu'elle discutait avec son frère au fond de la salle. Ils semblaient absorbés par leur conversation, et elle avait le visage rouge, mais il n'eut pas le temps de s'interroger, car Lucille lui posait sur les genoux un dernier bout de chou d'environ trois ans.

— Bonjour ! dit Sam. Comment tu t'appelles ?

Le petit garçon gigota, son genou manquant de peu ses parties intimes, et il le fixa, les yeux écarquillés.

— R... Ronnie.

— Eh bien, Ronnie, dit Sam en l'installant confortablement contre lui, si tu me disais ce que tu veux pour Noël ?

— Non ! cria l'enfant en se débattant pour se libérer, le visage écarlate et la mine belliqueuse. Je veux ma maman !

Sam croisa le regard désolé d'une sage-femme devant l'estrade. Il lui sourit pour lui indiquer que tout allait bien, et raffermit sa prise sur Ronnie qui luttait vaillamment pour lui échapper. Ses petites jambes s'agitaient frénétiquement, et son talon frappa son tibia, lui causant une violente douleur à la jambe. Étouffant un cri, Sam tendit machinalement la main vers son tibia endolori, et Ronnie en profita pour lui arracher sa barbe. Il se mit alors à hurler d'une voix stridente, et Sam sentit un liquide tiède imprégner son pantalon de Père Noël. Du pipi... Merveilleux.

— Oh ! Seigneur, se lamenta la pauvre mère en s'empressant de venir récupérer son rejeton en pleurs. Je suis vraiment désolée, docteur Perkins. Ronnie est sage d'habitude. Il avait faim, et j'aurais dû faire la queue aux sandwichs, mais je suis en pause et j'ai pensé que ça irait plus vite là...

— Ce n'est rien, déclara-t-il, tirant en grimaçant sur le tissu humide pour le décoller de sa cuisse.

Il regarda vers la salle pour voir qui avait assisté à son humiliation, mais tous les yeux étaient tournés vers Riley et Brock dont la querelle dégénérait rapidement. Comme la mère s'éloignait avec son bruyant fiston, il entendit leurs cris.

— Chaque jour que Dieu fait, je vis avec la pensée que nos parents sont morts à cause de moi !

Oh ! mon Dieu.

Riley lui avait dit la même chose l'autre soir, et il lui avait assuré qu'elle n'était pas responsable de l'accident. Il en était sincèrement persuadé, mais pas elle à l'évidence. Il se levait pour aller se changer au vestiaire quand Adi courut vers son père, une tasse de lait de poule à la main.

— Tiens, papa, dit-elle à Brock dans le silence revenu. Tante Riley, est-ce que Sam va encore passer la nuit à la maison puisque Ivy sera là ?

Sam sentit jusque dans ses tripes l'onde de choc parcourir la salle. Pétrifié, il ne savait que faire. Sa pire crainte était de se trouver en position de vulnérabilité, exposé, et voilà que son secret venait d'être révélé à cette foule avide de ragots et d'indiscrétions. Oppressé, la bouche sèche, il rencontra le regard de Riley à l'autre bout de la salle.

Comme au ralenti, les yeux de Brock allèrent de Riley à Sam avant de revenir à sa sœur.

— De quoi diable parle ma fille ? demanda-t-il d'un ton accusateur. Tu couches avec Sam Perkins ? Sous mon toit ?

Riley ouvrit la bouche, la referma, puis la rouvrit, les joues empourprées.

— Ça ne te regarde pas !

Les gens s'étaient mis à chuchoter en observant les protagonistes du mini-drame qui se jouait sous leurs yeux, appréciant manifestement le spectacle. Sam aurait voulu se cacher. Se réfugier dans un abri sûr où il pourrait se protéger ainsi qu'Ivy et Riley, de la menace qui les guettait.

Mais il savait que Riley ne voudrait pas de ça et il n'avait pas d'autre option que s'expliquer. Au lieu d'aller se changer, il descendit de l'estrade et traversa la salle.

— Brock, si vous permettez que je vous explique...

— Je ne veux pas l'entendre de votre bouche, Perkins, mais de celle de ma sœur, coupa Brock, les yeux fixés sur Riley. Est-ce que Sam et toi couchez ensemble ? Est-ce pour ça que tu veux déménager tout à coup ?

Elle lui lança un regard meurtrier.

— Je veux déménager pour que tu cesses de te mêler de mes affaires ! Tu n'as pas le droit de m'interroger ni de mettre en cause ce que je fais, déclara-t-elle, attrapant les roues de son fauteuil pour se diriger vers la porte.

Mais à mi-chemin une de ses roues se prit dans une jupe de sapin arrachée par la foule. Elle s'efforça de se dégager et, sans réfléchir, Sam se précipita pour lui donner un coup de main.

— Éloigne-toi de moi ! hurla-t-elle, ses yeux bleus noyés de larmes. Je n'ai pas besoin de toi ni de ton aide. Laisse-moi tranquille ! Une fois pour toutes !

Elle tira violemment sur le tissu qui se déchira, libérant enfin sa roue. Elle en avait visiblement assez de tout le monde et désirait être seule. Il aurait dû le savoir et lui laisser de l'espace, mais il avait encore échoué.

— Et va changer de vêtements. Tu empestes la pisse !

Elle quitta la salle et roula jusqu'aux ascenseurs, le laissant planté là dans son pantalon trempé d'urine, le cœur en miettes.

Ivy le rejoignit et renifla ostensiblement.

— Papa ! Je veux rentrer à la maison. Tout le monde nous regarde.

— Je sais, *yeobo,* dit-il en posant la main sur sa tête.

Il n'aurait jamais dû ouvrir son cœur à Riley, car il finissait toujours par souffrir, et maintenant Ivy en pâtissait aussi. Il devait se montrer fort pour elle.

— Laisse-moi me changer, puis nous partirons. Si tu allais faire un tour aux toilettes avec Adi en m'attendant ?

Les petites filles s'éloignèrent, et l'attention de la foule se détourna enfin d'eux.

— Sam... dit Brock.

Il paraissait dévasté. Bien fait pour lui. Quelle que soit la cause de cette dispute, Brock aurait dû être assez adulte pour ne pas se donner en spectacle devant tout le monde. Sam était en colère. Furieux, blessé, déchiré. Il voulait suivre Riley, mais elle avait besoin de se ressaisir. Ils en avaient tous besoin. Ils devaient s'accorder du temps pour y voir plus clair. Même si au fond de lui, il sentait que c'était fini. Cela n'aurait jamais dû commencer. Il aurait dû savoir qu'il ne devait pas se fier à son cœur et à ses émotions. Il ne pouvait pas empêcher Riley de souffrir. Comme il n'avait pas pu protéger son épouse. Il n'était juste pas à la hauteur...

Pourtant, il était tombé amoureux d'elle.

— Vous savez que ces grandes figurines Dark Vador animées coûtent jusqu'à mille dollars ? lui fit remarquer Brock contre toute attente. Sans compter qu'elles sont impossibles à trouver. Vous devriez peut-être y réfléchir avant de faire une promesse que vous ne pourrez pas tenir.

Sur ce, il s'en alla, le laissant seul. Génial. Il avait déçu tout le monde maintenant. Regagnant les vestiaires dans son pantalon trempé, Sam se dit que Brock avait raison. Il aurait dû réfléchir à bien des choses avant de faire des promesses qu'il était incapable de tenir.

13

Riley passa la semaine suivante déchirée entre la nostalgie et le regret. Elle déplorait la façon dont elle avait quitté Sam à la fête de Noël et s'en voulait de s'en être prise à lui alors qu'il voulait juste l'aider. Mais elle était blessée, embarrassée, et avait envie de fuir le plus loin possible pour se ressaisir. Elle avait espéré que Sam la rejoindrait et ne savait comment interpréter sa défection.

Ils n'avaient passé qu'une nuit ensemble après tout, et elle connaissait la réticence de Sam envers l'intimité et les rapports amoureux. Et voilà que leur relation avait été exposée devant la moitié du personnel de l'hôpital ! Depuis, on n'osait pas évoquer devant elle sa dispute avec Brock, mais les gens devaient en parler car ils se taisaient à son approche.

Et Sam et elle gardaient leurs distances depuis la fête.

Elle ne l'évitait pas ouvertement. Elle recevait ses patients comme d'habitude, lui aussi, mais ils ne se voyaient plus. L'hôpital n'était pas immense, et ils auraient dû se croiser dans les couloirs. Mais il faisait peut-être tout pour la fuir.

Une personne l'évitait assurément : Brock. Depuis la soirée, ils n'avaient pas échangé deux mots, un comble pour une fratrie vivant sous le même toit. Leur querelle avait pris des proportions démesurées, et elle s'en voulait. Mais cette mise au point devait être faite. Il avait paru sidéré par ses propos, niant qu'elle ait vécu dans son ombre, et prétendant avoir dû se battre pour qu'on s'intéresse à lui, alors qu'elle était le centre de l'attention.

C'était troublant. Durant toutes ces années, elle n'avait jamais vraiment envisagé la situation du point de vue de Brock. Elle croyait que l'indulgence de leurs parents pour elle s'expliquait par le fait qu'ils étaient surtout focalisés sur la réussite de son frère.

En tout cas, tout ça, c'était du passé. Terminé. Comme, du moins l'espérait-elle, son différend avec Brock et son aventure avec Sam.

Il était sans doute préférable que leur relation s'arrête là, car ils allaient continuer à travailler ensemble, à l'hôpital et dans sa nouvelle maison. C'était d'ailleurs là qu'elle se trouvait maintenant, attendant que Sam vienne prendre des mesures en vue des futurs travaux. Elle était arrivée tôt avec Adi, trop nerveuse pour se retrouver en tête à tête avec lui.

Serait-il en colère ? Triste et stressé, comme elle ?

— Je peux sortir dans le patio ? demanda Adi qui s'ennuyait.

Elle avait ses patins à glace autour du cou, Riley étant passée la chercher à la patinoire après son cours.

— Bien sûr. Mais n'approche pas de la plage. Il fait trop froid. La mer n'est pas complètement gelée, et il est dangereux de s'y aventurer, d'accord ? Et garde tes gants.

— D'accord, répondit la fillette.

Elle sortit au moment où on frappait à la porte d'entrée.

Sam.

Le cœur de Riley cogna dans sa poitrine. Elle n'était pas prête. Elle aurait voulu effacer ce qui s'était passé et regrettait amèrement d'avoir attiré l'attention sur eux et leur secret.

On frappa de nouveau. Elle prit une inspiration et lissa son pull. Aujourd'hui elle avait pris ses béquilles car il n'avait pas neigé récemment et les rues et les trottoirs étaient dégagés. Elle clopina jusqu'à l'entrée, fit une courte prière et ouvrit la porte à Sam et Ivy. Il tenait une boîte à outils.

— Entrez, dit-elle avec un sourire nerveux. Adi est dans le patio, Ivy, si tu veux aller jouer avec elle.

— Cool ! Merci, dit la fillette, courant rejoindre son amie.

Elle semblait s'être remise du traumatisme de l'autre jour, et Riley espérait que Sam et elle en feraient autant, mais elle en doutait. Quand il passa devant elle, elle sentit son odeur et soupira en refermant la porte. Il lui avait manqué.

— Où veux-tu que je commence ? demanda-t-il quand elle le rejoignit dans la cuisine.

Sa voix était plus rauque que d'habitude, et elle se demanda s'il était aussi nerveux qu'elle. Il avait posé des outils sur l'îlot en granit – mètre, crayons, niveau laser – et était en train de retirer son manteau. En jean, sweat-shirt vert sapin et bottes de travail, il était craquant, et elle lutta contre l'envie de se jeter à son cou. Il ne lui appartenait pas.

— Heu, comme tu voudras. C'est toi l'expert.

Il prit son mètre et un crayon et alla dans la grande chambre prendre les mesures du placard et de la salle de bains attenante. Elle se sentait inutile. Elle avait besoin de ses mains pour les béquilles et ne pouvait pas l'aider. Non qu'il l'ait demandé. Il gardait ses distances, s'écartant de son chemin et veillant à ce qu'ils ne se touchent pas, même fortuitement.

Quand il regagna la cuisine, Riley n'y tint plus. Elle le regarda s'accroupir devant les rangements bas.

— Je suis désolée de ce qui s'est passé à la fête, dit-elle.

Il se redressa et entra les mesures dans son téléphone, comme s'il n'avait rien entendu. Par la porte vitrée, elle jeta un coup d'œil aux fillettes dans le patio. Ivy essayait les patins à glace d'Adi.

— Tu as le droit d'être furieux contre moi, reprit-elle.

— Je ne suis pas furieux contre toi, Riley, répondit-il enfin. C'est à moi que j'en veux.

Elle fronça les sourcils, interdite.

— Pourquoi ? Qu'as-tu fait ?

— Je ne t'ai pas protégée. J'ai pris de mauvaises décisions, et nous en payons le prix. Pardonne-moi.

Elle agrippa le bord de l'îlot central.

— De mauvaises décisions ?

— Je croyais être prêt à m'investir de nouveau dans une relation. Pouvoir compartimenter ce qui se passait entre nous. Maîtriser la situation. Mais je n'ai pas réussi. Je t'ai contrariée, et j'ai creusé un fossé entre toi et ta famille.

Elle mit un moment à comprendre.

— Ouah. Tu es en train de dire que tout est ta faute ?

— Oui.

Il s'accroupit de nouveau pour mesurer le lave-vaisselle, et elle s'efforça d'ignorer son charmant postérieur. Ce n'était pas le moment de s'intéresser à ça.

— Tu as tort, déclara-t-elle en s'approchant sur ses béquilles, et il se releva pour lui faire face. Tout ne t'est pas imputable. J'ai commis ma part d'erreurs avant que tu arrives dans ton costume de Père Noël. Et le fossé entre Brock et moi n'est pas récent. Tu ne peux pas tout contrôler.

— Je n'essaie pas de tout contrôler, Riley. J'énonce juste les faits comme je les vois.

— Mais pas nécessairement tels qu'ils sont.

Un muscle tressaillit dans la mâchoire de Sam.

— Et quels sont-ils, d'après vous ?

— Nous avons pris le risque d'être ensemble, et ça devait forcément être difficile au début. Je croyais que tu étais le genre d'homme qui ne fuirait pas à la première turbulence. Un mâle alpha surprotecteur. Comme Brock. Je me trompais.

Il pinça les lèvres à cette allusion à ses fragilités.

— Je ne m'enfuis pas, je me comporte avec logique.

— De mon point de vue, c'est plutôt de l'évitement.

Il parut sur le point de protester mais se retourna pour enfiler son manteau.

— J'ai tout ce qu'il me faut, dit-il en rangeant son téléphone dans sa poche. Je vais faire faire des devis auprès des fournisseurs, puis je...

La fin de sa phrase fut couverte par un hurlement venant de l'extérieur, un cri déchirant qui les propulsa dehors dans le même élan. Les filles n'étaient plus dans le patio.

— Qu'est-ce...

Sam s'engouffra en courant sur la passerelle en bois qui menait à la plage, et Riley fit de son mieux pour le suivre à béquilles. Elle se vantait d'être indépendante et de tout faire comme les autres, mais son handicap pouvait être une plaie.

— Adi ? Où est Ivy ? s'écria Sam en s'immobilisant devant sa nièce. Qu'est-ce qui s'est passé ?

Incapable de parler, Adi sanglotait, le doigt pointé vers l'eau gelée où un trou sombre était visible dans la glace, à environ cinq mètres du rivage. Riley savait qu'ici, le dénivelé était raide et l'eau profonde, et son cœur sombra au souvenir d'Ivy essayant les patins à glace d'Adi.

— Elle est allée sur la glace ? dit-elle d'une voix sourde.

Adi hocha la tête.

— Je... je lui ai dit de pas y aller, bredouilla-t-elle, claquant des dents. C'est différent... de la patinoire. La mer... elle tue les gens. Elle a t... tué ma maman, et maintenant Ivy !

Avec un juron, Sam courut chercher le rouleau de corde dans le cabanon du patio. Lançant son téléphone à Riley, il attacha la corde autour de sa taille en un harnais de fortune et lui tendit l'autre extrémité.

— Appelle le 911. Je vais chercher ma fille.

— Attends ! Tu ne peux pas. C'est trop dangereux !

— Il le faut ! rétorqua-t-il, du bord de l'eau gelée. Si nous attendons l'arrivée des secours, il sera trop tard. J'appartenais à une équipe de sauvetage en mer à San Diego. Les conditions sont différentes, mais j'ai un certain entraînement. Je ne peux pas perdre Ivy ! Elle est tout ce qu'il me reste.

Riley composa le 911 pendant que Sam avançait prudemment

sur la glace en direction du trou. Elle signala leur urgence au régulateur qui lui dit que les pompiers étaient à cinq minutes de là. Sam avait raison. Ils arriveraient trop tard.

« Elle est tout ce qu'il me reste... »

Le cœur de Riley se serra. Ce n'était pas vrai. Plus maintenant. Il avait aussi Riley. S'il voulait d'elle.

— Attends mon signal et tire ! lui hurla Sam.

À environ deux mètres du trou, il s'agenouilla avec précaution et parcourut le reste du chemin en rampant sur la glace qui craquait sous son poids. Soudain elle céda, et il disparut dans l'eau glacée. Riley étouffa un cri. Elle vit ses mains gantées s'agripper au bord du trou et, prenant une inspiration, il plongea dans les profondeurs glaciales à la recherche d'Ivy. Il avait une trentaine de minutes avant d'être en hypothermie. Riley pria pour qu'il la retrouve avant.

Il émergea un instant de la surface gelée, et disparut de nouveau sous l'eau. Riley compta les secondes, la main crispée sur la corde. Les exercices qu'elle avait faits avec Luna allaient enfin payer. En fermant les yeux, elle était assaillie par des images de son accident. Piégée, submergée dans l'obscurité glacée pendant que ses parents grièvement blessés se noyaient sous ses yeux, elle se revoyait paralysée à l'arrière, totalement désarmée.

Plus jamais elle ne serait impuissante.

— Tante Riley, les voilà ! hurla Adi.

Ouvrant les yeux, elle vit Sam jaillir de l'eau, cramponné au corps flasque de sa fille. Il leva le pouce pour lui donner le signal et, les talons plantés dans le sable, elle tira de toutes ses forces sur la corde. Adi en attrapa l'extrémité et joignit ses efforts aux siens.

Tenant Ivy contre lui, Sam se hissa sur la couche de glace à la force de l'autre bras, jusqu'à ce que seuls ses pieds bottés soient encore immergés. Chaque traction sur la corde les rapprochait du rivage et, heureusement, la glace tenait bon. Dès qu'ils furent sur la terre ferme, Riley lâcha la corde et clopina vers lui pour l'aider à porter Ivy.

— Adi, retourne à la maison chercher mon manteau pour réchauffer Ivy jusqu'à l'arrivée des secours, dit-elle à sa nièce.

La fillette s'éloigna en courant sur la passerelle.

On entendait des sirènes au loin, mais l'ambulance ne serait pas là avant plusieurs minutes. Le petit visage d'Ivy était bleu de froid quand elle prit son pouls.

— Pas de réaction ni de souffle. On commence la réanimation.

Riley pratiqua deux insufflations bouche-à-bouche, puis Sam se chargea des compressions thoraciques. La petite poitrine se soulevait et se baissait à chaque ventilation assistée, ce qui rendait plus angoissante son inertie ensuite.

— Allons, *yeobo*, suppliait Sam, respire... je t'en prie...

Ils continuèrent ainsi, jusqu'à ce qu'Ivy se mette à convulser en s'étouffant. Riley la tourna sur le côté, et elle toussa, vomissant l'eau de mer qu'elle avait avalée. Adi avait rapporté le manteau, et Riley en enveloppait l'enfant quand l'ambulance et les pompiers arrivèrent. Tenant sa fille dans ses bras, Sam lui frottait le dos, le visage baigné de larmes.

— J'ai cru que je t'avais perdue aussi, *yeobo*...

Riley posa une main douce sur son bras alors que les secouristes accouraient pour prendre le relais.

— Elle va s'en sortir, murmura-t-elle, confiante.

— Je l'accompagne aux urgences, déclara Sam comme si cela n'allait pas de soi.

Il avait laissé Tate et l'équipe médicale allonger Ivy sur un brancard qu'ils avaient chargé à l'arrière de l'ambulance, mais il était aux commandes. Il resserra autour de lui la couverture de survie et but une gorgée du thé chaud. Il aurait pu boire de la boue, cela aurait eu le même effet. Toute son attention était centrée sur sa fille. Enfin, pas tout à fait. Il avait aussi conscience de la présence de Riley, pâle comme un linge. Ils venaient de vivre un enfer, et il ne devait pas avoir meilleure mine. Elle était restée constamment à ses côtés. Elle l'avait aidé à sauver Ivy, et il ne l'oublierait jamais. Les ambulanciers lui firent signe de monter dans le véhicule avec sa fille pour gagner l'hôpital, et il se tourna vers Riley. Ils avaient encore mille choses à se dire, mais le moment était mal choisi.

— Je t'appelle dès que j'en sais plus.

Hochant la tête, elle lui rendit son téléphone.

— Je prierai pour vous deux.

— Merci.

Il voulait s'excuser pour tout ce qui s'était passé, lui avouer ce qu'il ressentait, la supplier de ne pas renoncer à lui et de lui accorder une seconde chance. Mais cela devrait attendre.

Il posa la main sur sa joue froide.

— On parlera bientôt. Fais attention à toi.

— Toi aussi, murmura-t-elle en embrassant sa paume.

Et elle rejoignit Mark Bates, venu avec ses collègues pompiers.

Le cœur gonflé d'espoir, Sam regarda se refermer le hayon arrière, et l'ambulance démarra, fonçant toutes sirènes hurlantes vers le Wyckford General. Après avoir enveloppé Ivy dans des couvertures chauffantes pour remonter sa température corporelle, les brancardiers la mirent sous oxygène à haut débit et lui posèrent une perfusion de fluide par voie intraveineuse. Ils avaient aussi fait un examen préliminaire en quête de lésions vertébrales avant de la monter dans l'ambulance et n'avaient heureusement rien trouvé. Les patins à glace d'Adi étaient restés sur la plage, gorgés d'eau. Il en achèterait une nouvelle paire à la fillette, un faible prix à payer pour la vie d'Ivy.

Cette dernière agrippait la main de son père en silence. Il ne pouvait empêcher son imagination de tourner à plein régime… Et s'il ne l'avait pas sortie de l'eau à temps ? Si la réanimation n'avait rien donné ? Si elle souffrait de lésions cérébrales irréversibles après être restée si longtemps sous l'eau sans respirer ? Sam se frotta les yeux de sa main libre.

— Ça va, doc ? demanda Tate Griffin.

Il acquiesça. Avoir l'esprit d'analyse était généralement un atout, mais cela pouvait aussi le plonger dans une profonde anxiété. Ce n'était pas arrivé depuis son départ de San Diego.

— Je suis juste épuisé.

Comme ils approchaient de l'hôpital, il regretta que Riley ne soit pas avec lui. Sa capacité à l'apaiser et le recentrer était une des raisons pour lesquelles il l'aimait. Il se figea à cette pensée. Oui. C'était un fait.

J'aime Riley Turner.

Il ouvrit les yeux en sentant Ivy serrer sa main.

— Qu'est-ce qu'il y a, *yeobo* ? Tu as besoin de quelque chose ? demanda-t-il, portant sa menotte froide à ses lèvres.

Ivy déglutit, les moniteurs auxquels elle était reliée bipant pendant que sa température corporelle remontait jusqu'à 35°, ce qui était bon signe.

— Est-ce que Riley peut venir vivre avec nous et être ma nouvelle maman ?

— Oh ! euh...

Pris au dépourvu, il ne sut que répondre. Il n'en était pas encore là dans ses réflexions, Riley ne lui avait même pas dit qu'elle l'aimait. Et le mariage était une affaire sérieuse. En avaient-ils envie ? Mais avant tout, il devait rassurer sa fille.

— Si on en parlait plus tard, quand on aura ton diagnostic ?

Ivy plissa son petit nez.

— C'est quoi un *fiagdosic* ?

Sam rit, soulagé, soudain plus détendu.

— Diag-nos-tic. C'est quand on saura à quel point tu vas récupérer.

— On arrive, doc, annonça Tate comme l'ambulance ralentissait et s'immobilisait.

Les minutes suivantes passèrent dans un tourbillon. Le hayon arrière s'ouvrit devant l'entrée des urgences, où Brock et l'infirmière Madi Scott les attendaient. Ils descendirent le brancard d'Ivy, et Sam suivit l'équipe à l'intérieur pendant que Tate leur faisait un compte rendu de l'état de la fillette et des soins qu'elle avait reçus. Sam ne lâcha sa main que quand on la transféra sur un lit d'hôpital, dans une salle de traumatologie.

Debout près du lit, il écouta Brock fixer le plan d'évaluation et de traitement pour l'équipe médicale. Un médecin ne soignait jamais les membres de sa propre famille car cela pouvait fausser son jugement, et Sam ne tenait pas à ce qu'Ivy soit victime d'une erreur.

— Quel est son taux d'oxygène ? demanda Brock.

— Quatre-vingt onze pour cent, répondit Madi avec un coup d'œil au moniteur, retirant à l'enfant ses vêtements mouillés avant de lui enfiler une chemise et l'envelopper de plusieurs couvertures.

— Bon. Faisons un électrocardiogramme en quête d'une éventuelle bradycardie.

Pendant que Madi plaçait les électrodes sur la petite poitrine d'Ivy, Brock procéda à un examen neurologique.

— Tu peux me dire ton nom, ma grande ?

— Ivy Perkins.

— Très bien. Et quel âge tu as ?

— Sept ans.

— Excellent. Quel mois on est ?

— Décembre.

— Et où tu habites ?

— À Wyckford, Massachussetts.

— Parfait.

— Avant, j'habitais à San Diego, mais maman est morte, alors avec papa, on a déménagé ici. C'est chouette. Et Adi est ma meilleure amie !

— En effet, répondit Brock en souriant, avant d'adresser un clin d'œil à Sam pour lui faire comprendre que tout allait bien. Score de Glasgow à 15.

— Riley est votre sœur ? dit la fillette, les sourcils froncés.

— Oui.

— Vous avez hurlé après elle à la fête de Noël.

Brock se figea, il regarda Sam puis revint à l'enfant.

— Effectivement. Et j'ai eu tort. Je n'aurais pas dû faire ça.

— Non. Moi, je suis punie quand je crie après les gens.

Brock jeta un coup d'œil à Sam, luttant pour garder son sérieux.

— C'est mal de hurler. Surtout après sa sœur.

La fillette parut réfléchir un moment, puis elle demanda :

— Vous êtes toujours en colère contre elle ?

— Non. Plus maintenant. Je n'étais pas en colère, d'ailleurs. Mais je lui dois des excuses.

— J'aime bien Riley. J'ai demandé à papa si elle peut être ma nouvelle maman, déclara Ivy avant que Sam ait pu réagir.

Tous les regards se tournèrent vers lui, mais au lieu de se sentir vulnérable, il redressa la tête. Il aimait Riley et se moquait que le monde entier le sache. Brock et lui se mesurèrent du regard un moment, puis Brock leva le menton en signe d'acceptation, et Sam sentit sa tension se dissiper.

Poursuivant l'auscultation, Brock demanda à Ivy de respirer et déplaça son stéthoscope sur sa poitrine.

— Quelques crépitants du côté gauche à l'examen. Toux légère. Des signes d'inhalation. Comment est l'ECG, Madi ?

— Bien, dit Madi, consultant le graphique. Pas d'arythmie.

— Parfait, dit Brock en passant à l'abdomen de la fillette. Pas de gonflement gastrique. Prenons sa température corporelle interne et faisons une radio thoracique pour un possible œdème pulmonaire. Selon les résultats, nous recommencerons au bout de huit heures en quête de changements. Faites aussi faire la glycémie et les gaz du sang par le labo. Classez-la comme noyade de grade deux, et gardons-la en observation en surveillant son état jusqu'à la prochaine radio. En attendant, continuez à l'hydrater et la réchauffer, je vous prie. Merci à tous.

Brock entraîna ensuite Sam dans une petite salle de consultation et ferma la porte derrière eux.

— Je vous dois des excuses.

— Peu m'importe pour l'instant. Je veux juste savoir que ma fille va se rétablir, répondit Sam, s'asseyant sur une chaise.

Ses vêtements étaient encore mouillés, et ses bottes gargouillaient à chaque pas. Il n'avait pas pris le temps de se changer, focalisé sur le sauvetage de sa fille.

— Nous en saurons plus après la période d'observation. L'hypothermie peut retarder le développement de symptômes, expliqua Brock, sortant d'un placard une tenue et des chaussons d'hôpital qu'il lui tendit. Réchauffez-vous et séchez-vous, nous parlerons ensuite, d'accord ? Je dois faire une pause, je vous offre un café à la cafétéria.

Il sortit sans attendre sa réponse. Fort bien. Si les choses se passaient comme prévu, Brock allait être son beau-frère, et Sam avait intérêt à ce que cette entrevue se passe bien. Il ôta ses vêtements et ses souliers trempés et les fourra dans un sac en attendant de les rapporter chez lui. Puis il retourna s'assurer qu'Ivy allait bien et, rejoignant Brock au poste des infirmiers, il descendit avec lui à la cafétéria. La caféine lui permettrait de rester éveillé car ils allaient rester là un bon moment.

Brock attendit qu'ils soient assis à une table tranquille pour aborder le sujet.

— Alors c'est sérieux entre Riley et vous ? Depuis quand ça dure ?

Sam haussa les épaules et réprima une grimace. Il n'avait pas fini de ressentir les effets de sa plongée sous la glace.

— Pas longtemps. Et nous ne sommes pas en couple. J'aimerais bien, mais je ne suis pas sûr qu'elle le souhaite actuellement, alors...

— Vous lui avez parlé dans sa future maison un peu plus tôt ? demanda Brock, le visage impassible.

— Oui, mais après ce qui s'est passé… je ne sais pas où nous en sommes, tous les deux.

— Riley est mon unique sœur, Sam. Nous nous disputons parfois, mais nous prenons soin l'un de l'autre, déclara Brock, les yeux fixés sur son gobelet de café. Elle a beaucoup souffert. Je veux seulement la protéger.

— Moi aussi… Comme elle, j'ai connu des épreuves.

— Malgré vos passés difficiles, j'ai vu comment Riley vous regardait et j'ai pu observer la même expression énamourée sur votre visage, alors vous devriez vous accrocher. L'amour n'est pas forcément facile, mais il vaut toujours la peine s'il est sincère.

— Je sais, dit Sam avec lassitude. Mon cerveau analytique s'efforce encore de comprendre comment j'ai pu tomber éperdument amoureux de votre sœur en à peine deux semaines. Mais nous nous sentons bien ensemble. Et en dépit de toute logique, c'est la vérité. Avez-vous déjà éprouvé ça pour quelqu'un ? Comme si le destin vous avait réunis ?

— Cassie et moi nous étions retrouvés depuis seulement quelques semaines lorsque j'ai su, murmura Brock.

Sam s'adossa à sa chaise en soupirant.

— Je tiens à Riley, et j'ai envie d'un avenir avec elle, quel qu'il soit. Je ne m'attendais pas à retrouver l'amour après le décès de ma femme, mais mon expérience passée m'a enseigné combien c'est un sentiment précieux. Je ne veux pas laisser passer cette chance avec elle.

Brock consentit enfin à sourire.

— Vous êtes un type bien, Sam. Et, si je n'apprécie pas que vous vous soyez rencontrés en douce sous mon toit, je crois que vous vous ferez du bien l'un à l'autre. Et Ivy est une enfant formidable. Ce n'est pas facile d'être un papa solo, hein ? Je ne vous mentirai pas. Ça a failli me tuer. Je me sentais essoré et n'étais plus bon à rien pour personne. Au point que ma fille n'arrivait même plus à parler.

— Riley me l'a dit.

— Puis Cassie est revenue à Wyckford, et elle a réussi à percer la carapace qui m'emprisonnait. Ne me demandez pas comment.

Sam hocha la tête, puis il consulta sa montre.

— Vous croyez vraiment qu'Ivy va récupérer ?

— Oui, répondit Brock, rendossant son rôle de médecin. Elle a eu beaucoup de chance. L'eau froide a aidé en mettant son organisme au ralenti jusqu'à l'arrivée des secours. Vous êtes un héros, docteur Perkins.

— Vous pouvez me l'écrire, s'il vous plaît ? Ça pourrait me servir quand je commencerai les rénovations chez votre sœur.

Brock rit de bon cœur.

— Elle a mauvais caractère, vous savez.

— Je ne voudrais pas qu'elle soit différente.

Ils finirent leurs cafés et remontèrent aux urgences. Brock alla prendre un nouveau patient pendant que Sam retournait au chevet d'Ivy endormie. Elle paraissait aussi fatiguée que lui, mais au moins elle était saine et sauve. Il sortit son téléphone pour consulter ses mails et trouva un message de Riley.

Je viens aux nouvelles. J'espère que tout va bien.

L'émoticône cœur en fin de message lui arracha un sourire.

Il lui répondit qu'ils allaient bien et ajouta une émoticône souriante. Puis il s'adossa à son siège pour une petite sieste.

Il ne dormit pas longtemps, arraché aux bras de Morphée par la voix fraîche de sa fille.

— Je te demande pardon, papa. Je voulais juste voir comment c'était sur la glace. Il faisait froid. Si froid. Et il faisait noir, bredouilla-t-elle en sanglotant. J'ai essayé de crier quand je suis tombée, mais la glace m'étouffait…

— Ne pleure pas, *yeobo,* murmura-t-il en se penchant pour l'embrasser sur le crâne. Tout va s'arranger.

Ivy garda le silence, et il se demanda si elle ne s'était pas rendormie. Mais elle tourna vers lui son visage grave.

— Il paraît que tu aimes bien tante Riley. Adi me l'a dit.

Sam s'était demandé comment réaborder la question avec sa fille, et voilà que le destin lui venait en aide, une fois de plus.

— C'est exact. Elle me plaît beaucoup. Je l'aime, en fait.

— C'est vrai ? s'écria Ivy en le scrutant. Alors on va de nouveau être une famille ?

— Je l'espère, dit-il, oppressé par l'émotion.

La fillette parut réfléchir. Puis elle demanda :

— Je pourrai encore jouer dans la pièce de Noël demain ?

Avec les derniers événements, il avait complètement oublié la pièce. Elle avait lieu dans vingt-quatre heures, et il allait devoir demander l'avis de Brock, mais s'il était d'accord, il n'y verrait pas d'objection. Il le dit à sa fille.

— *Yes !* s'écria-t-elle, ravie. Je serai le meilleur poisson rouge du monde !

Un silence paisible retomba dans la chambre. Ivy somnolait pendant que Sam faisait le tri dans ses pensées. Son esprit analytique avait encore du mal à accepter que sa vie ait pu changer aussi vite. Riley avait apporté lumière et chaleur à son existence. Elle l'avait fait sourire, rire, ressentir à nouveau.

Il se rappela ce que lui avait dit Cassie Turner quand elle l'avait persuadé de venir s'installer à Wyckford deux ans plus tôt. Elle avait tout abandonné pour retourner dans sa ville natale épouser Brock et tout recommencer de zéro.

« J'ai pris conscience que ma vie ne serait jamais comme je l'avais imaginée, mais ça ne voulait pas dire qu'elle était finie. »

Cela s'appliquait aussi à lui. Il avait encore des choses à faire et des personnes à aimer, en particulier une radiologue passionnée, déterminée, terriblement indépendante.

Elle avait peut-être mauvais caractère, mais il n'était pas facile à vivre non plus, avec sa maniaquerie et ses exigences. Cependant, les dernières années lui avaient appris que ce n'étaient pas tant les différences qui comptaient, que les points communs entre les êtres. Le contrôle était une illusion après laquelle il avait couru trop longtemps. Il valait mieux prendre les choses comme elles venaient, soutenir ses proches, et rester fort dans les bons comme les mauvais moments. C'était ce que faisaient les survivants.

Il ferma les yeux, submergé par la perspective inespérée d'un avenir avec Riley. Elle avait tout donné pour l'aider à sauver Ivy, et cela signifiait beaucoup pour lui. Il se sentait plus léger. Il fallait qu'ils se parlent. Pas par texto, mais face à face. Mettre son âme à nu n'était pas dans sa nature, mais pour une chance d'avenir avec Riley, il devait lui ouvrir complètement son cœur.

Le lendemain soir, Riley mit un jean et son pull rouge préféré pour se rendre à la fête de Noël de l'école. Elle n'avait pas revu Sam et Ivy depuis l'accident. Ils avaient échangé des messages par texto, mais elle avait hâte de les voir de ses yeux pour s'assurer qu'ils allaient bien. Sam avait semblé curieusement avare de détails, et elle ne savait pas à quoi s'attendre.

— Riley ? demanda Brock depuis le séjour. Dépêche-toi !

— J'arrive dans une minute ! cria-t-elle.

Son frère aussi se comportait bizarrement. Ils s'étaient réconciliés comme toujours, mais il restait vague quand elle le questionnait sur Sam et Ivy. Cela la rendait encore plus nerveuse.

Sa relation avec Sam n'était pas exactement au beau fixe avant l'accident d'Ivy. Elle y avait mis fin à la soirée du personnel et ne pouvait pas lui reprocher sa froideur à son égard. Elle l'avait profondément blessé alors qu'il essayait de l'aider. Il n'était pas un de ces bons samaritains qui l'irritaient tant. Les dernières semaines, il lui avait montré de mille façons qu'il ne la réduisait pas à son handicap. Que la vraie liberté impliquait de créer des liens avec les autres. Et elle comprenait maintenant combien elle l'aimait. Mais elle avait gâché leur histoire qui s'était achevée avant même de vraiment commencer, à cause de ses stupides blocages sur son indépendance.

Sam ne voulait pas lui voler sa liberté, mais la soutenir pour lui permettre de prendre son envol.

Avec un soupir triste, Riley attrapa son manteau et son sac et rejoignit les autres dans le salon, consciente que Brock l'observait avec attention. Quoi qu'il arrive, elle l'affronterait comme elle le faisait toujours. Mais Sam laisserait à jamais un grand vide dans son cœur.

Brock l'aida à enfiler son manteau et la scruta.

— Tout va bien ?

— Très bien, répondit-elle calmement. Allons applaudir nos poissons rouges de Bethléem.

À l'école, Riley plaqua un sourire forcé sur ses lèvres pour faire bonne figure. La maîtresse d'Adi leur avait réservé des places dans le gymnase transformé pour l'occasion en salle de spectacle à côté de l'allée pour le fauteuil de Riley. Brock accompagna Adi dans les coulisses pendant que Riley s'installait avec Cassie. Parcourant la foule du regard à la recherche de Sam, elle le repéra quelques rangées devant elles, avec Hala et son époux. Elle essaya d'attirer son attention, mais il était absorbé par la lecture du programme.

Brock les rejoignit au moment où les lumières s'éteignaient. Le spectacle commençait. Pendant la pièce, Riley s'efforça de se concentrer sur la scène et non sur Sam. Cette adaptation très personnelle et quelque peu anachronique de la Nativité se révéla charmante, avec une multitude d'animaux et de créatures marines du monde qui pouvaient paraître incongrus au Moyen-Orient du début du christianisme, mais qui avaient permis à tous les enfants de l'école de tenir un rôle dans la pièce. Ils chantèrent même en chœur des chants de Noël, et le public fut vivement encouragé à participer.

Après le spectacle, tout le monde regagna le grand hall où on servait des rafraîchissements, mais Riley resta en arrière, prétextant avoir un coup de téléphone à donner. Elle remarqua que Sam aussi s'attardait dans la salle et, n'y tenant plus, elle débloqua les freins de son fauteuil et s'approcha. Elle s'arrêta à un mètre de lui et rencontra son regard, le cœur battant. Elle attendait de lui tant de choses qu'elle n'avait pas osé espérer : tendresse, dévouement, respect, amour... Elle en avait le souffle coupé.

— Bonsoir, dit-il d'une voix enrouée, la pièce t'a plu ?

— C'était génial. Comment va Ivy ?

— Bien.

— Et toi ?

— J'ai mal partout, admit-il en grimaçant. Je deviens trop vieux pour ce genre d'exploit sportif.

Elle se mordilla la lèvre.

— Tu veux qu'on parle de la pièce ?

— Non, répondit-il, l'attirant sur ses genoux avant qu'elle ait réalisé ce qu'il faisait.

D'abord figée, elle se détendit entre ses bras.

— Tu trembles, murmura-t-elle en le dévisageant.

Il cala la tête de Riley au creux de son cou pour la bercer contre lui, et elle sentit son cœur se gonfler d'amour.

— C'est mieux, chuchota-t-il dans ses cheveux. Tu m'as manqué.

— Toi aussi, dit-elle, les yeux clos. Je regrette ce que je t'ai dit à la soirée de Noël. Je ne voulais pas te blesser. J'étais furieuse, contrariée, et je m'en suis prise à toi alors que tu n'y étais pour rien.

— J'aurais dû te laisser de l'espace à ce moment-là. Mais mon besoin de t'aider était le plus fort, avoua-t-il, prenant son visage entre ses mains. Alors je suis désolé, moi aussi. Merci de m'avoir permis de sauver ma fille. Merci d'avoir ramené la lumière dans ma vie. Je t'aime, Riley, et je veux un futur avec toi. Ivy aussi, car elle t'adore. Tu veux bien de nous ?

Elle battit des paupières pour refouler ses larmes, sentant son cœur meurtri commencer doucement à guérir.

— Dis-le encore.

— Je t'aime.

Elle l'embrassa, et un tonnerre d'acclamations et d'applaudissements résonna dans le grand hall. Levant la tête, elle vit leurs proches et la moitié de la ville qui les observaient, plantés à l'entrée du gymnase. Elle enfouit son visage au creux de son épaule en riant.

— Eh bien, je crois que notre secret est éventé.

Il l'attira à lui et l'embrassa encore, indifférent à ces démonstrations.

Quand Riley s'écarta, ses yeux brillaient, émerveillés.

— Je t'aime aussi, Sam. Je croyais que me débrouiller seule me rendait forte, mais je me rends compte que sans lien avec les autres, sans mes proches pour me soutenir, je ne peux rien faire. Je suis impatiente de construire un avenir avec toi et Ivy. Même s'il m'a fallu plus d'un an pour m'en apercevoir... Moi aussi j'adore ta fille, et je vous veux tous les deux.

Il la serra contre lui à la briser.

— Bon. À présent dis-moi ce que tu veux pour Noël.

— Rien, répondit-elle en souriant. J'ai tout ce que je désire.

— Moi aussi.

Il l'embrassa encore, et elle mit tout dans ce baiser, sa promesse d'être avec lui toujours, son espoir pour l'avenir, et son amour éternel pour lui et Ivy, sa nouvelle famille.

Épilogue

Un an plus tard...

— Tu es sûr que nous aurons assez de pop-corn ? demanda malicieusement Riley.

Sam fit la grimace, accoudé à l'îlot central de leur nouvelle cuisine couvert d'une montagne de sachets de pop-corn.

— Je n'ai fait que dix fournées, se défendit-il, ayant passé un temps fou à calculer combien il leur en fallait. Nous recevons vingt invités, ça devrait suffire. Tout le monde aime le pop-corn, et on aura de la chance s'il nous en reste une poignée pour nous.

— Alors on ferait mieux de se servir maintenant, dit-elle en coinçant ses béquilles pour prendre un sachet.

— Fais-toi plaisir, dit-il distraitement, se demandant s'il ne s'était pas trompé dans ses calculs. Je ferais peut-être bien de préparer une autre fournée...

Il venait d'ajouter une poignée de grains de maïs dans la machine à pop-corn quand il sentit les bras de Riley l'enlacer.

— Réflexion faite, ce n'est pas de pop-corn dont j'ai envie, murmura-t-elle en baisant sa nuque, lui arrachant un frisson.

Ils étaient fiancés depuis six mois et plus amoureux de jour en jour. Sam ne pouvait se rassasier d'elle et c'était réciproque. Il se retourna pour l'embrasser en veillant à ne pas heurter ses béquilles. Elle les utilisait plus que le fauteuil roulant maintenant.

Dire que Sam était impressionné était l'euphémisme du siècle. Il savait le mal qu'elle s'était donné pour en arriver là. Il était extrêmement fier d'elle.

Riley s'écarta légèrement.

— Quand arrivent-ils tous ?

— Dans un quart d'heure. Insuffisant pour ce que tu penses.

Elle regarda par la fenêtre au-dessus de l'évier.

Ivy et lui s'étaient encore plus intégrés à la vie à Wyckford depuis qu'ils s'étaient installés avec Riley. Outre ses fonctions de chef du service de neurochirurgie à l'hôpital et son projet de recherche sur la SLA, il était maintenant à la tête d'un organisme caritatif nommé *Natalia's Place* fournissant des services pour améliorer l'accessibilité aux handicapés et réaliser des aménagements chez eux. Tout le monde avait droit à un foyer confortable et sécurisé, et cela donnait à Sam l'occasion d'utiliser ses talents de bricoleur pour une bonne cause.

Toujours aussi occupée à l'hôpital, Riley l'aidait à élever Ivy. Toutes deux s'étaient rapprochées, et Ivy appelait Riley sa S-Mam, pour « Seconde Maman ». Sam était heureux de savoir que sa fille, leur fille, avait près d'elle une personne aussi bienveillante, loyale, et forte que Riley.

Appuyé au comptoir pendant que les grains de maïs éclataient, il la prit par la taille et l'attira à lui. C'était la première fois qu'ils recevaient leurs proches dans leur maison fraîchement rénovée, et il se sentait un peu nerveux.

— Cesse de t'inquiéter, lui dit-elle. Tu sais déjà que tout le monde t'apprécie. Et ils vont aussi adorer la maison. Elle est magnifique. Tu t'es vraiment surpassé !

Prenant une inspiration, il ne put que constater que c'était vrai. Sa fille et lui appartenaient à cette ville maintenant, et elle faisait partie d'eux. Ils s'investissaient dans la vie de leur entourage, ce qu'il avait toujours voulu. Ça, et Riley, qu'il aimait de tout son cœur et de toute son âme. Et elle le lui rendait bien.

Elle le lui disait chaque jour. Et aussi à Ivy. Ils étaient vraiment devenus une famille.

— Merci, murmura-t-il, le front contre le sien.

— Pour ?

— Un million de choses. Mais surtout pour ne pas m'avoir abandonné en chemin.

Sam l'embrassa, la lâchant au moment où Ivy pénétrait dans la cuisine.

— J'ai hâte de voir Adi, s'écria-t-elle en tapant des mains. Elle arrive quand ?

Riley consulta l'horloge murale.

— Bientôt. On dirait qu'il neige de nouveau, ils vont peut-être être ralentis par le mauvais temps.

— Oui, renchérit Sam. Daisy a envoyé un texto pour prévenir que sa mère et elle seraient un peu retardées.

Daisy tenait le coup, elle n'allait pas mieux, mais pas plus mal non plus. Elle travaillait chez elle à présent comme conceptrice de sites web et tirait le meilleur parti des circonstances. Elle avait aussi rejoint un groupe de soutien à l'hôpital pour parler de ses expériences avec d'autres personnes dans des situations similaires.

— Ça marche, ton journal ? demanda-t-il à sa fille.

Ivy soupira. La thérapeute qu'elle avait commencé à voir après sa chute dramatique lui avait suggéré de tenir un journal, pour surmonter le traumatisme de l'accident et son chagrin d'avoir perdu sa mère.

— C'est dur d'écrire.

— Voilà qui est sincère, observa Riley.

— Je suis vraiment obligée de le faire ?

— Non, répondit Sam en haussant les épaules. Mais si tu le laisses un moment et le reprends ensuite, tu verras peut-être les choses autrement.

— Peut-être.

Elle avait parfois une maturité étonnante pour son âge, et

il frémit à la pensée qu'elle serait adolescente dans quelques courtes années. On sonna à la porte, et Ivy bondit.

— J'y vais !

Elle revint peu après avec Brock et Adi suivis de Cassie avec le bébé. Brock portait un grand plat recouvert de film alimentaire.

— Pardon pour le retard, les routes étaient glissantes, dit Cassie en regardant autour d'elle. Cette maison est superbe !

— Merci, répondit Sam.

Il découvrit le plat garni d'appétissants brownies et le posa sur l'îlot central où chacun pourrait se servir.

— Je suis content que vous soyez bien arrivés. Mettez-vous à votre aise. Nous attendrons que tout le monde soit là pour faire le tour de la maison.

Brock embrassa sa sœur sur la joue et prit une bière dans le réfrigérateur.

— Très beau travail, Sam.

La demi-heure suivante vit arriver le reste des invités les uns après les autres. Madi et Tate. Luna et Mark. Ben, le père de Cassie. Daisy et sa mère. Et même Lucille et le grincheux M. Martin. Quand tout le monde fut là et eut visité les lieux, on s'installa dans le vaste séjour et, debout près du poste de télévision, Sam s'éclaircit la gorge.

Promenant son regard sur chacun des invités, il songea que sa vie aurait été bien vide s'il n'avait pas pris le risque d'ouvrir son cœur et son âme à Riley et aux membres de la communauté. Et il se sentait terriblement privilégié.

— Merci à tous d'être venus. Ces deux dernières années ont beaucoup compté pour Ivy, Riley et moi, et nous vous sommes reconnaissants d'être là pour nous. Nous espérons vous rendre un jour la pareille et, en attendant, nous vous offrons cette soirée en cadeau. Profitez du spectacle !

Il alla s'asseoir sur le canapé, entre Riley et sa fille, et Riley lui prit la main pendant que sur le grand écran plat passait le générique du célèbre film de Frank Capra *La vie est belle.* Quoi que leur réserve l'avenir, ils avaient tout ce dont ils avaient besoin ici, dans cette splendide demeure assise sur la plus solide des fondations. L'amour.

Vous avez aimé ce roman ?
Retrouvez en numérique les héros de Wyckford :

1. *Un confrère irrésistible*
2. *Pour le bonheur d'un secouriste*
3. *Passion pour un pompier*
4. *Leur famille inespérée*

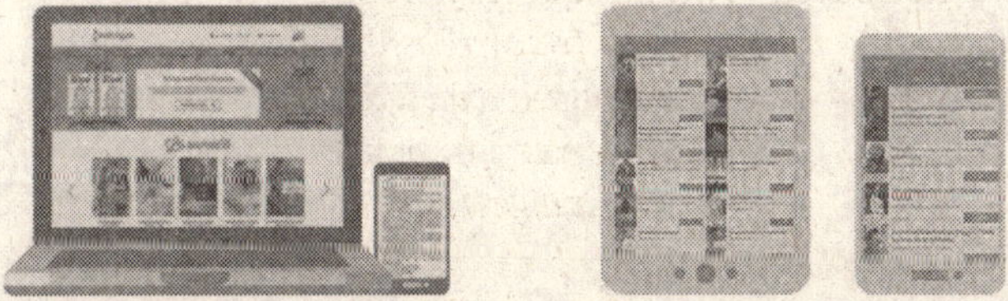